不機嫌な青春

壁井ユカコ

集英社

不機嫌な青春　目次

不機嫌な青春

零《こぼ》れたブルースプリング

1

お父さんの五年目の命日は五月晴れの気持ちのいい日になった。お昼には家のお仏壇にお坊さんが来ることになっているから、午前中のうちに一人でバスに乗ってお墓にでかけた。

お墓のまわりの雑草を抜いて新しいお花を供えて墓石に柄杓《ひしゃく》でお水をかけて……去年まではおばあちゃんがやるのを手伝うだけだったけれど、今年は一人でやってみなさいっておじいちゃんが言ってくれた。お父さん、お墓の中からはらはらして見てるかも？　心配性だなあ。わたしもう中学生なんだから、これくらい一人でできるよ。

って、完璧にやれるところをお父さんの前で証明して安心させたかったんだけど、残念。お線香をあげるのに手間取ってしまった。持ってきたマッチが湿気《しけ》ていたみたい。

しばし悪戦苦闘していたら、

「貸して」

と、わたしの手からお線香を引き抜いた人がいた。

透きとおったブルーの液体がきらめく百円ライターを手に包み込み、わたしと違ってもたつくことなくスマートにろうそくに火をつける。お線香に火を移し取り、大きな手でひらりと払って火を消す。落ち着いた色の背広に黒いネクタイを締めた姿から、今日が命日だって知ってて来てくれたのだとわかる。

「あ……りがとう……」

煙草《たばこ》を吸う人じゃないよね。ライターもこのために持ってきたのかな。わたしは小首をかしげつつ、煙が細く立ちのぼるお線香をつまんだ彼の綺麗な指先を見つめていた。

二人で並んで墓前にしゃがんで手をあわせた。肩先に感じるおとなの男の人の気配が気になって、お父さんに話そうと思ってたことが空っぽになっちゃった。ごめんねお父さん。でもお父さんだってわたしのことより隣の人のほうを気にしてるだろうから、おあいこだよね。

「法事には来てくれないんですか」

お参りが済んだらすぐに帰ってしまいそうな気がしたので、引きとめたくてわたしから話を振った。

「まあ、そういう場に顔をだすほど親しかったわけでもないので」

そんな言い方で彼は謙遜《けんそん》してから、初めてわたしの恰好に目をとめたようで「それ、制服?」と驚いた顔をした。去年までは子ども用の黒いワンピースだったけど、今年からわたしの正装は学校の制服になった。「あー、そっか。もう中学生なのかあ」などと遠い目をされて「親戚のおじさんと同じようなこと言わないで」とわたしは口を尖《とが》らせた。

「親戚のおじさんみたいなものだと思ってるけど」

「じゃあ法事、来ればいいのに」

「それはまたちょっと違うかと……」

わたしが食いさがると困り顔で怯《ひる》まれる。命日にちゃんと正装してわざわざ遠方からお墓に足を運んでくれる人が、義理で法事に顔をだしてお寿司食べて帰るだけの親戚の人たちよりもお父さんと親しくなかったなんてことあるはずがないのに。

「じゃあバス停まで荷物持ってください」

足もとの桶を指さして仕方なく最大限の譲歩。行きは一人で持ってきたんだし、本当は手伝ってもらわなきゃいけないほどの荷物ではない。でもせっかくひさしぶりに会えたから、すこしでも長く一緒にいられる口実をわたしはひねりだしている。

お父さんのほうにちらりと許可を請うような目をやってから、彼は根負けして溜め息をつき、

「家までタクシーで送るよ。今日はおれも車で来てないから」

と微笑《ほほえ》んだ。

ゴネ得というやつだろうかこれは。期待以上の成果。どうもこの人はわたしをもてあましている感じなのだけど、心の奥に抱えているお父さんへの罪悪感のためか、最終的にはいつもわたしに優しい。

笑ったときに頬に寄る皺《しわ》と、目の下にうっすら斜めに浮かんだ線が好き。学校の男の子たちの顔には絶対に浮かばないもの。自然な仕草でライターを扱う骨張った手が好き。肩肘を張らずにゆるく結んだネクタイと襟もとに覗《のぞ》く喉仏が好き。そこから紡がれる中音域の澄んだ声が好き。それから、字が好き。

わたしが今好きな人は、お父さんくらい歳の離れた人で。

そしてお父さんにとっても、とても〝大切な人〟だった。

これからするのはわたしがこの世に誕生するよりずっと前の話だ。まだお父さんの身体《からだ》の中でわたしの種すら生産されていなかったはずである。

このお話にでてくる主人公は二人。全容がわかってみれば笑ってしまうほど単純な話なのだけど、長らく二人は互いに事態の片面しか知らずに過ごしていたので、そのあいだにとってもこじれてしまったのである。

主人公の一人は、中村満生《みつお》。昭和四十六年五月生まれ——。

2

昭和四十六年五月十七日生まれ、牡牛座のO型——の、昭和六十一年十一月十一日のラッキーアイテムは〝風船〟。ラッキーカラーは〝青〟。ラッキーナンバーは〝0〟。

以上、頼んでもいないのに妹に読みあげられた少女向けの占い雑誌によるところでは。この手の雑誌は小学六年生女子のバイブルのようなものらしく妹ももれなく購読しており、ここで仕入れた占いとおまじないに縛られて妹は毎日を生きている。おまじないっていうのは、中学生男子には微《み》塵《じん》も理解できないが、好きな人の名前を腕に書いて絆創膏《ばんそうこう》を貼るとか緑色のペンでラブレターを書くと返事が来るとか消しゴムに相手の名前を彫って使い切ると想いが叶うとかそういうやつだ。

〝風船〟と〝青〟と〝0〟ねえ……。後者二つはともかくとして、中三にもなって風船にはそうそう縁がないだろうと思った程度で聞き流したのだが、その日の学校からの帰り道、それに遭遇した。民家の垣根越しに道路側に垂れた木の枝に、それは引っかかっていた。空気が抜けてくたっとし、少なくとも今日の午前中からここにあったのだろう、雨露に濡れている。紐の先になにかが結ばれているのが目についた。なんだろう？

昼前まで降っていた雨のおかげで手には傘があった。柄のほうを使って紐を引っかけようとしたところでふと意識すると、傘の色が青だった。

紐に結ばれていたのは小さく折りたたまれた手紙と思《おぼ》しきものだった。ビニールでぴっちりと包まれており、見えるところにマジックで〝拾ってくれた人へ〟と書かれている。綺麗な字だが、たぶん子どもの字だ。

〝風船〟と〝青〟――二つの偶然がなんとなく頭に引っかかった。

いずれにしろ手近に捨てる場所もなかったので家に持ち帰り、自分の机に向かってあらためて手紙をためつすがめつしてみた。妹が友だちに手紙を書くときによくやっているような複雑な折り方がされている。紙の両側を三角に折って尖った部分を反対側の角に差し込む、みたいなやつ。内容によっては閉じなきゃいけなくなるかもしれないので手順を頭に入れながら（それでも再現できる自信はまったくない）慎重に開いた。

湿り気で若干くたっとしているものの、ビニールに包まれていたおかげで文字が滲《にじ》むほど濡れてはいない。水色の罫線に沿ってあまり筆圧の強くないシャーペンの細い字が並んでいる。性格の細やかさが窺《うかが》える、小さめの端正な字だ。

〝この手紙を読んでくれた人がもしいたら、風船を拾ってくれた人だと思います。風船は＊＊市から飛ばしました。どこまで届きましたか？　拾ってくれた人はどこに住んでる人ですか？　もしひまだったら、ひまじゃないと思うけど、もしよかったら、お返事ください。
９月５日　御加護病院小児病棟４０８号室　水沢怜より〟

短い文面からいくつかの情報が浮かびあがった。

風船が飛ばされたのは九月五日。今日が十一月十一日だから二ヶ月ちょっと前だ。＊＊市……って、県内にそんな市はないはずだ。本棚から地図帳を引っ張りだして開くと、見覚えがあるような気はしたがやはり、隣のＹ県に＊＊市があった。満生が住むＮ県は県境をことごとく山に囲まれている。山を越えて二ヶ月間もの冒険をしてたどり着いた風船なのだと思うと、それだけですこしわくわくした。

でも……小児病棟？　入院してるってことか。学年も年齢も書かれていないが、しっかりした文章で漢字も多いから、それほど小さい子ではないだろう。中学生か、最低でも六年生。

水沢怜。姓も名も洗練された感じで、字面から清らかで凛《りん》としたイメージが漂ってくる。なかむらみつお、なんていうもっさりした名前とはなにかこう、根本的に種類が違うようなイメージ。

みずさわ……れい、かな。たぶん。れい……？

ラッキーナンバー〝０〟。

瞬間、全身の毛穴がぶわっと開いた。不快感ではなくて、王様に困難な冒険への旅立ちを言い渡された勇者ロトの緊張感と昂揚感がないまぜになった武者震いみたいな。なにか特別なことが起こってるっていうゾクゾク感。

「ただいまあ」

明るい声とともにどたどたと階段を駆けあがってくる足音がしたのでとっさに手紙を机の引きだしに突っ込んだ。引きだしに指を挟んで「いてっ」と叫んだところで妹が入ってきた。ランドセルをおろしながら胡乱《うろん》な生き物を見るような目を向けてくる。

「まだ着替えてないの？　おそっ。着替えるんなら茶の間で着替えてよね」

ホウキでゴミを掃くみたいに部屋を追いだされた。ミッコは三つ年下の小学校六年生だが、最近自意識が強くなってきて、満生が部屋にいるときには絶対に着替えないし、満生が着替えようとすると「無神経！　不潔！　スケベ！」と罵《ののし》られて叩きだされる（なんで見られるほうがスケベなんだよ）。

部屋が足りないわけではないのだ。ただ「小学校を卒業するまでは一人部屋を与えない」というのが中村家の方針であり、ミッコがいるせいでとっくに中学にあがっている満生が割を食っている。来年の四月にはようやく部屋を分けてもらえる約束なので、鬱陶《うっとう》しい妹との同室暮らしから解放されるのを心待ちにしている。

一階の茶の間で制服を着替えてから台所で食い物を物色していたら、ミッコがまたどたどたとやかましく階段を駆けおりてきた。

「お兄ちゃんこれなに？　ねえこれなに？」

戸口ののれんをはたきあげて顔を見せたミッコの手にあったものは――、

「あ！　なんで人の引きだし勝手にあけてんだよ！」

「最初からちょっとあいてたんだもん！」

「おれがおまえの引きだしあけたらぎゃーぎゃー言うくせに！」

取っ捕まえて床に組み伏せ、大袈裟《おおげさ》な悲鳴をあげるミッコの手から手紙を取りあげた。が、足をばたつかせて暴れるミッコの脛《すね》をもろに股間に食らうはめになり、

「〜〜〜っ」

股間を押さえて苦悶しているあいだにミッコは手紙を奪還して台所の奥まで逃げている。

「これ、ミッコがお返事書いていい？」

「えっ？」

涙目になりながら満生は床に張りつけていた顔をあげた。冷蔵庫を背にして手紙を後ろ手に隠したミッコが、

「病院に入院してる女の子と文通するなんて、すてきだもん」

などと目をきらきらさせて。全部読んだのかよ、人の引きだしにあったもんを。

いかにもミッコが食いつきそうな話だし、譲ったところで別にかまわないはずなのに……いざとなると何故《なぜ》か惜しくなった。

「でも拾ってくれた人へって書いてあるだろ。拾ったのはおれだし……」

「お兄ちゃんがお返事書くなんて変だもん。だって病気で入院してる女の子だよ？　お兄ちゃんからお返事が来たら怖がっちゃうよ」

文脈が主観に充ち満ちてないか。病気の女の子は男を怖がるって決まってるのか。なんの漫画に

影響された先入観だそれは。とはいえなんとなく納得しないでもない。水沢怜、なんて繊細な名前の女の子は、きっとミッコみたいな自己主張の強いわがまま女ではないはずだ。

「ね？　だからこのお手紙、ミッコにちょうだい」

「で、でも返事だしたってあっちから返事来るとは限らねえじゃん。〝水沢怜〟がほんとにいるのかどうかもわかんないし」

その場に正座してまだぼそぼそと反論を試みたが「だからお兄ちゃんはお返事ださないんでしょ？　じゃあミッコがもらっていいでしょ？」……うーむ何故だろう、最近妹に口で勝てなくなってきた。

満生が黙り込むとミッコは我が意を得たりとばかりに小鼻を膨らませた。「なかよしの付録の便箋とシール、もったいないけど使っちゃおっと。そうだ、こないだペンネーム考えたんだよねー」ご機嫌で喋《しゃべ》りつつ冷蔵庫の前を離れてこっちにでてくる。

……ペンネーム。

下手なスキップで満生の膝先を通り過ぎてのれんをくぐろうとしたミッコに足払いをかけた。廊下に向かって顔面からすっ転んだミッコの手から手紙が跳ねた。耳をつんざく大音量で泣きだした妹を尻目に満生は手紙を拾いあげた。

＊

〝はばたき教室〟の行事で風船を飛ばしたとき、教室の何人かの子は東京にお住まいになる天皇陛下から返事が来るものと思い込んでいた。今年の初めに東京の小学校で飛ばした風船が天皇陛下の御所で拾われて、天皇陛下が小学校に返事をくださったという話を先生がしたせいだ。

一週間後の九月十二日、天皇陛下からではなかったけれど最初の返事が淑子《としこ》のところに来た。みんなが羨ましがったが、特に洋介の騒ぎっぷりったらなかった。淑子ずるい淑子ずるいおれも返事欲しいおれも返事欲しいって泣き喚《わめ》いて駄々をこねた。洋介は怜と同室の二つ年下、小五の男の子で、淑子は隣の病室のひとつ年上、中学二年の女の子だ。

淑子の風船を拾ったのは同じ市内の住人だった。封筒の宛名はおとなの字だったが、中には小さい子が描いたらしい絵が入っていた。正直言って下手すぎてなにを描いたものだか皆目わからなかった。かわいい、嬉しい、と淑子ははしゃいでいたが淑子だってなんの絵だかわかってなかったと思う。絵の下におとなの字で「がんばってびょうきとたたかってください」と添えられていた。おとなの薄っぺらい善意が透けて見えて怜は白けてしまった。

それでも淑子は張り切って、手紙の主に宛ててすぐに返事を綴《つづ》った。

二ヶ月が経った現在、それきり相手からの返事は来ていない。

手紙が届いたときはあれほど鼻を高くして見せびらかしたくせに、淑子はその件をまったく口にしなくなった。ねえねえ返事来た？　と洋介がつつくたびにうるさいなあと不機嫌になって洋介を遠ざける。

だから、十一月十五日土曜日、看護婦の森山さんがさもサプライズプレゼントだよっていう顔で一通の封筒を怜のベッドに置いていったとき、怜は素早く周囲に目を走らせた。隣のベッドの洋介はもう何周も読んだ先月号のコロコロコミックをつまらなそうな顔で眺めていた。土曜日は〝はば

"たき教室"が午前中で終わるので、夕食までの長ったらしい午後の時間をめいめい騙し騙しやり過ごさねばならない。

念のためカーテンを引いて洋介の視線を遮《さえぎ》った。ベッドとその周辺せいぜい数十センチの自分だけのスペースに閉じこもり、ベッドの上でかしこまって正座して、あらためて封筒と対面する。怜のベッドは四人部屋の窓際だ。ブラインドで拡散されてぼやけた白い陽の下で、封筒が淡い光を放っていた。

〝＊＊市御加護病院小児病棟４０８号室　水沢怜様〟

間違いなく自分宛てだ。封筒を裏返すと、そこに書かれているのは行ったこともない県の聞いたこともない住所。知らない名前。でも差出人の正体を示唆する目印があった――名前の最後に小さく描かれた風船の絵。水色の色鉛筆で塗り潰されている。淑子に手紙を送ってきた小さい子やその親じゃあ思いつかないだろう、控えめで気の利いた演出が気に入った。

なかむら、まん……？　みち……？　なんて読むんだろう？

キャビネットの引きだしからハサミをだし、封筒の端を丁寧に細く切った。便箋は一枚。〝水沢怜さん、はじめまして〟というあらたまった書きだしから、N県＊＊市で十一日に風船を拾ったこと、自分は中学三年生であること、怜の学年や興味のあることなどを問うて、〝怜さんともっとお話ししてみたいです。よかったら怜さんのことを教えてください。お返事待ってます〟と締めくくられていた。一番下に封筒の裏書きと同じ住所と名前、そして水色の風船の絵がまた添えられている。

いきなり変に馴《な》れ馴れしくもなく、適度な距離感の文面に好感を持った。風船のワンポイントが二人だけの秘密の暗号みたいで胸が高鳴った。

封筒を引きだしの奥に大切にしまい、かわりに小銭入れをだした。カーテンの隙間から様子を窺うと洋介は漫画を開いたままこてんと眠り込んでいた。あーあ、昼寝しちゃったらまた夜寝れないいってうるさいんだろうなあとうんざりしたが、とりあえず今は寝ててくれたほうが都合がいい。静かにスリッパを履いて廊下にでた。

隣の病室の前を通り過ぎるときに横目で見ると、淑子が年少の女の子たちをベッドのまわりに集めてなにかちまちましたことをやっていた。かわいらしい絵柄の文房具を交換するっていうのが女の子たちのあいだで流行っている。

ナースステーションの前に森山さんの後ろ姿が見えた。小走りで追いついてスカートを摑《つか》むと森山さんがちょっと驚いて振り返った。御加護病院のナース服は薄いクリーム色だ。

「あのね」

口の周りを手で囲んで背伸びをすると、森山さんがどうかした？　と腰をかがめて耳を近づけてくれる。

「さっきの手紙のこと、誰にも言っちゃだめ」

いいけど、どうして？　風船拾ってくれた人だったんじゃないの？　と森山さんが不思議そうな顔をした。

「風船拾ってくれた人だった」

じゃあみんなに見せてあげたら？　淑子ちゃんもみんなに見せたでしょ？

「淑子は自慢しただけだよ。とにかく今はまだ知られたらだめなの。約束だよ？　指切り」

森山さんの小指にむりくり自分の小指を絡めた。

エレベーターに乗り込み、病室がある四階から一階に降りる。四階より上が入院患者の病室、三階に〝はばたき教室〟があり、二階にはいろんな検査機器がある部屋とかリハビリ室とかがあって、一階が小児科の外来だ。

土曜日の外来はもう終わっている。午前中は大勢の子どもとその親たちで混みあっていたロビーも今は閑散とし、待合ベンチにまだ残っている患者が二、三人と、会計窓口の奥で仕事をしている事務の人の姿が見えるだけだ。照明も薄暗くなっており、一般病棟に通じる渡り廊下の出入り口だけがやけにまばゆい光の枠で切り取られている。小児病棟の子どもたちがあそこから先に行くことはめったにない。だからあのまばゆい光の壁が怜が行ける場所の終点で、怜の世界はそこで断絶している。怜の目にはあの光は強すぎて、その先にあるものを――おとなになれた人たちだけが行ける世界を見ることはできない。

小銭入れから十円玉を探しだし、ロビーの公衆電話で家に電話をした。

あら怜どうしたの？　って電話にでたお母さんが言った。

「お母さん、明日何時ごろ来られる？」

ごめんね、介護のおばさんが来てくれるのが二時過ぎになるから、行けるのは三時半ごろになるかも、ってお母さん。三時半までなんて本当は待てなかったけど、怜は洋介より年上だからごねたって通らないものは通らないっていうことをよくわかっている。

「明日来るとき便箋買ってきて。それと切手」

いいわよ、お友だちにお手紙書くの？　お母さんの声が明るくなった。便箋は以前は持っていたのだが、院内学級に転校する前に通っていた学校の友だちから手紙が来なくなったころに捨ててしまった。最初のうちは毎週お見舞いに来てくれた友だちもいたが、だんだん間隔があくようになり、そのうち誰も来なくなった。

仕方ない。病院の外には楽しいことや刺激的なことがいくらでもあるのだから。外にいる人たちはきっと毎日とても忙しくて、自分たちみたいに退屈なんかしていないのだから。

だからまだ手紙のことは誰にも言わない。こっそり返事をだすつもりだった。それで万が一相手が暇な人で、次の返事が届いたら、そのときにみんなに教えればいい。淑子みたいに最初から見せびらかしてあとで恥をかくなんていう愚は自分は犯さない。奇跡なんて生きているあいだにそうそう起こるわけないんだから、期待はしないでおいたほうがあとでがっかりしなくて済む。

なのに、どうしてこんなに気がはやって、今すぐ返事を書かなきゃっていう衝動に駆られてるんだろう。明日お母さんが便箋を買ってきてくれるのが待ちきれない。手紙に記されていた差出人の名前を頭の中ではもう何度も字にしたためている。封筒には漢字しか書かれていなかったが、便箋のほうにはふりがながが振られていたので、音にして反芻《はんすう》することができた。

中村満里衣。

なかむらまりい。

まりい――〝はばたき教室〟の先生がよく話している、処女受胎した聖母様と似た名前。慈愛に満ちたうつくしい名前。

＊

中村満里衣って誰だ。っていうか、なんだ。

手紙を書いた勢いのまま投函したものの、時間が経つと我に返って羞恥《しゅうち》に身悶《みもだ》えするはめになった。夜中に書いたラブレターは翌朝投函する前に読みなおせとはこういうことか。先人の教えは謙虚に聞いておくべきだった。女の子向けの占い雑誌のラッキーワードなんかが揃ってしまったせいであのときの自分にはなにやら乙女回路が働いていたに違いない。

〝水沢怜〟と並べても見劣りしない、センスのいい名前にしたいと、少なくともあのときは思ったのだった。ミッコがなにかにつけて自分の名前に不満を呈して「一文字か三文字の名前がよかった」「〝子〟がついてない名前がよかった」とか言っているから、もしうちの両親にもうちょっとセンスがあったら自分の妹につけられていたかもしれない「一文字か三文字で、〝子〟がついてない名前」を考案した。中村満里衣、と姓名を繋《つな》げてみると、中村というごくありふれた姓もそんなに悪くないように思えてくるから不思議である。

乙女回路が停止して通常運転に戻ってから考えてみると……どうするつもりだおれ？　もし水沢怜から返事が来たら？　郵便受けに〝中村満里衣〟宛ての手紙が届いているのを家族が見つけたら？

恥ずかしいペンネームを家族に見られる前に手紙を回収せねばならない。かくして手紙を投函した翌日から満生は家族の誰よりもはやく帰宅して郵便受けをたしかめるようになった（返事が来るのはどんなに最短でも翌々日だから、翌日からそうする必要はなかったのだが）。両親は共働き、ミッコは友だちの家で遊んでくることが多いから、受験生で部活もない満生が家族に先んじて帰宅するのは幸いにもそう困難ではない。

手紙を投函してから五日後、十一月十九日の水曜日。

郵便受けの底に一通の封筒が貼りついていた。封筒の表書きには几帳面な小さめの字で〝中村満里衣様〟とあった。

〝中村満里衣さん、はじめまして〟からはじまる文章を、心臓が浮くような心地を味わいながら読み終えた。昂揚のあまり一度目は目が滑ってしまったので最初に戻ってもう一度、一字一句咀嚼《そしゃく》するように読みなおした。

水沢怜は中学一年生。文章も字もしっかりしているからもうすこし上でもおかしくないと思っていた。御加護病院には今年の初めから入院している。以前は一応普通の学校に通えていたが、循環器の疾患で幼いころから欠席しがちで、長期入院が避けられなくなったことを機に病院内の学校に転校したという。病院の中に学校があることを満生は初めて知った。家族は父と母、介護が必要な祖父。母はできる限り毎日来てくれるが、院内学級のある病院は家から遠く、家での介護もあるので長い時間はいられない。

中一で病院暮らしか……どんな気持ちで毎日を過ごすものなのか、満生には想像も及ばない。毎朝目覚まし時計に叩き起こされなくてよくて、歩いて学校に通わなくていいというのは羨ましいが、一ヶ月くらいで飽きそうな気もする。

風船についていた最初の手紙と今回の手紙は、ミッコが間違っても手を伸ばさない高校受験の参考書に挟んで本棚に収めた。

〝満里衣さんは中学三年っていうことは、来年は高校生なんですね。高校の制服うらやましいです〟

と怜の手紙の中にあった。怜は高校生になれることを保証されていなかったりするのだろうか。病院の中の学校には、さすがにパジャマのまま授業を受けたりはしないんじゃないかと思うが、たぶん制服はなさそうだ。

自分や自分のまわりの人々とはまったく違う環境で暮らす女の子。白いカーテンがそよぐ窓際のベッドで物憂い顔で外国の本なんかを読んでいる儚《はかな》げな少女像が満生の中ですでに固まっている。ってどう考えてもこれはミッコの先入観が伝染したせいだが。

〝たぶんいそがしいと思うけど、もしひまなときがあったら、お返事ください。怜より〟

最初の手紙と同じような結びで終わっていた。

駄目だと思うけど、もしよかったら——どうしてこの子はこんな言い方をするんだろうと、二度続くとどうも引っかかる。控えめというより卑屈というか、最初から一歩さがって自分の前に線を引いているような。

すぐに返事をしたためてポストに突っ込みに行きたい衝動に駆られた。一日延びるごとに怜に「やっぱり返事なんて来ないんだ」って諦めた顔をさせる気がして、いてもたってもいられない。だが待て、あんまりすぐ返事をだすっていうのもがっついてる感じがして引かれるんじゃないか。って、なんだっておれはこんなにのぼせあがってるんだと、頭の片隅の冷静な部分が半笑いで指摘する。顔も知らない女の子だぞ？　勝手なイメージができあがってるけど実際はぜんぜん好みじゃないかもしれない。それになによりおまえ、満生、忘れてるみたいだけど、怜にとってはおまえは中村満里衣なんだ。女の子だと思って安心してるだけなんだぞ。

……そういえばそうだった。

でもさ、本名を晒《さら》して手紙をだしてたら返事は来なかったかもしれないじゃないか。――だからってこのままずっと満里衣を演じ続けるのか？　怜を騙してるんだぞ？　――そんなこと言ったって、じゃあ今から「ごめん、最初の手紙は嘘で、実はおれは男です」なんて言えるか？　言えないだろ？　――じゃあ返事をださなければいい。それで文通は終わるんだから。嘘を重ねるよりそのほうが良心的って考え方もある。――怜をがっかりさせたいのか？　――………。

今さらながら最初の一歩を踏み誤った気がする。でも、もうはじめてしまったものはやめられない、よな……？

＊

談話コーナーで洋介たちと夕方のアニメを見ていたら森山さんに肩を叩かれた。来たよ、と森山さんが口パクで言って、ナース服のポケットからちらりと封筒を見せた。

洋介が車椅子から身を乗りだしてテレビに見入っているのを確認してから、怜は森山さんから封筒を素早く受け取ってカーディガンのポケットに滑り込ませた。封筒の端にあの水色の風船が描かれているのが目に入り、心が躍った。

談話コーナーは病室と同じフロアの一角、ナースステーションとエレベーターホールが見える場所にある。アニメや子ども向けの歌や遊戯の番組を流しているテレビがあり、テレビの前には青や赤や黄色といった原色のカバーがかかったサイコロ型のスツールが置かれている。積み重ねてブロックとしても遊べるものだ。真ん中にある大きな丸テーブルにはパズルやお絵描き道具が用意されていて、洋介が夢中で見ているロボットアニメに興味がない女の子たちがテーブルを囲んでお喋りしていた。

女の子たちの中心にいるのは例によって淑子だ。〝はばたき教室〟の中学生のクラスで今日書いた英語の手紙をみんなに見せびらかしていた。先生がクラスのぶんをまとめてアメリカに送ってくれるの。そうしたら来月サンタさんから英語のクリスマスカードが届くんだよ——なんていう話を年少の女の子たちは鵜呑《うの》みにして目を輝かせているが、もちろん本物のサンタクロースから返事が来るわけじゃない。そういうことをやってる団体があるだけだって、淑子だってわかったうえで言っているのだ。でもサンタクロースの故郷はアメリカじゃないってことはわかってないのかも。フィンランドだって先生が言ってた。地図でフィンランドの場所を調べたけど、アメリカとはぜんぜん違うところにある。

本物のサンタクロースから返事は来ない。

でも、本物の満里衣から返事は来た。

心ここにあらずのままアニメの視聴時間が終わり、テレビの前を離れたとき、怜なにか忘れてるぞーって洋介が声をあげた。スツールの上に残されていたものを洋介が拾いあげ、怜に手紙が来てる！　ってみんなに聞こえる大声で言ったので、お父さんがタクシーの運転手だから外国人を乗せたこともあるんだよっていう淑子の自慢話に耳を傾けていた年少の女の子たちもこっちに注目を向けた。思ったことは思った瞬間なんでも口にだす洋介にはいつも辟易《へきえき》させられるが、こういうときに使わない手はない。

「ああ、落としちゃった。ありがとう」

白々しく言って洋介から手紙を取り返した。誰から誰から誰からと予想どおり食いついてくる洋介に「九月に飛ばした風船拾ってくれた人。文通してるんだ」とあえて淡々と、なんでもないことのように答える。途端に年少の女の子たちがテーブルを離れて怜のほうに飛びついてきた。いいなあいいなあいいなあって洋介と一緒になってみんなが喚きたてる。

一人取り残された淑子だけが露骨に面白くない顔をして、本当に本物？　見せてみてよ、と難癖をつけてきた。

「本物って、どういう意味？」

むっとして訊き返すと、淑子が怜の手から封筒を引ったくって調べはじめた。自分で書いて自分に送ったとでも疑っているのか。でも粗探ししたところでなにも見つかるはずがない。満里衣が住む町の消印だってちゃんと押されている。

中村……と、淑子が差出人の名前を読みあげようとして詰まった。

「満里衣」

それくらい読めないのかって挑発を込めて教えてやると、淑子は悔しそうに顔を歪《ゆが》めて封筒を突っ返してきた。まりいちゃんっていうの？　かわいいーかわいいーと小さい子たちが無邪気にはしゃぐ。

「N県の中学三年の女の子。もう何通も来てるから、ほかのも調べたければ見せるけど」

まだ二通だけど、でも一通で終わった淑子には勝っているから二通が何十通にも相当するような気になっていた。淑子はまだ納得いかないようで、でもなんか変、って負け惜しみを言った。

「変って、なにが」

なんか変だもん、だってその手紙かわいくないもんとわけのわからない難癖をつけて、よっぽど悔しいのかとうとう泣きだした。

談話コーナーで大勢で騒がしくしていたから婦長さんに怒られて、みんなすごすごとそれぞれの病室に引きあげた。婦長さんになだめられても淑子はずっとすすり泣いていた。いつも中身のない自慢ばっかりしている淑子にちょっと自慢し返してやっただけなのに、こっちがやりすぎたみたいな後ろ暗い気持ちにさせられて、後味は悪かった。

病室に戻ると洋介が怜のベッドによじ登ってきて読ませてー読ませてーとじたばたするので、本当は一人で堪能したかったのだが仕方なく洋介の前で開封してやった。前回と同じように封筒の端をハサミで丁寧に切った。

淑子の基準では女の子の文通というのはサンリオのキャラクターとか少女漫画誌の付録とかのかわいい便箋を使って、かわいいシールを貼ったりするもののようだ。怜はそこに違和感を持っていなかったから言われるまで気にしていなかったが、たしかに満里衣からの封筒はおとなが使うようなただの白い縦長のものだ。満里衣はもう中三だから子どもっぽい便箋なんて使わないのだろう。でもそうか、女の子の手紙って、そういうものなのか……。

〝怜さん、こんにちは。お返事ありがとう！　怜さんにお手紙を書くのは楽しいし、受験勉強の気分転換にもなるから、ぜんぜん気にしないでね。前回はわたしのことをあまり書かなかったので自己紹介するね。誕生日は五月十七日の牡牛座。血液型はO型――〟

一通目よりもくだけた文体で、一通目のときは一枚だったが今回は二枚の便箋にわたって満里衣のことがたくさん書いてあった。

洋介が背中におぶさってきて音読しながらしょっちゅう漢字の読みを訊くものだから集中できやしない。読み終えた一枚目を洋介に持たせて遠くに押しのけた。もう一枚はー？　と一枚目をまだ読み切ってもいないのに洋介が手をだしてくる。

「あとで。読んでから」

洋介の漢字教えて教えて攻撃はもう無視し、食い入るように二枚目を読み進めた。

〝わたしのことは満里衣でも満里衣ちゃんでも、好きなふうに呼んでくれていいよ。怜さんのことは怜ちゃんって呼んでもいいですか？　よかったらまたお返事ください。女の子どうし仲良くできたらうれしいな。満里衣より〟

例の風船のワンポイントで二枚目の最後は締めくくられていた。

読み終えたときには淑子との気分の悪い確執なんかとても小さな、どうでもいいことに思えていた。五センチくらい浮きあがった心臓と一緒に胸の上のほうでとまっていた息を、幸福感を嚙みしめながらゆっくりと抜いた。

……ん？

ふと一行戻る。

〝女の子どうし仲良くできたら〟

怜ー続き続き続きって洋介が脇の下から割り込んできたので、はっとして便箋を洋介の手が届かないところに遠ざけた。

「だめ。こっちは洋介が読めない漢字ばっかりだから」

いいじゃんー見せて見せてと洋介が身を乗りだして便箋をむしり取ろうとするので、破かれる、って戦慄が走り、

「やめろ！」

怒鳴りつけて突き飛ばしたら、ベッドの端から洋介が転げ落ちた。ぽかんとしたような一拍の沈黙があってから、うわーんと泣き声が聞こえはじめた。泣きたいのはこっちだ。便箋をしわくちゃにしてしまったのが悲しくて涙が滲んでくる。

カーテンを摑んで勢いよく閉めた。そんなものでは洋介の泣き声はすこしも遮られない。自分のまわりに作れる壁は嫌になるほど薄っぺらい。

ベッドにわたされた机の上で涙をこらえて便箋の皺を伸ばした。白いカバーの掛け布団は病院の備品だが、一緒に重ねた毛布は家から持参したものだ。でもピンク系の花柄なんてほんとはぜんぜん好きじゃない。ベッドの後ろの壁に貼ったカレンダーはどこかの会社の御年賀のやつ。ベッドサイドのキャビネットの上には院内の図書館で借りたヤングアダルト向けの小説とか（四分の一くらいのところでもうずっと止まっている）、それから六年生の修学旅行でクラスの友だちが共同で買ってきてくれた、わりとどうでもいい柄のマグカップとか。普通の学校に通った最後の学年だったが、主治医の先生の許可がおりなくて怜は修学旅行に行けなかった。

それなりに生活感のある空間はできあがっているが、自分の所有物という実感があるものはひとつもない。自分のスペースと呼べるものを隔てているのは、いつ誰が開けるかわからないカーテン一枚のみ。カーテンの向こうに常に誰かの気配がある。自分が立てる物音に誰かが耳をそばだてている気がする。近くのベッドで寝ている誰かの苦しそうな息遣いにこっちまで息が詰まる。薄く立ちこめている饐《す》えたような臭い。病室の外を忙しく立ち働く看護婦さんたちの足音、話し声、なにかの機器の音――たぶんその機器は誰かの命を今も細く繫ぎとめている。自分がいるのは、そういうところだ。

あとで婦長さんに叱られた。洋介を泣かせたのはたしかに怜だが、淑子が泣いたことまで怜のせいにされていた。勝手に疑って思いどおりにならなかったから泣いたくせに。年下の子や女の子に意地悪をするならお母さんに報告しなきゃいけないと脅されたから、なにひとつ納得していなかったけどごめんなさいをした。婦長さんのでっぷりしたお尻に隠れて淑子がざまあみろっていう顔をしていた。なにかにつけて怜を目の敵にして怜の上に立とうとする。うんざりだ。

反省したふりをして頭を垂れながら、考えていたのは満里衣のことだった。

そういうこと、だったんだ……。

名前が名前だからか、間違えられるのは初めてではない。新しいクラスで担任の先生に名前を呼ばれて「はい」って挙手したら、あれ、この子はどっちだろうっていう顔をされたりする。だから間違えられたこと自体はそれほど気にならない。仕方ないと思う。けど……。

満里衣は女の子と文通したかったのかな。〝水沢怜〟が女の子じゃないって知ったらがっかりする？　本当のことを書いて、もし次の返事が来なかったら……淑子の勝ち誇った顔が目に浮かんだ。

あーあ、みんなに見せなければ恥をかかなかったのにね、って。


「お母さん、明日何時ごろ来られる？」

夜、暗闇が降りた一階のロビーで家に電話した。夕食どきでお母さんは忙しそうだった。テレビの音声と、おじいちゃんがなにかがなりたてる声が聞こえていた。

「明日来るとき便箋買ってきて」

このあいだ買ったのに？　って当たり前だけどお母さんに不思議がられた。

「違うやつ。あれじゃだめで、もっと女の子が使うようなやつ」

＊

「お母さーん、ミッコのキキララのレターセット使わなかった？」

夕食どきにミッコが疑わしげに母に尋ねた。

「そんなのお母さん使わないわよ」

「じゃあお兄ちゃんでしょ？」

母が否定すると今度はこっちに疑惑が向けられたので、

「なんでおれがそんなの使うんだよ。自分で使ったんだろ？」

わざと不機嫌な声を作って満生は答え、目が泳ぐのをごまかして味噌汁をかっ込んだ。

「使ってないもーん。お母さんじゃなかったらお兄ちゃんしかいないもん」

「おれが使ったっていう証拠あるのかよ。そういうの冤罪《えんざい》っていうんだぞ。名誉毀損で訴えるぞ。刑務所入れられてもいいのか？　刑務所はひとりぼっちなんだぞ？　母さんとも会えなくなるんだぞ？」

「や、やだ」

ミッコが涙目になってぐずりだす。たまには年長者らしいアドバンテージを発揮しなければ兄としての沽券《こけん》に関わる。とはいえ内心焦りもあったのでそそくさと箸を置いて食卓を立った。

「ごちそうさま。勉強するから邪魔するなよミッコ」

絶対使ってないもーん便箋が四枚と封筒が三枚残ってたのに二枚ずつになってたんだもーんまだ使ってなかったシールが一枚なくなってたんだもーんとミッコはぐずぐず言っていたが、お金あげるから新しいのを買ってきなさいと母になだめられて一応は納得していた。便箋の残りが何枚かとかどのシールを使ったかっていちいち記憶してるのかあいつは。不用意に拝借しないほうがいいなと満生は肝を冷やした。次からは自前で用意しよう。近所の文房具屋でうっかり知りあいにでくわしたらたまらないから学区外まで自転車を飛ばしたほうがよさそうだ。

部屋に戻って自分の机の引きだしをあけるとキキララとかいうキャラクターの便箋が現れる。そんな名前があったことすら知らねえよ。しかし女の子向けのレターセットってなんだってこう、書くスペースが無意味に少なかったり字が絵と重なって見づらかったりするんだ。

怜から届いた二度目の返事を手にしたとき、目から鱗《うろこ》が落ちた。クリーム色のクマのキャラクターの便箋だった。そういえば女の子ってやたら便箋にこだわる気がする。使いもしないくせに集めてるし。

その点自分が今までにだした二通はあまりに無神経だった。怜が疑惑を持った様子は手紙の文面からは窺えないが、念のため言い訳しておいたほうがいいかもしれない。突然便箋が変わったらそれはそれで不自然だから、〝前回まではまだ怜ちゃんのことがよくわからなかったから、緊張しちゃって、あんなそっけない便せんでだしちゃいました〟とかなんとか。

〝今回からいつもの便せんで書くね。リラックスリラックス☆〟

うわ、勢いで☆とかつけちまった。自分にぞわっとして変な笑いで顔が歪んだ。

けれど、満生だったらこっぱずかしくて死んでも書けないことを、偽りの満里衣だからこそ正直に書ける部分もある。

〝風船を拾ったときから、わたし、怜ちゃんとは運命を感じたんだ☆〟

＊

満里衣からの手紙は毎週土曜日に届く。自分が属するこの閉ざされた薄暗い世界の天井に、週に一度だけ光の扉が現れて、清浄な風が吹き込んでくる。転覆した船のまわりで大勢の子どもたちがぎゅうぎゅうになって奪いあうように流木に摑まり、腐敗していく海の表面を漂いながら助けを待っている。そんな中、怜の頭上にだけひと筋の輝く糸が垂らされる。ただしその糸は女の子しか救いあげてくれない。男が摑まったらたちまち切れてしまうのだ。

〝高校に合格したよ！　商業高校で、女子校です！〟

三月下旬に届いた手紙で高校合格の報を受けたとき、なによりまず恐怖を感じた。満里衣が住んでいる世界は広いのだ。怜の世界は満里衣がいるところに向かって細く狭くしか開けていないけれど、満里衣の世界は全方向に開けている。きっと怜との文通のほかにもたくさん楽しいことがあって、高校生になったらもっとそれが増えるんだろう。

〝満里衣ちゃん、合格おめでとう。怜もうれしいです。でも高校生になったらすごく忙しくなるね。新しい友だちもたくさんできるよね……〟

すぐに返事が欲しかった。次の土曜日を待ち焦がれた。高校生になっても文通をやめたりしないよっていう言葉が欲しい。怜がずっといちばん好きだよって言って欲しい。

手紙が届いた日はこのうえなく幸せなのに、返事を書いてから次の返事が来るまでは焦燥感でお腹が痛くなる。その一週間で満里衣の身になにか刺激的な誘惑があって、文通のことなんてどうでもよくなるんじゃないかって。

満里衣。

満里衣。

満里衣。

おれのことを忘れないで。ずっとおれだけの満里衣でいて。ほかの誰のものにもならないで。

＊

拗《す》ねた感じが文面から伝わってきて、なにか怜の気に食わないことを書いただろうかとちょっと焦った。高校のことを楽しそうに報告しすぎただろうか？　そんなにはしゃいで書いたつもりはぜんぜんなかったが。だが、高校に行けること自体が怜には自慢と受け取られたのかもしれない。怜は高校生になれるとは限らない——自分とは異なる日常の中に怜はいるのだと、ついときどき忘れて不用意なことを書いてしまう。

去年の十一月からはじまった文通も早四ヶ月。気づくとひと冬が過ぎ、受験も無事終わった。ちなみに三月末日をもってミッコが隣の部屋に引っ越すことになっており、とうとう念願叶って一人部屋を手に入れる。

怜の反応に一喜一憂して、幸せになったり落ち込んだり、これほどテンションの上下の激しい四ヶ月を過ごしたことはかつてなかった。

怜からの手紙が来るのは毎週水曜日。満生は金曜日に返事を投函するから、滞りがなければ隣県の怜のもとへは土曜日に届いているはずだ。一週間で一往復。示しあわせたわけではないが、このサイクルが最初の数往復で定着した。手紙が届く曜日が決まっていたら家族に見つかる危険性もぐっと減る。とにかく水曜日だけは家族に先んじて郵便受けを確認すればいいわけだ。

次の水曜の手紙では機嫌をなおしてくれてるといいなと願いながら返事をしたためた。

〝高校生になったって変わらないよ。約束する。怜ちゃんより大事な女の子の友だちなんてできないよ〟

まったくもって嘘ではなかった。高校生になったところで女子の友人などまず増えないことが決定している。商業高校で女子校、をひっくり返せば、工業高校で男子校だ。

進路の選択に悩む余地はさほどなかった。都会とは事情が違うからそもそも選べる学校が多くない。成績順に学区内の高校が割り振られ、基本的にはそこを受験することを勧められる。就職組も一割ほどいた。家業を手伝う者とか、親のコネで小さい印刷所の事務に入るっていう女子もいたっけ。真ん中かそれ以下くらいの成績であれば女子は商業高校、男子は工業高校というのは至極当たり前の選択肢だった。

同じ中学から同じ高校へ行く友人ははやくも枯れた高校生活を予期して憂えていたりしたが、満生には怜がいる。病院に閉じ込められて、物憂い日々を送りながら自分からの手紙を心待ちにしてくれている、自分だけの女の子。自分に新しい友だちができることを嫌がるような、ちょっと拗ねた女の子。そういう独占欲を自分に向けてくれることすら微笑ましくて、身体の中がくすぐったい。

性別をひっくり返して書いていることを除いて、怜への気持ちに実際ひとつも嘘はないのだった。悪意をもって騙しているわけでは決してないんだから、怜を傷つけてもいないはずだ……。と、常にちらちらとまとわりついている後ろ暗さを、そんな理屈になっていない理屈でねじ伏せる。罪悪感をファンシーなシールで帳消しにするつもりで封をする。

いつもどおり金曜に投函したのに、返事が来るはずの翌週の水曜、郵便受けには母親宛ての通販の冊子と公共料金の領収証が入っていただけだった。郵便受けに顔を押しつけて天井や蓋の裏も確認したが、満里衣に宛てられた手紙はない。

郵便事情で一日遅れることくらいはあるだろうと思ったが、翌日の木曜にも届かなかった。中学生でも高校生でもない自由気ままな春休み期間である。市営スケートリンクが新しくなったというので友人たちが誘いに来たが（スケートリンクは数少ない遊び場だ）、玄関先で断った。友人たちが白けて帰っていってからちょっと対応がまずかったかなとは思ったものの、手紙のことが気になってなにも手につく心境ではなかったのだ。二階の自室の窓辺に一日中張りついて家の前をバイクが通る音が聞こえるたび過敏に反応するという挙動不審っぷりで家族にも訝《いぶか》られた。

金曜、いつもであればこちらからの手紙を投函する日になっても返事は来なかった。まだ郵便が滞っているのか、あるいは先週こっちからだした手紙がなんらかの事故で届いていないとか？

土曜も返事は来なかった。来週には高校の入学式だ。満里衣が高校生になるのがよっぽど気に入らないんだろうか。それで怒って返事をくれないとか？　ああもう、高校の話なんて書かなければよかった。

日曜は郵便配達がない日だ。溜まっていたぶんがきっと月曜に届くはず。

月曜、郵便屋のバイクは停まらずに家の前を通り過ぎていった。毎日なにかしら届くほど郵便物が多い家ではない。

まさか満里衣の正体がばれた？　前回書いた手紙でなにか失敗をしでかしたか？　さまざまな不安が胸に溜まって、どんどん水位があがっていく。手紙が数日来ないくらいでこんなに気を揉むなんて我ながら滑稽だと思うのだが、胸苦しさがつきまとってどうしても消えない。思い煩《わずら》いすぎて身体の具合まで悪くなってきた。

火曜、病気で寝込んでたりするんじゃないかと怜のことが心配になってきた。というかもともと病気なんだった。怜はなんという病気でどれくらい悪いのか、今まで詳しく聞こうとしなかったのが悔やまれる。もし具合を悪くしているんだったら今すぐお見舞いに行きたい。だが、もちろんそれはできない話だ。自分は満里衣ではないから。こんなことなら満生という双子の弟がいるっていう設定でも最初からつけておけばよかった。

水曜――。

昼前、窓の下にバイクが停まった。かたん、と郵便受けの蓋が鳴るかすかな音を耳が捉え、顔の上にどてらをかぶって床に大の字で寝転がっていた満生はがばと跳ね起きた。転げるように階段を駆けおり、寝間着に素足という恰好で玄関から飛びだすとバイクは中村家の前を離れて徐行運転で隣家の前に停まったところだ。

待ちわびていたわりには急に怖じ気づき、おそるおそる郵便受けの蓋をあけると、果たして一通の封筒が届いていた。

〝中村満里衣様〟という表書きが目に飛び込んできた。

封筒を手に取って幻ではないことをたしかめると、胸の詰まりがすとんと消えて、その場に座り込みたいほどの脱力感に襲われた。なあんだ……と拍子抜けした気分だった。いざ手紙が届いてみたら、この一週間の煩悶《はんもん》はなんだったんだとバカらしくなった。

離れてるからこんなに心配になるんだ。伝えた言葉の反応が返ってくるまでに時間がかかるから。返事が来るのを待つあいだ、自分が書いたことを知らずしらず反芻していて、自分の唾液で言葉が肥大化してしまう。

〝満里衣、返事遅れてごめんね。怒ってない？　先週は熱がでて手紙を書けなかったの。あ、書けないほどじゃなかったんだけど、熱がさがるまでだめってお母さんに便せんを取りあげられちゃって。怜のこと忘れてない？　怜のこと嫌いになってない？〟

前のめり気味の書きだしについくすっと笑いが漏れる。まだすこし紅い顔をした病みあがりの怜が華奢《きやしや》な手でしがみついてくるような気がして愛おしさがこみあげる。

「忘れてなんかいないよ……」

独りごちて便箋の表面を撫でた。

忘れるどころかいつも以上に怜のことばっかり考えてた。怜のことしか考えられなかった。悪い想像に押し潰されて飯が喉を通らなくなるくらい。本気で体調にまで影響するくらい。まったく、いつの間にこんなにも怜に嵌《は》まり込んでいたんだろう。

病院にいる綺麗な名前の女の子との（たぶん顔もかわいい、と想像したうえでの）文通に興味をそそられた。最初はそんな実に軽薄なきっかけだった。ペンネームを使ったのもちょっとした思いつきだった。それが二度目の手紙では怜をがっかりさせたくないという使命感のようなものに変わって……そして、今の気持ちはそういうものともまた違う。

一人の女の子のことがこんなにも気になるのは初めてだった。返事を待つ期間が胸苦しくて仕方がない。余計なことをいろいろ心配して、心を磨り減らしてくたくたに疲労する。でも、返事が来たときの幸福感でそんなものは瞬時に吹っ飛ばされる。いつからだろう、自分の一週間の起点が水曜になったのは。いつの間にか自分の大切なものの大部分が怜で占められている。怜の小さな言葉ひとつひとつにいちいちバカみたいに一喜一憂する。自分の鈍感さ無神経さに気づかされて自己嫌悪に陥ることもある。怜と比べたら自分は普段いかに漫然と日々を生きているか。高校なんてまわりみんなが行くものだから、それがありがたいことだなんて思いもしなかった。風邪をひいたら学校を休めてラッキーと思うくらいだし、水銀体温計をわざと擦《こす》って三十七℃にあげようとしたこともある。

　ごく普通に健康に育ってきた自分にとっては当たり前すぎて価値がわからなくなっていることが、怜にとっては当たり前ではないのだ。すこし熱がでたくらいでも怜の存在は簡単に失われてしまう可能性があるのだと気づき、不意に戦慄した。いつもどことなくなにかに怯《おび》えていて、必死でしがみついてくるような切迫感を怜の手紙から感じるのは、〝終わり〟があっけなく訪れることを怜が知っているからかもしれない。そう考えると、なににも代えがたいほど怜が大切に思えてくる。

〝忘れるわけないよ。嫌いになったりするわけないよ。そんなに心配しないで。怜が求めてくれる限り、わたしはどこにも行かないから〟

　自分の言葉で、中村満生の言葉で伝えられたらどんなにいいだろう。けれど怜が求めているのは満生ではなく、あくまで満里衣だ。満生の言葉になどなんの価値もない。皮肉なことに、どこにも存在しない満里衣の言葉だからこそ怜にとって価値がある。

〝世界でいちばん、永遠に、怜が好きだよ〟

3

　比較的暖かい日だったので、ずっと塞ぎ込んでいる洋介を散歩に誘った。もちろん病院の敷地の外までは行けない。落ち葉が積もった中庭の散策路を一対の細い車輪と一対のサンダル履きの足が踏んでいく。

「寒くない？」

と問いかけたが、洋介は視線を膝に落としているだけで反応を示さない。怜は自分が着ていたカーディガンを洋介の肩にかけ、膝掛けをなおしてやった。

御加護病院は市街地から離れた緑豊かな丘の中腹にある。木立ちの向こうに遠く町の風景を見おろすことができる。薄く立ちこめるガスでけぶっていることが多い町並みが、空気が澄んでいるこの季節にはくっきりと見晴らせる。駅の周辺を除けば大きな建物はさほど見られない、中規模の町だ。

あそこで暮らす人々はここにいる自分たちとはぜんぜん違う日常を送っている。病院があるこの場所のほうが標高は高いのに、怜にとっては町のほうが雲の上にあるかのように感じる。行けない場所。手が届かない場所。

町の中心部に線路が一本、市街を貫く黒い川のように横たわっている。あの線路は満里衣が住む町へも繋がっているんだろうか。どんな場所なんだろうとその風景に思いを馳《は》せても、たしかなイメージを結ばないまま儚く霧散してしまう。行ったことがある場所があまりに少なくて、想像の礎となるものがないのだ。自分の無力にこういうときがっかりする。

散策路をひと巡りして戻ってくると小児病棟の前に森山さんの姿が見えた。ああよかった、怜くんが一緒だったのねと森山さんはほっとした顔で怜と場所を替わって車椅子を引き受けた。

「天気がよかったから」

そうよね、ありがとう、と森山さんはすこししんみりした声になり、最近めっきり無口になった洋介の肩に優しく手を置く。いつも洋介くんを見てくれて、怜くんは優しい子になったよね、なん

て言われて怜は不満顔をし、

「前は優しくなかったみたいな言い方」

森山さんがくすくす笑うだけなので、否定しないんだなと怜は肩をすくめた。

洋介くんが今ちょうどあのころの怜くんの学年だもんね、怜くんはそのぶん大きくなるよねえ……森山さんが怜の顔を見あげ、秋晴れの空の青さが目に染みたのか、眩しそうに目を細めた。いつの間に森山さんの背丈を追い越したんだろうとふと思う。昔は自分が背伸びして森山さんに腰をかがめてもらわないと耳打ちができなかったのに。

ありがとうね、と何故かもう一度お礼を言われた。生きて育ってくれて、ありがとう。

「変なの」

怜が首をかしげると、だって病棟に入院してる子はみんなわたしの子どもみたいなものだから、と森山さんは目尻をさげる。婦長さんならまだしも森山さんは怜くらいの歳の子がいるほどまだおばさんじゃないんだけど。

今年の三月、淑子が〝はばたき教室〟の中学校を卒業した。ただ、淑子が卒業証書を直接受け取ることはなかった。卒業証書は淑子の棺《ひつぎ》に納められて一緒に焼かれたと聞いた。冬に患った肺炎から合併症というのになって、手のつけようがないほど急激に悪化したのだという。

洋介が塞ぎ込むようになったのはそのすぐあとだ。淑子のことが影響していたのかは本人じゃないからわからないし、本人もわかってないかもしれない。年齢的なものもあるのかもしれない。洋介は四月に中学一年になった。中一といえば怜が世界を一番窮屈に感じていたころだ。自分が属する世界の醜悪さに耐えられなくて、抜けだしたくて仕方がなかったころ。

満里衣との文通がはじまってちょうど二年。昭和六十三年の十一月が終わろうとしている。テレビの中では天皇陛下が臥《ふ》せっているというニュースが流れており、今年のうちに昭和が終わるんじゃないかって予想を口にする人もいて、不謹慎だと責められている。東京の小学校から飛んできた風船に返事をくださったというあの天皇陛下だ。

淑子は昭和が終わる日が来るなんてきっと想像もしないまま死んだのだろう。

そして自分も昭和の終わりをまたげるかどうかわからないことを、怜は知っている。

「洋介、いいもの見せてあげる」

洋介を元気づけたくて、仕方ないから宝物を見せてやることにした。家では絶対に買わないような高級なクッキーの缶（お見舞いの人たちがナースステーションに置いていくものを森山さんにもらった）が今ではもう二缶いっぱいになって三缶目に突入している。

一缶目の蓋をあけ、整然と収められていたものを洋介の脚にかかった掛け布団の上に広げた。ぼんやりと虚空を漂っていた洋介の目の焦点が次第にあっていく。満里衣の手紙……って、ひさしぶりに喉を通ったような掠《かす》れた声で呟《つぶや》いた。

一ヶ月ぶんごとにきちんと輪ゴムでくくった手紙の束だ。手紙が来るのは週に一度だから一ヶ月ぶんは四通もしくは五通。手紙を無理に奪おうとした洋介を突き飛ばして泣かして以来、これまで頑《かたく》なに洋介に中身を読ませたことはなかった。

怜、いいの？　と洋介が心配そうに窺ってくる。

「うん。でも、先に言っとかなきゃいけないことがある。この手紙にはすごい秘密が隠されてて、知った者は墓場まで秘密を持ってかなきゃいけない。覚悟がある者だけが手紙を読むことができる。それからこれは女の子は絶対に見ちゃいけない。男しか見ることができないんだ」

わざと物々しい口調を作って怜は言った。

蒼白かった洋介の顔にじわりと赤味が差し、瞳に生気が戻ってきた。しかつめらしい顔をして、うん、おれお墓まで秘密を持っていけるよと約束した。だってきっとそんなに遠くないから、難しくないし。

そんなこと言ってうっかり長生きしたらどうするんだよって怜は思ったけれど、苦笑しただけで洋介にひとつ目の束を渡してやった。

目を輝かせて最初の数通を読みはじめた洋介だが、すぐに困惑した顔になった。一度手紙から目をあげ、問いかけるようにこちらを見るので、先を読めばわかると怜は目線で促した。

さらに数通読み進めるうちに状況が理解できてきたらしく、洋介の頬がぴくぴくしはじめた。耐えられなくなったように手紙で顔を隠し、肩を震わせて笑いを噛み殺す。二年ぶん全部を読ませるまでもなかった。半年ぶんも読んだら体力を使い果たしたらしい（読むほうじゃなくて笑うほうで）。身体を折って脇腹を押さえて変なしゃっくりを繰り返す始末。読んでいいと言ったのはこっちではあるがいくらなんでも笑いすぎじゃないかと怜はさすがに少々むっとしながら、ひさしぶりに見た洋介の笑い方が変わっていることに気づいた。昔みたいに感情をあけっぴろげにして笑わなくなったんだな、と思う。

怜、ずっとこんなことしてたの？　今もしてるの？　だっておととしからずっとでしょ？　目尻に涙を滲ませてまだ喉の奥で笑いながら洋介が言った。

「今もだよ。おととしからずっと」

口を尖らせて拗ねた顔をしつつ怜は答える。洋介が笑いを収め、小難しげにうーんと唸《うな》った。

でも、怜、これって満里衣を騙してるんだよね……。

「うん。だから、もう言うよ」

えっ、満里衣に？　本当のことを？　でもきっとすっごい怒るよ。もう手紙くれなくなるかもよ。

怜、嫌われるの怖くないの？

「怖いよ。嫌われたくないよ。満里衣に嫌われたらおれの世界終わるから」

じゃあなんで急に？　ずっとばれなかったんだから、今になって……。言いかけたところで洋介がはっとなり、隣の怜のベッドのほうに首を振り向けた。壁のカレンダーにいくつかの予定が書き込まれている。主に検査の予定と、せいぜい〝はばたき教室〟の行事くらいだけど。二ヶ月で一枚のやつだから今は昭和六十三年の十一月と十二月。

十二月二十六日の日付が丸で囲まれ、その下にシャーペンで薄く、手術、と書いてある。

怜……死ぬかもしれないの……？　怯えた声で洋介が言った。

「死なないよ、バカ」

怜は笑って洋介の額を指で小突いた。

「思い残すことがないようにとかじゃないよ、別に。でも、もしもだけど失敗したら、満里衣を悲しませないで済むだろ。おれのことなんか嫌いになったまま忘れればいいんだから。もし成功したら……おれは満里衣の家に、自分の足で、土下座しに行くんだ。そういうふうに考えたの」

洋介に手紙を見せる気になったのは、予行演習という意味もあった。洋介に笑われても決意が変わらなかったら、次は満里衣に言おうと。

満里衣に嫌われるのは、ともすれば死ぬより怖い。でも、だからこそ考えようによっては今がまさしく思い切るチャンスだ。

条件次第だが手術の成功率は低く見積って五割らしい。両親が話しているのをこっそり聞いた。五割をどう捉えていいのか正確なところはわからないが、単純に考えれば死ぬ確率と生きて健康になる確率が半々ということだ。生き残ったら来年の三月には中学を卒業できる。つまり小児扱いではない年齢になる。淑子のように小児病棟をでられないまま死ぬか、それとも小児病棟をでておとなになれるかの、分かれ道。

この二年間で変わったこと。淑子が死んだ。洋介が中学生になった。病院の公衆電話がテレホンカード式になった。電話をかけるとき踏み台に乗る必要がなくなった。

〝満里衣、こんど電話してもいいですか？　どうしても直接伝えたい、大切な話があります〟

切りだし方をさんざん悩んだ。深刻な文面では満里衣を違う意味で心配させそうだから、もっと軽いほうがいいだろうか？

〝文通はじめてもう二年だけど、今まで電話したことなかったよね。満里衣の声を聞きたいな〟

洋介にネタばらしをしたあとでこの文体を続けるのは非常にきまりが悪くて背筋がむずむずする。二年前に文通をはじめたときはただ満里衣を手放したくない一心で女の子のふりをした文章を綴っていて、そのことに恥ずかしさというのはなかった。あのころの怜にとって、満里衣は肉体を持たない抽象的な存在に近かったように思う。満里衣は怜の精神的な救い主だった。幼い子が母親の愛情をねだるのと変わらない意味で「好き」という言葉を使っていた。怜にとっての満里衣は母親以上に崇高な、まさしく〝聖母〟だった、という違いはあったけれど。

今、その感覚は以前とは違ったものになっている。顔も声も知らないし、もちろん触れたこともないけれど、満里衣は今ではたしかに肉体のある、高校二年生の女の子として自分の中で認識されている。満里衣は森山さんよりも大きいかな、小さいかな。森山さんより小さかったら、自分はもう満里衣の背丈を追い越している。満里衣と手を繋ぎたいって思う。そしてできれば手を引かれるんじゃなくて、引くほうになりたいって。今はまだ無力な自分だけれど、きっといつか病院の外にでて、満里衣と並んで歩けるようになりたい。

本人じゃなくて家族が先に電話にでたらどうしよう。名乗って取り次いでもらえるだろうか。男からの電話なんて警戒されないだろうか——女の子の家に電話をかけるっていうのはこんなにも難易度の高いミッションだったのかと思い知って気が遠くなる。

仮にうまく取り次いでもらえたとして、満里衣は最後まで話を聞いてくれるだろうか。一瞬で電話を切られるかもしれない。怒鳴りつけられるかもしれない。でも、そうなったらそれこそ死んでもいいくらいの気分になるだろう。このミッションをクリアしたら、手術に臨む怖さなんてなんでもない。

だから、手術の前にひと言でも、罵声でもなんでもいいから満里衣の声を聞いておきたい。

*

二年間の文通のあいだに、会おうという話はもちろん電話をしようという話すらでたことはなかった。もちろん満生から提案できることではない。会えるわけがないし声だって聞かせられない。だから言いだすとしたら怜からしかないわけだが——。

とうとうその日が来た。恐れていた日が。そのわりに、ほのかに心が躍ってしまう日が。

「ミッコ、一生の頼みがある」

ミッコに頭をさげるしかなかった。

「はあ？　熱でもあるのお兄ちゃん」

この二年でずいぶんさばけた物言いをするようになったミッコが学習椅子をまわして眉をひそめた。満生はミッコの部屋の敷居の手前に正座をし、顔の前で両手をあわせた。

「とある女の子の代理をやって欲しい。事情は今から説明するが、ちょっと長い話に」

「満里衣でしょ？」

ミッコに足払いをかけた二年前に端を発する文通の経緯を今こそ晒す覚悟でいたら、あっさりと先手を打たれて二の句が継げなかった。

「気づかないわけないじゃん。お母さんも知ってるよ。水曜日はお兄ちゃん絶対に自分でポスト見るのどう考えたって怪しいし。満里衣宛ての手紙が来てたらお母さんわざわざポストに残しとくんだよ。ミッコ、お兄ちゃんが引きだしにかわいい便箋いろいろ集めてるのも見つけちゃった」

「おっ……まっ、おれの部屋入ったのか!?　おれにはこの敷居またいだら罰金とか言っとい……」

「エッチな本でも隠してないかと思ってガサ入れしたんだけど、そういうのほんとに一冊も持ってないんだね。それでかわりに見つけたのが手紙の束だもん。水沢怜ってあの子でしょ、風船の子。憶《おぼ》えてるっていうか思いだしてびっくりしちゃった。まさかお兄ちゃんが文通続けてたとはねー」

椅子の背もたれを軋《きし》ませて芝居がかった仕草で天井を仰ぐミッコ。あまりの衝撃に満生はまともに口がきけない。「よ、よ、よ」と顎をかくかくさせて繰り返すだけで、

「よ？　うん、読んだよ」

こともなげにミッコが言った。「まあ全部じゃないけど。最初のほうだけでお腹いっぱい。読んでるほうが恥ずかしくってもう」

「あああああ……」

絶望に喘《あえ》いで両手で頭を抱えた。おしまいだ。もうこの家で生きていけない。兄貴としての威厳が完膚なきまでに打ち砕かれた。くそ、もっとガキのころは体力にものを言わせて制圧できたのに、妹が中二とかになるとそれもやりにくくなってくるし。

「いいよ。協力してあげても。ほんとだったら光ＧＥＮＪＩのコンサートのチケット代と交通費くらい請求するとこだけど、恥ずかしーい純愛してるお兄ちゃんのために今回はタダでひと肌脱いであげる」

「ミッコ様！　一生恩に着る！」

体裁などかなぐり捨ててもう妹を拝むだけである。

「でも……こんなこと言わないほうがいいかもしれないけど、ミッコちょっと引っかかってること

があるんだよね。お兄ちゃんが写真とか送れないのは当たり前だけど、二年も文通してなんで向こうは写真の一枚も送ってこないんだろ？　すっごいブスなのかなあ。それとも……」歯切れの悪い口調でぶつぶつ言ってから、ミッコは「まあいいか」とさっぱりした口調に戻った。

「電話来たらわかることだもんね」


電話をする日時を手紙で二往復かけて決めるという迂遠《うえん》な手続きに余計な時間を費やして、いよいよその日。十二月十二日月曜日。

約束の時間は夜八時だというのに満生は夕方からそわそわと電話が鳴るのを気にしはじめ、三十分前には電話台の前に正座している有様だった。多くの家がそうであるように中村家の電話台も玄関前の廊下に置かれている。プッシュ式電話機も最近増えてきたが中村家はまだダイヤル式の黒電話だ。パッチワークのカバーが受話器にかかっているのがいかにも家庭臭い。

「ちょっともう、満生、でかい身体してなんなのさっきからあんたは」

茶の間と台所を行ったり来たりしている母に障害物扱いされて尻や膝頭で何度もどつかれた。狭い家の狭い廊下にそこそこガタイのいい高校生男子が鎮座していればたしかに邪魔である。夕飯の片づけどきのこんな慌ただしい時間に約束するものではなかったが、学習塾に行っているミッコが帰宅していて、かつ怜の病棟の消灯時間前となると案外選択の幅が狭かったのだ。

満生が父をよそおってまず電話を受け、満里衣になりすましたミッコに替わるという段取りだ。文通初期の段階できょうだいは妹一人とうっかり書いてしまったことが足枷《あしかせ》になり、「満里衣の男きょうだいの満生」としてすら怜の前に登場することができないのだ。ミッコにはボロがでないようほどほどのところで会話を切りあげてもらわねばならない。

〝満里衣が直接電話にでられないの？〟と怜にゴネられたのだが、〝うちでは子どもに来る電話はお父さんが取り次ぐことになってて〟と苦しい理由をつけた。〝だから最初は男の人がでるけど、びっくりしないでね。すぐに替わるから〟

満里衣として話すことは叶わずとも、怜の声を聞きたい。どんな声で、どんなふうに話すのか知りたい。ひと言でいいから怜と言葉を交わしたいという欲求を抑えられなかった。

自室から持ってきて電話機の脇に置いた目覚まし時計に目をやると、七時五十分。ミッコが二階から降りてこないので階段の下から「おいミッコ、なにやってんだよ、もうすぐ時間だぞ」と声をかける。「えー？　まだ十分前じゃん」二階から返ってきたおざなりな返事に苛々《いらいら》したが、無償で協力してもらう立場なのであまり強くも言えない。

電話台の前に再び正座。かかってくる電話を取り次ぐだけなのにこの緊張感はなんなのだろう。高校受験のときだってこんなに緊張しなかったぞ。ごほんと咳払いをし、地声より低くしたおとなの男の喋り方を練習する。はい、中村ですが。はい、中村ですが……。怜を怖がらせないように人あたりのいいお父さんっていうイメージで行こう。うちの親父は無愛想だから参考にならない。

練習しているうちにもう二分前になっていた。ミッコはまだ降りてこない。

「ミッコ！」

階段の下からまた呼ぶと「今行くってー」と返事だけは聞こえるもののドアがあく音がしない。舌打ちして階段を駆けあがり、「なにやってんだよおまえ」とミッコの部屋のドアを叩いた、そのときだ。

「ただいま」

階段の下で玄関があく音がし、至極無愛想な声が聞こえた。普段は九時を過ぎるくせに今日に限ってなんで帰りが早いんだ!?

間の悪さは重なるもので、廊下にあがった父の目の前で電話が鳴った。「あ、来た」とようやくドアをあけて顔をだしたミッコを尻目に満生は身をひるがえして階段を駆けおりたが、

「はい、中村ですが」

おおおおい親父！　普段は電話番なんて女房子どもの仕事だって顔して目の前で鳴っても取らないくせに！　しかもなんだよ、最初っから威嚇するみたいなその不機嫌な声！

「満子の学校の友人ですか？　……はい？　うちにはおりませんが……？　かけ間違いじゃないですかな」

最後の四段ばかりを抜かして満生が一階に飛び降りたときには父は受話器をがちゃんと置いていた。

「ちょっ、父さん！　なんで切るんだよ！」

「間違いじゃないかと言ったら向こうから切れたんだ。謝りもせんで」

最近の若者はとでも言いたげに父は憤然としている。憤慨してるのはこっちだ……が、母やミッコにばれたのは今さら仕方がないにしろ父にだけは断じて事情を言うわけにいかない。女のふりして女の子と文通してたなんて知られたらぶん殴られる。

「ね、念のため、なんて言ってた？」

「ん？　ミズサワといいます、誰々さんをお願いできますか……とか言っていたが、聞き取れなかった」

「どんな声の子だった？　えーと念のため」

「声？」何故そんなことを訊くのかと父は奇妙な顔をして、「高校生くらいの、普通の声だったぞ。おまえと同じくらいの……まさかおまえの学校の友だちの悪戯《いたずら》か？」父の表情が険《けわ》しくなったので満生は引きつり笑いを浮かべて「まさか。だいいちおれ男子校だろ」と慌てて否定しつつ、ミズサワ……父の口からでた名前が鼓膜でリフレインする。電話の主は間違いなく怜だ。

どうやら父は最近ミッコ宛てに男から電話がかかってくるようになったことを警戒しているようだ。娘のそれほどには息子の異性関係に関心はないだろうが、ミッコのついでに満生の電話にも介入してくる可能性は高い。適当にはぐらかして父を茶の間に押しやると、入れ違いに階段の手すりの向こうからミッコがうんざりした顔を覗かせた。「もう、最近お父さんめんどくさい。連絡網のついでにちょっと話してただけなのにー」

目覚まし時計を見ると八時を三分少々過ぎていた。教えた番号が間違っていたと思われただろうか。父の声で怖がらせてしまっただろうか。もう一度かけなおしてきてくれればいいのだが……。

階段の一番下の段にミッコと並んで腰をおろし、二人して電話の方向に首をひねって待っていたが、その晩、もう電話は鳴らなかった。

二週間後。クリスマスも終わって一気に年末ムードになった、十二月二十六日月曜日。

年内に年号が変わるのではないかと噂されていたが、天皇陛下は持ちなおされたようで、昭和は今のところまだ続いている。正月が国の喪中にならないことをたぶん多くの国民が願っている。

父が出勤するのを待ってからばたばたと家をでて、午前中のうちにはY県＊＊駅に降りたつことができた。この二年あまり、幾度も駆けつけたいと思いながら衝動を抑え込むしかなかった。いざ来てみれば県境をひとつ越えるだけ、特急列車と普通列車を乗り継いで一時間半ばかりしか離れていない場所に住んでいたのに。

不運なすれ違いが起こった十二日の電話のあと、〝ごめんね、あれは満里衣の家で間違いないよ！　お父さんが酔っ払ってて……〟と言い訳をでっちあげた手紙をすぐに送って反応を待ったのだが、二週間経っても怜からの返事は来なかった。怜が体調を崩して一週間手紙が途切れたことは幾度かあったが、二週間もあくのは初めてだった。父がでてしまったあの電話を怜はどう解釈しただろう？　こっちからのフォローの手紙は届いてるんだろうか？　返事が来ない限り怜の様子がいっさいわからないのがたまらなくもどかしい。

十二月二十四日と二十五日が週末にかかるという、クリスマスのイベントにうってつけの年だったが、いつかのように満生はなにひとつ手につかず、寝間着にどてらという恰好で畳に寝転んではたんばたんと寝返りを打ちながら土日を無為に消費した。ミッコはミッコで友人たちとのクリスマスパーティーへの出席を父に許してもらえず、不貞腐《ふてくさ》れて部屋に閉じこもっていた。

そんな兄妹の様子を見かねたのか、二十五日の日曜の夜、母がこっそり部屋を訪れ、

「これでミッコをどこかに遊びに連れてってあげなさいな」

と、交通費として一万円を支給してくれたのである。「二十八日からはお父さんがお正月休みに

なっちゃうからね」とまでわざわざ耳打ちしていった。チャンスは二十六日か二十七日の二日間。どこまで母が察していたのか、結局その後永遠に聞きだすことはなかったのだが——一万円は二人でY県まで行って帰ってくるのに十分な額だった。

「お兄ちゃん、お金あるんだからタクシー乗ろうよ」

ミッコが駅前のタクシー乗り場を指さした。子ども二人でタクシーに乗るなど初めてだったので行き先を告げる声がうわずった。

「ゴカゴ病院までお願いします」

「ゴカゴ？　ああ、ミカゴ病院のことでいい？」

運転手に訂正されて一瞬頭が真っ白になり「えっ、あっ、えーと、大きい小児科がある病院だと思うんですけど」

「うん、それがミカゴ病院。読み間違う人多いんだよね。キリスト教系の、小綺麗な病院だよ」

「そうなんですか……」

二年間で何十回と封筒にしたためた住所の読み方も正しく知らなかったのか……。自分が知っていたのは手紙の文面から読み取れる、怜という全部の中のほんのひとかけらだけだった。怜が生きているリアルな世界をほとんど知らなかった。

窓の外を流れていく風景を目に焼きつける。ここが怜が住んでいる町だ。

急がない速度で十分ほど走り、駅前の市街地から離れたところで「見える？　あの坂の上の」と運転手がフロントガラス越しに斜め上方を示した。「綺麗な場所にあるでしょう。年中あの丘だけは緑がなくならないんだよ」

冬景色の中でそこだけ緑がこんもりと盛られた丘の中腹に大きな白い建物が見えた。よく知らないがキリスト教のチャペルを思わせる形の建物も一棟ある。なにか神秘的な力に包まれたような清閑とした森の中に佇《たたず》む、なるほど小綺麗な病院だった。

平坦な道から蛇行する坂道に入り、背中をシートに押しつけられた。ヴーンというこもった振動とタクシー独特の閉塞感が身体の調子を狂わせる。

「うっ……なんかおれ車酔いしてきた……」

「もう、しっかりしてよ。お兄ちゃんが緊張することないじゃん。正体ばらしに行くわけじゃないんだし、お兄ちゃんは後ろで黙ってればいいんだから」

「そりゃそうだけど……ミッコ、ちょっと手握ってて。頼む」

「やだ。お兄ちゃんの手じっとりしてる」

「しょうがないだろ、さっきから変な汗が……」

満里衣はどうしても来られないから、妹のミッコが一日遅れのクリスマスプレゼントを預かってきた、という設定だ。ミッコのことはしょっちゅう手紙の話題作りに利用しているから怜も知っている。中学生のミッコに一人旅はさせられないので付き添いで来たのが満生——満里衣とミッコ姉妹の従兄弟《いとこ》ということにでもしておこう。強引ではあるが怪しまれるほど不自然なシナリオじゃないはずだ。

満生はあくまで脇役。怜の様子をひっそりと見ることができればそれでいい。

クリスマスプレゼントは出掛けに慌てて駅前のデパートで買った。悩む時間がなかったので最初に目についたもの、綺麗な水色のカーディガンにした。風船にくくられた手紙を拾ったときからそれは満生の中で怜をイメージする色だった。大きめのサイズを買っておけというミッコの助言に従った。もしもだけど、怜が想像よりもかなりふくよかな女の子だったとしても、怜への想いが揺らぐ気はしない。

「お兄ちゃんさ、怜に会ったらがっかりするかもしれないよ」

隣でぽつりとミッコが言った。手のひらはあわせてくれなかったが、なんだかんだ言って軽く手を絡めてくれていた。

「怜がちょっとくらいぽっちゃりしてたって、おれは幻滅したりしないって」

「そうじゃなくてさあ……お兄ちゃんのそういう一途さが、ぜんぜん違う形で裏切られるかもしれないってこと」

つきましたよ、と運転手の声が会話を遮った。開けたロータリーにタクシーが静かに進入し、正面の建物の入り口に横づけした。

「入って左の渡り廊下を進んだとこが小児科ね。お見舞いだったら四階のナースステーションが受付だよ」

誰かの見舞いに来たことがあるのか、あるいは運転手自身の家族が世話になったのか、釣り銭を渡しながら親切に教えてくれた。

「水沢怜さんとは今日は面会できません」

ナースステーションの窓口でまさかの門前払いを食らったが、ちょうど通りかかった看護婦さんが話を聞いてくれ、無事に病室に案内してもらえることになった。

「満里衣ちゃんの妹さんが来てくれるなんて」

朗らかな看護婦さんで、ミッコを先導して歩きながら我がことのようにはしゃいでいた（脇役の満生は一番後ろを黙ってついていくだけだ）。文通のことも知っていて、怜を気にかけてくれていることが窺えた。

エレベーターホールの目の前がナースステーションで、その斜め前にはテレビやテーブル等を備えた談話コーナーがあった。色とりどりの立方体のスツールが子どもが積みあげたブロックみたいに乱雑に置かれ、絵本やパズルなどの遊具も備えられている。白木に赤や黄などで彩色されたテーブルや椅子は子ども用に低く作られている。

談話コーナーを通り過ぎて角を折れると廊下が奥へと続いていた。壁に沿って低い位置に手すりが設《しつら》えられ、これまた赤や黄などで彩色されたスライドドアが並んでいる。病室ごとにドアの色が違うようだ。廊下の壁の端から端まで虹の絵が描かれていて、ファンシーなタッチの動物たちが虹の上で踊っていた。全体的に彩り豊かで楽しげな演出がされていて、一般の病棟のようにただ白で統一された無機質な感じはしない。高校生の満生が歩くのは逆に居心地が悪いくらいだ。

背後に気配を感じて振り返ると、頭にすっぽりとネットをかぶった幼い女の子がすぐ後ろをついてきていた。ぬいぐるみの腕を摑んでぶらんとぶらさげ、満生の顔を黙って見つめてくる。その佇まいになんとなくぎょっとさせられて満生は息を吞んだ。女の子はぱたぱたとスリッパを鳴らして満生を追い越し、すぐ先にある黄色いドアの中へと姿を消した。

ドアの前を通り過ぎざまそっと覗くと、当たり前なのだが、ベッドの上にいるのはパジャマ姿の子どもばかりだった。ここには子どもしかいないのだ。小児病棟とはどこかしら健康を損なっている子どもばかりが入院している病棟だ——言うまでもないその事実が、しかし、ごく健康体で生まれて今までさしたる怪我も病気もしたことがない満生には少なからぬ衝撃だった。

こういう世界で生きてきた怜と自分とでは、本質的になにかが違うのではないか。怜に会って本当に気持ちが変わらないでいられるか、ふと自信が揺らいだ。

今日の午後、怜は大きな手術に臨むのだそうだ。一日でも躊躇《ちゅうちょ》していたら、一本でも電車を遅らせていたらきっと面会は実現しなかった。あと一時間ほどで麻酔が入るとのことで、満生たちの到着は実にぎりぎりのタイミングだったようだ。ぜひ会ってやって、手術を乗り越える力を添えてやって欲しいと看護婦さんに言われた。満里衣ちゃん本人に来てもらえたら一番よかったんだけど、と。

看護婦さんには言えないが、満里衣は来ている。

朝からずっと緊張はしていたが、その大部分はいよいよ怜に会えるという昂揚感から来るものだった。しかしこの段になって急に不安から来る緊張のほうが勝ってきた。自分たちなんかの言葉で怜を元気づけることができるのだろうか……。

「森山さん、誰？　誰？」

明るい声が聞こえて目の前に注意を引き戻された。廊下の先に車椅子が停まるのが見えた。車椅子を操っているのは小柄な少年だ。

「誰でしょう｜？　なんと、中村満里衣ちゃんの妹さんでーす」

とっておきのクリスマスプレゼントが届いたみたいに大袈裟な溜めを作って看護婦さんが言った

途端、少年は目を丸くし、くるりと車椅子を返して驚くべきスピードでもと来た方向へと廊下を滑っていった。奥まったところにある黄緑色のドアの向こうに車椅子が消え、「怜やばい、怜やばい」と騒ぐ声が聞こえた。あそこが怜の病室——緊張が一足飛びに頂点に達し、動悸《どうき》が激しくなる。

ミッコが満生の覚悟をたしかめるように一度振り返った。ひとつ唾を呑んで満生が頷《うなず》くと、ミッコも無言で頷き返し、看護婦さんに続いて病室に入っていった。

病院の中で看護婦さんが取り次ぐ声と、それに応じる声が聞こえた。

「……ミッコちゃん？　来てくれたんだ……」

満生の耳に触れた、それが怜の第一声だった。いつか聞いてみたいと、この二年間切望した声。控えめなトーンの澄んだ声は聞き取りやすく、あたたかみがあった。さっき一瞬抱いた不安が薄れてほっとする。……でも……、……え？　この声……？

おそるおそる戸口に近づく。白んだ病室の風景が視界の片側からゆっくりと入ってくる。白いカバーの掛け布団がかかったベッドの足の側にミッコが立ち、車椅子の少年がまるでベッドの主を守ろうとするかのように厳《いか》めしい顔でミッコを睨《にら》んでベッドサイドに張りついている。

冷ややかな声でミッコが言った。

「水沢怜……くん、でいいんだよね」

片方の肘を立てて驚いた顔で枕から頭をもたげているベッドの主は、色白で線が細い面立ちの

——……一見すこし迷わないこともないが——

男……？　だよな……？

ええっと？　つまりどういう……？　これが怜だとするならば満里衣は二年ものあいだ男と文通

してたってことに？　いや待て、えーと満里衣も男なんだ。いや満里衣はおれなんだから当たり前だ。男なのに女のふりしてたのが満里衣で、怜も男なのに女のふりしてて？　……え？　……は？

看護婦さんがベッドの背を起こし、車椅子の少年を促して、「三十分以内でお願いね」と、ただの付き添いということになっている満生に囁《ささや》いて外にでた。すれ違いぎわに少年が車椅子から手を伸ばして満生の服を摑んだので、内心パニックに陥って固まっていた満生はびくっと身を跳ねさせた。

「ねえ、満里衣はとっても怒ってる？　だから怜を助けに来てくれないの？　今日の手術、怜は本当はすごく怖いんだよ……」

「洋介くん」と看護婦さんが少年をなだめて車椅子を押した。

看護婦さんと少年が立ち去ると、病室には細い糸がぴんと張ったような空気が残った。

しばらくの沈黙のあと、最初に口を開いたのはミッコだった。

「二年もよく嘘つきとおせたよね。罪悪感なかったの？」

厳しい言いように怜が気まずそうに視線をさげ、

「……すみませんでした」

と、ベッドの上で姿勢を正して深々と頭をさげた。

「やっぱりあの電話で全部わかった……ですよね。満里衣にももう全部、ばれてるんですよね……」

「ばれなきゃいいと思ってたの？　最低だね。満里衣をからかって笑ってたわけ？」

「ちがいますっ」

うなだれたままぶるんっと首を振って怜はそれだけは即座に否定した。ミッコ、と満生はとっさに諫《いさ》めようとしたが、声が掠れて言葉にならなかった。

喋り方は芯が通っていて落ち着いた感じだが、開襟のパジャマの上にカーディガンをはおった身体はいかにも華奢で、頼りなく見えた。パジャマの袖から覗く細い腕に点滴の針が刺さっているがチューブはどこにも繋がっていない。麻酔の準備のためなのだろうか。男……なんだけど、陽に焼けたことなど一度もないような綺麗な白い顔は自分と同じ性別の人間とは思えなかった。文通をはじめた二年前くらいまでだったら、ともすると声や見た目で男だとはわからなかったかもしれない。

「満里衣はやっぱり、怒ってますか……？」

上目遣いでミッコに問うて下唇を噛む。さっき頭を振ったのでやわらかそうな髪が額の上ですこし乱れている。

「怒ってるかどうかだってさ」

不貞腐れた顔でミッコがこちらを振り返って顎をしゃくった。それで初めて怜は戸口に立っている満生の存在に気づき、不思議そうな顔をした。反射的に満生は身を強張らせ、跳ねる動悸を抑えて怜の反応を待つ。もしかして勘づかれる——？

果たして、怜は満生の顔をひととき見つめてから、誰だろう、というように小首をかしげただけで。

ああ……と心の中で溜め息が漏れ、強張った肩から力が抜けた。そうだよな、そりゃ……。

「……怒ってないよ、満里衣は。満里衣に頼まれて、ミッコはそれをきみに伝えに来たんだ」

「お兄ちゃんっ」

咎《とが》める声をあげたミッコを目で制す。ミッコが不満げに口をつぐんだ。怜に向かって曖昧な笑顔を作って満生は続けた。

「手術、きっとうまくいくよ。満里衣に祈っとくように伝えておくから、大丈夫」

最後のほうが掠れそうになったが、言い切ることができた。

「頑張って。……頑張れよ」

ミッコの勘のよさに感心したら露骨に蔑《さげす》みの目を向けられた。

「お兄ちゃんと怜が鈍すぎるの。怜がもし本物の女の子だったらとっくに怪しんでたよ。怜から来た手紙がどっか不自然だったのと同じくらい、お兄ちゃんが送った手紙だって不自然だったはずだもん。ほんと男子って単純バカだよね」

男どうしだったからこそ二年間も互いになにも気づかないまま文通を続けてたってことか。なんていうかもう……叶うならこのまま地面を掘り進んで地球の裏側に逃げたい。

あれからすぐに怜のお母さんが来たので満生たちは病室を辞した。談話コーナーでしばらく待っていると、おとなたちの控えめな話し声とともに一台のストレッチャーがエレベーターホールに押されてきた。ストレッチャーに横たわった怜がこちらに首を巡らせ、微笑んで目礼した。病院スタッフや家族に囲まれてストレッチャーが寝台用エレベーターに消えるまで満生たちは遠くで見守った。

看護婦の森山さんの計らいだろうか、満里衣からのクリスマスプレゼント、水色のカーディガンが怜の足もとに掛けられているのが最後に見えたとき、これでよかったんだと満生は確信した。とっさに取った自分の行動は間違ってはいなかった。あそこで正体を明かすことをしなくてよかった。まあミッコには心底あきれられたけど。

駅までの復路は路線バスを使うことにして、二人は病院前のバス停にいた。

「なんで言わなかったの？　お兄ちゃんだってずっと嘘つかれてたんだから、言ってやればよかったじゃん。腹が立たないの？」

「……ミッコさんはなんでそんなに怒ってんの？」

「そりゃ、ミッコはさ、お兄ちゃんの味方だから……お兄ちゃんがかわいそう」

はは、と満生は笑って、頬を膨らませて俯《うつむ》いているミッコの頭をぽんぽんと撫でた。ちっちゃいころあんなにいじめたのになあ……。すっかり立場が逆転したように見えて、ときどきやっぱりなにも変わっていないようにも感じるのは不思議なことだ。

ミッコが真っ先に怜を糾弾しはじめたから、かえって冷静になることができた。怜の悄然《しょうぜん》とした様子が痛ましくて、満生は怜に同情的になるしかなかった。腹が立つもなにもお互い様なわけで、自分に怜を責める資格があるはずもない。

「あのときさ、思ったんだよ。怜にはまだおまもりが必要だって。あそこで本当のこと言ったら、怜のおまもりがなくなっちゃうだろ。満里衣の正体がおれみたいなかっこよくもない男だったってわかったら、がっかりしちゃって、手術を乗り越えられないかもしれないじゃん」

「お兄ちゃんはかっこ悪くないよ。ウドの大木っぽいだけ」

「フォローと受け取っていいのかそれは……」

怜が満生の顔を見たときの、いっさいピンと来てなさそうな反応——正直なところを言えばちょっと傷ついた。もちろん気づかれては困るし、そのために偽装シナリオだって考えてきたのだが、怜とはなにか運命的なもので繋がっていて名乗らずとも気づいてもらえるんじゃないかっていう期待もどこかにあった。怜の中の満里衣のイメージと満生とではあまりにかけ離れていて結びつかなかったのだろう。

対して怜は——怜だった。

もちろん今まで男かもしれないなどと一瞬たりと疑ったことはなかった。けど、容姿とか性別とかを超越した、佇まいとか喋り方とか表情とか、存在そのものが持つ空気感みたいなものが、自分の中にそれはもう強固に形成されていた怜のイメージに不思議なほどすんなり嵌まったのだった。この子があの手紙の怜だって。この子がずっと自分に助けを求めてくれていたんだって。抵抗なく受け入れられた。怜が悪意をもって満里衣をからかっていたとは思えなかった。甘いのかもしれない。でも仮に怜に悪意があったとしても、そんなことを疑うのが嫌だった。自分が信じたいものが真実だって、思い込んでもいいときがあるとしたら、今がそうだと思う。

路線バスがロータリーをまわってくるのが見え、ミッコが待合ベンチから身軽に立ちあがった。あれに乗って駅に向かわないと父が帰宅する時間までに家に着けなくなる。しかしどうも腰をあげる気力が生まれなくて満生はまだのろのろしていた。

騙されていたとは思っていないし、憤りの感情もない。

が、ショックじゃなかったかと言えば、相当にショックだったのである。

「……なあ、ミッコ。これも失恋と言えるんだろうか」

虚空を見あげて気の抜けた声で呟くと、

「早く立ちなおって、次の恋見つけなよ」

妹に憐《あわ》れみをかけられた。

そうは言っても……。

二年前の十一月、ラッキーアイテムとラッキーカラーとラッキーナンバーが全部揃った、あの身体の芯がぞくぞくする感覚を、なにか特別なことが起こってるっていう予感を、ほかの誰かとの出会いで経験することなど、もう一生ないような気がした。

4

御加護《みかご》病院までお願いしますと告げると、運転手がバックミラー越しに感心した顔をした。

「へえ、お客さん地元の人じゃなさそうだけど、よく知ってるね。ゴカゴ病院ってね、よそから来た人はたいてい間違って言うんですよ。でね、ミカゴじゃないですかって教えてやるんです。キリスト教系のね、小綺麗な……」

なんだかめんどくさい車に乗っちゃったかなと閉口しつつ、車内に掲示された身分証の氏名にわずかに記憶を刺激された。前にもこの運転手の車に乗ったことがあっただろうか？

——思いだした。ほかの場所で見かけたことがある人だ。バックミラーに映る目鼻立ちに娘の面影が窺える。

「あの。町田淑子さんのお父さん、ですよね」

バックミラーの中で喋り続けていた運転手が驚いて口をつぐんだ。

お父さんがタクシーの運転手をしていると自慢していたのを何度か聞いたことがある。あのころ世の中はバブル景気で、バブル崩壊後の、タクシー運転手と言えば不況の煽《あお》りを食らった中高年の再就職先といったイメージはまだなかったのだった。

いい思い出ばかりではなかった、というか思いだしたくもない記憶のほうが多いのに、旧懐の情がふとわいた。なんだかんだで自分はあそこで育ったのだと、十年もたった今になって実感する。

「一時期淑子さんと一緒に入院してました」

バックミラーに向かってはにかんで言うと、運転手がしばし目をみはってから、「ああ……」と喘ぐような声を漏らして言葉を詰まらせた。「そうだ、思いだしたよ。淑子と歳が近くて綺麗な子だったからよく憶えてる。退院できたのか……そうか、そうか、よかったなあ……」

淑子の名をだしてよいものだったろうかと、言ってしまってから若干後悔した。淑子はおとなになれなかった女の子だから……。けれど運転手は破顔して「よかったなあ、よかったなあ」と何度も頷いてくれた。

時は平成、一九九九年六月。御加護病院を退院してもう十年になる。一年遅れで高校に通いながらその後も外来の通院は続いたが、高校卒業と同時に晴れて通院終了を告げられた。そこそこ人並みに生きていける身体を授かったことを保証された。

小雨がぱらつく梅雨空の下、はやる気持ちを抑えてタクシーを降り、傘を差すのももどかしく病棟に駆け込んだ。

中村満里衣と名乗る人物が訪ねてきている――という連絡が、かつて入院していた病院から実家にあった。実家からの中継連絡を携帯電話で受けたとき、奇跡的なタイミングで怜は帰省のため特急列車に乗っていたところで、一時間で行けるから待っていて欲しいと伝えてもらった。実家に立ち寄ることなく駅からタクシーに飛び乗って直接御加護病院を目指した次第だ。

満里衣が来た――いや浮かれるのははやい。手紙が途絶えて十年以上経つのだ。今ごろどういう用件なのかまったく見当がつかない。怜より二学年上だった満里衣は今年で二十八歳になるはずで、結婚していてもおかしくない年齢だ。変な期待はしないで平常心で――。

無理だ。

ああもう、なんだよ……。こんなに未練がましかったかと自分自身にあきれ果てて舌打ちしたくなる。最近になってようやく忘れたつもりになっていたのに、結局つ、も、りだっただけじゃないか。十年経つのにぜんぜん吹っ切れてない。

小児病棟の受付がある四階でエレベーターを降りたところで、待ち構えるようにドアのすぐ前に立っていた看護師とぶつかりそうになった。「きゃっ」と身をすくめながら至近距離でこちらを見あげ、

「まあ……怜くん？」

ぱあっと表情を輝かせたのは、昔よりもふっくらした身体を薄いクリーム色のナース服に包んだ森山さんだった。

「本当に？　うわあ、青年になっちゃって、青年になっちゃって」

と肩やら腕やらをぱたぱた叩かれる。青年青年って連呼されると妙に恥ずかしいんだけど……。

森山さんの声がやけに鮮明に聞こえた。こんな声の人だったのかと初めて認識した気がする。ここで暮らしていたとき、病棟の人たちの声はどれも遠くて色が無くて、感覚の表面をつるつると滑っていくように感じていた。聞こえているし会話も成り立っているのだが自分の内側にまで声が入ってこなかったのだ。自分のまわりに硬い殻をまとったようなあの感覚が、いつの間にか消えていた。

「森山さん、満里衣は？」

「ああ、ええとね、中村満里衣ちゃんっていう子が怜くんを名指しして会いに来たのは本当なんだけどね……」

森山さんは何故だか困ったように言葉を濁し、談話コーナーのほうに目をやった。

・遊具が雑然と散らかった談話コーナーに、懐かしいあのサイコロ型のスツールが並んでいる。スツールのひとつに腰掛けていた人影がこちらに気づいて立ちあがった。

満里衣——？

「怜くん？　ミッコだよ。中村満子。わかる？」

「あ……」

つい落胆した反応をしてしまってから笑顔を作って会釈《えしゃく》した。妹のミッコちゃんだ。手術当日に初めて来てから、その後も入院中何度かミッコちゃん一人で見舞いに訪れてくれた。

と、ミッコちゃんの陰に隠れていた別の人影がスツールから飛び降りて一直線にこっちに駆けてきた。つま先で急ブレーキをかけるような感じで怜の目の前でぴたっととまり、前のめりになったままじっと見あげてくる。なんだかわからないが気圧《けお》されて怜は顎を引いた。

小学校低学年くらいだろうか、髪の毛を頭の横で二つ結びにした女の子だ。髪をくっているゴムにこれくらいの女の子が好みそうなリボンもボンボンもついていない、ただの黒だ……というのが何故か目についた。

「あなたがみずさわれいさんですか?」

舌足らずであどけない、しかし頑固そうなところがうっすらと窺える口調で女の子が言った。

「はい。水沢怜です……が」

たじろぎながらとりあえず頷く。女の子が斜めがけにしていたポシェットをお腹の前に持ってきてなにかを摑みだした。大きさや色柄が不揃いなひと束の封筒——〝中村満里衣様〟と、馴染みのある筆跡による表書きが見えた。

「このお手紙、書いてくれたのはあなたですか? まだおうちにもいっぱいあるの」

心当たりがあるというかありすぎるものだ。な、なんでその、自分の十三歳から十五歳の、まさしく思春期の迷走の痕跡とでも言うべきものが今ごろになって……。

森山さんとミッコちゃんに困惑した視線を投げたが二人とも黙って見守る姿勢のようだ。真摯な瞳でこちらを見据えて女の子が答えを待っているので、少なからず顔を引きつらせつつ認めるしかない。

「はい。おれが書きました」私が殺《や》りました、って自白する気分。

鬼気迫って見えるほど強張っていた女の子の顔が、糸が切れたみたいにくしゃっと歪んだ。さくらんぼの種ほどもある涙の粒が両の瞳からぽろりぽろりと零《こぼ》れだしたので怜はおおいにうろたえた。

「えっ、ど、どうかした?」小児病棟にいたとき年少の子が泣くのをどうやってなだめてたっけ? こんなときに限って淑子の意地悪に意地悪で仕返ししたことしか思いだせない。

「えーと、大丈夫？」

戸惑いながら腰をかがめて手を差し伸べると、女の子の小さい手が怜の指をぎゅっと握った。引っ張りおろされるような形で怜は女の子と目線をあわせて膝をついた。

思うまま声をあげて泣きじゃくるのが当たり前の年齢なのに、女の子は唇を左右にきつく引き結び、声を殺してしゃくりあげるだけだった。喉の奥から細い嗚咽《おえつ》が途切れ途切れに漏れ聞こえる。

「おとうさんが言ったとおりだった。たくさんお手紙きてた。まりいにお手紙たくさん書いてくれて、ありがとう……」

ミッコちゃんがようやく助け船をだすように近づいてきて、「ごめんね怜くん。びっくりさせて」と口添えした。嗚咽をこらえて震える女の子の肩に手を添え、微苦笑を浮かべて、

「この子が満里衣だよ。中村満里衣」

〝家に帰ったら、満里衣にお手紙がたくさん来てるよ。だから、泣かなくていいから……ごめんな……〟

中村満生が娘に遺《のこ》した最後の言葉だったという。

御加護病院にミッコと満里衣が訪ねてきた、翌日。あらためて怜のほうからN県の満生の生家を訪ねた。居間の仏壇の前に白いクロスがかかった中陰壇が設えられていた。長男を失ったばかりの家の中はしめやかな空気に満ちていた。

満生が亡くなったのは一ヶ月前。白杖をついて駅のホームを歩いていた視覚障害者が人混みの中

で突き飛ばされて転びかけ、通りかかった満生が抱きとめた。それで済めばなにごともなかったのだが、視覚障害者が取り落とした白杖をとっさに摑もうとした満生が過《あやま》って線路に転落し――ちょうど線路に滑り込んできた電車と接触した。病院に搬送され一度は持ちなおしたものの、二日後に亡くなったという。

「ほんっとバカだよねお兄ちゃん。人が落ちたんならともかく杖を助けようとしてだよ？　英雄扱いなんかされなかったし、っていうか迷惑な人身事故になっただけでこっちが申し訳ないし、バカすぎて、もう……。でもなんかさ、そうやって英雄になりきれないところがお兄ちゃんらしいっていうかさ……」

突き放した言い方をしたもののミッコちゃんは言葉を詰まらせてハンカチで口を押さえた。

祭壇に飾られた遺影の青年に、以前一度だけ会ったことがあった。十年と半年前の話だ。中学生だったミッコに付き添ってきた従兄《いとこ》という話で、名前は聞かなかった。そのときはその紹介を鵜呑みにして疑いもしなかった。だから正直なところ、あらためて写真を見せてもらうまで顔も思いださなかった。

胸から上の写真だけでも比較的体格がいいことが窺える、健康そうな青年だった。といっても自分の基準にあてはめたら大部分の人が健康そうっていうことになるから、とにかくまあ普通の人だ。はにかんだ笑顔に人のよさが滲みでていて、この写真を遺影に選んだ家族にも好感を持つ。

だが申し訳ない話、どんなに写真に目を凝らしても、ピンと来ない。この人が、満里衣だ、った、んだ、と、なにか感じる部分を探しているのに、わからない。わからない自分が歯痒《はがゆ》い。

あのとき言ってくれさえすれば……あの場面で自分一人だけが真実に気づかず道化を演じていた

のかと思うと、故人に向かってとはいえどうしても恨み節を言いたくもなる。

「……初恋だったのに」

遺影に向かってぼそりと零すと、ハンカチで目尻を押さえていたミッコちゃんが急にツボに入ったみたいに噴きだした。

「ごめんごめん。なんかひさしぶりに笑っちゃって。お兄ちゃんと怜くんのあれはほんと、本人たちにしてみれば真剣な純愛だったんだよねえ」

「どうやらあれは青春の過ちというやつでした」

不貞腐れて言ったら余計にミッコちゃんを笑わせてしまった。

「お兄ちゃんのほうは青春の過ちじゃ済まなかったみたい。自分の娘に昔のペンネームつけるくらい引きずっちゃってさ」

時効成立まで逃げ切られたみたいな、そんな気分だ。一発ずつ殴りあって、それでお互い水に流すことにして、飲み友だちにでもなれたかもしれないのに……。

なんで自分が生き延びてこの人が死んでしまうんだと、どうしても納得がいかなかった。だって誰が見たって死ぬなら自分のほうが先に死にそうじゃないか？　こんな、普通に健康そうな人が、こんなに若くして急逝しなきゃいけない道理がどこにあるっていうんだ。なんで世の中はこんなふうに……。

「満生さんと、ちゃんと話してみたかったです……」

声が震えて唇を噛みしめた。俯いて膝の上で拳を握りしめる。

「ありがとね……でもお兄ちゃんは怜くんの中でずっと満里衣でいたかったみたい。怜くんが、怜くんだったってことがわかったあとも、お兄ちゃんにとっては変わらずに大切な子のままだったんだよ。それはわかってあげてくれるかな」

「そんなの……勝手です……」

一方的に壊れ物扱いされて大切にされて、自分のほうは中村満生という人の名前すらずっと知らないままで——なんの恩返しもできなかった。自分がもっとも生きづらさを感じていた時期に、自分だけに注がれる誰かの愛情を切望していた時期に、救いの手を差しのべ続けてくれた人に。

「ただいまー」

引き戸がからからとあく音がし、年配の女性と幼い女の子の声がハモって聞こえた。ミッコちゃんが膝立ちで襖《ふすま》から廊下に顔をだし「おかえりー。お待ちかねのお客さんが来てるよ」

軽やかな靴下の足音が駆けてきて、ミッコちゃんを押しのける勢いで満里衣が顔を覗かせた。

祭壇の前に座る怜の姿を認めて顔を輝かせたものの、息せき切って現れたわりには敷居の手前でもじもじするだけで入ってこない。赤いランドセルを背負い、二つに結った髪に今日は黄色いボンボンがついていた。

「怜くんは親子二代から一途な愛情をもぎ取って、ほんと許しがたいタラシだよねえ」

「人聞きの悪い……別にもぎ取ってないですし」

「成人したらお嫁にもらってもいいよー」

「ちょっ……」

思わず中腰になってから、真に受けてしまったことに赤面して言葉を失う。ミッコちゃんがにやにやして「でもまあお兄ちゃんも反対しないと思うし、よかったら本気で考えといてね」と、どこまで冗談なのかさっぱり読み取れない恐ろしいことを言い残して腰をあげた。

「満里衣、怜くんがシュークリーム買ってきてくれたよ。食べるよね？　大好きだもんねー。シュークリームが好きなのかな？　怜くんが持ってきたから好きなのかな？」

満里衣がほわんと上気した顔でこくこく頷き、ミッコちゃんが笑って襖の向こうに姿を消すと、二人きりで居間に残された。

「えーと……」

困った。

「入ったら？」

怜がすこし場所をずれて招くと満里衣がちょこちょこと近づいてきて、ランドセルを脇におろして怜の隣に正座した。拙《つたな》い仕草で父の遺影に手をあわせ、「おとうさん、ただいまあ」とはきはきした声で報告する。それから怜の身体の横にぴったりとくっついてきてまたもじもじする。

小学校二年生、七歳だそうだ。満生が弱冠二十歳のときに生まれた娘。母親のことにはミッコちゃんが触れないのでこちらからも聞いていないが、どうやらいないようだ。

満生が言い遺したとおり簞笥《たんす》の奥に大切にしまい込まれていた手紙の束を、通夜や葬儀で家族が奔走《ほんそう》するあいだ満里衣は祭壇の脇に一人うずくまり、なにかに憑《つ》かれたように読み耽《ふけ》っていたという。七歳の子にどれだけ内容が理解できたのかわからないが、彼女なりの解釈というのはあったらしい。そして一ヶ月かけて二年ぶんの手紙を彼女の中で消化した。昨日病院で怜と会ったとき、満生の死後一度も泣かなかった彼女が初めてあんなふうに涙を見せたのだという。

父親との死別という、七歳の女の子にとってあまりに巨大すぎる悲しみを受けとめる緩衝材のようなものに自分の手紙がなったのならば、すこしは満生への恩返しができたのだろうか。

この子を守らなければならないと思う。満生に代わって、といってはおこがましいのは承知のうえで、満里衣のためにできることがあればなんでもしてやりたいと思う。のも、間違いなく本心なのだが……。

突然目の前に現れた十八歳年下の〝中村満里衣〟の存在を、実のところ怜はもてあましていた。小さい身体全部を使って発せられる、本人は遠回しのつもりなのかもしれないが思いっきりストレートに伝わってくる愛情オーラを、今の自分ではまだおとなの対応であしらうことができそうにないのである。

〝引きずってた〟のは満生だけではない。むしろおれのほうがタチが悪いですよとミッコちゃんに言いたい。怜の初恋は十三年越しでつい昨日まで現在進行形だったのだから。

「あのね、今日ね、学校でお手紙書いてきたの。まりいはれいくんにお手紙書いてあげてなかったから、それだとまりいがずるいでしょ？」

満里衣がランドセルを膝の上に引き寄せて中を漁《あさ》り、複雑な形に折りたたまれた手紙を差しだした。あ、懐かしい……つい笑みが零れた。一枚の紙をワイシャツの形に折るやつだ。小児病棟の女の子たちからほかにも何種類かの折り方を教わって、満里衣への手紙に使ったっけ。それから一時期なにかの形に便箋を折るのが二人のあいだで流行ったが、何回かのやりとりでどちらからともなくやめたのは、今にして思えば二人とも別に飾り折りによろこびを覚えなかったからなんだろう。

戻し方まだ憶えてるかな、と心配しながら手紙を開いた。満里衣がなにかを期待するような目で見つめてくるのでどうにも片頬が引きつる。

かつての満里衣よりもずっと拙い、鉛筆書きの字が綴られていた。

〝れいくんへ
まりいにおてがみをたくさんくれてありがとう
れいくんまりいのこといっぱいすきってかいてくれてありがとう
まりいもれいくんが一ばん大すきだよ〟

——世界でいちばん、永遠に、怜が好きだよ。

暗唱できるほど繰り返し読んだ満里衣の手紙の一文がふいに脳裏に蘇った。
知らないはずの満里衣の声が、今ここにいるかのような鮮やかな存在感をともなって再生され、行き場をなくした初恋の喪失感が胸を疼《うず》かせた。

ヒツギとイオリ

まあるい形の金魚鉢の底のほうを、一匹の黒い出目金がのったりのったり、瀟洒《しょうしゃ》な尾びれや腹びれを水草に搦《から》め取られてもがくように泳いでいる。水の色が水草を映してエメラルドグリーンを帯び、宝石で喩《たと》えるなら黒い出目金はさながらブラックオニキスかな？　優雅な宝石色の水中を泳ぐブラックオニキスは、だけどなんだか不貞腐《ふてくさ》れた顔をしている。

「どう？　右手になにか感じる？」

藪田《やぶた》に訊かれて、ぼくは金魚鉢から自分の右手に注意を移した。

「なにかっていうか、硬い感じ……はするかな」

「オーケイ。じゃあヒツギくん、次はもうひとつの水槽に手を入れてみて」

ヒツギがこくりと頷《うなず》いて黒い出目金の鉢に浸けていた右手を抜いた。ぼくの右手から〝硬い〟感じが消えた。エメラルドグリーンの雫《しずく》を指先から滴《したた》らせながらヒツギが次に用意されていた鉢のほうに移動して、手首が浸かるあたりまで差し入れる。

こっちの鉢にはブラックオニキスとは違う色の出目金が入れられていたけれど、そいつは白い腹を上に向けて水面近くにぷかりと浮いていた。鮮やかな緋色《ひいろ》の腹びれが水面をたゆたっている。

「今度はどう？」

藪田の問いにぼくは小首をかしげ、

「……さっきよりはやわらかい感じ？」

「オーケイオーケイ。いいかい、硬いって今きみが言ったほうの水温は五℃。冷蔵庫の中くらいかな。やわらかいほうは四十二℃。これは熱めのお風呂くらい。五℃は冷たい。四十二℃はあったかい。今、二つの違いがわかったんだよね？　ねっ？　いかがですか、奥様」

ぼくに向かって藪田はしつこく念押ししてから、興奮気味に小鼻を膨らませてママを振り返った。壁際で腕組みをして怖い顔で様子を見守っていたママが満足そうに頷いた。

「ええ、期待が持てる結果だわ。よく見つけてきてくれました、藪田」

真っ赤な口紅で飾った口角が吊りあがる。ママの分厚い唇は死んだ緋色の金魚を思わせた。

「あの……もういいんですか」

と、遠慮がちに口を挟んだのはヒツギだ。「あ？　ああ、いいよいいよ」藪田が言ったのを受けてヒツギは吐息とともに金魚鉢から手を抜き、濡れた手をぶらさげたまま物言いたげな視線を藪田に送る。ヒツギの前にはマジック・ショーにでてくるそれみたいな絹のクロスが掛かったワゴンがあって、金魚鉢のほかにも藪田が掻《か》き集めてきた〝学習道具〟が山と積まれていた。ぬいぐるみ、風船、油粘土といった子ども向けの玩具《おもちゃ》にはじまって、鏡、三角定規、ジョウロ、アルコールランプ、ドライアイス、糸鋸《いとのこ》やペンチや金槌《かなづち》——ほんとに全部使う気なのか、中には冗談としか思えないものも含めて。

タオルもなにも渡してもらえないものだから自分のズボンで手を拭きながら、ぼそっとした暗い声でヒツギが言った。

「金魚の水の適温は、十五℃から二十五℃くらい……です」

金魚の扱い方に不満があるみたいだったけど抗議にしてはあまりに弱気すぎて、自分で言っておいて一人で勝手に恐縮して下を向くヒツギを「そこのあなた」とママが呼んだ。

ヒツギが不思議そうな顔をあげた。ママがワゴンにつかつかと歩み寄ってなにかを摑《つか》んだ。三十センチ長の物差しだ。それをママがどうしたかっていうと、まだズボンに擦《こす》りつけていたヒツギの手の甲めがけて振りおろしたんだ。

「あっ」

という声はヒツギとぼくと、ついでに藪田、三人の口から同時にでた。

反射的にぼくは軽く跳びあがって手を引いた。ヒツギもまったく同じ行動をした。ついでに藪田も。

ヒツギが手を押さえて怯《おび》えた顔でママを見る。ヒツギを叩いておきながらママはヒツギの反応なんて見ていない。ぼくのほうだけを見つめながら、ほんのちょっと顔をしかめて定規を持った手を二、三度振った。ぼくは目をぱちくりさせてママを見返す。ついでに藪田も度肝を抜かれた顔でママを見る。

「おめでとう、イオリ。今のが普通の反応よ。わかったわね?」

ママの赤い唇が死んだ金魚そっくりのねっとりした艶を放った。なにがおめでとうなのかも、ぼくがなにをわかったのかも、ぼくにはぜんぜんわからなかった。

＊

ヒツギが疵川《きずかわ》家に連れてこられたのは昨夜《ゆうべ》のことだ。

「今日からボランティアで来てくれることになった、櫃木智史《ひつぎさとし》くん。中学三年生。イオリくんより二つお兄さんってことになるね」

藪田がヒツギの肩に手を置いて紹介したとき、ぼくはふと自分も肩を叩かれたような気がして背後を振り返った。オーダーメイドの厳《いか》つい車椅子の背もたれがあるだけで誰もいないし、いるわけもない。

超大型の液晶テレビとホームシアター設備、それと日本で今まで発売されたほとんど全部のコンシューマーゲーム機が揃った、ぼく専用のレクリエーションルームだ。天井の各所に死角がないように設置された監視カメラが二十四時間この部屋をモニターしている。車椅子のまま入れるトイレの中にまでカメラがある。ぼくは文字どおり尻の毛まで監視されてるってこと。あ、まだ前も生えてないけどね。二つ年上っていうことは、ヒツギはもう生えてるのかな。

前に向きなおってぼくは尋ねた。

「ボランティア?」

「櫃木くんは学校に行けてないんだよね」

ヒツギに向けて語りかけるような言い方で藪田が答える。ヒツギが頷いたのかもしれないけどもともと俯《うつむ》いてるから変化がよくわからない。

「でね、櫃木くんみたいな子たちと、イオリくんみたいに難病を抱えてる子たちとの交流プログラムっていうのがあるんだけど、それに参加すると中学の卒業資格がもらえるんだって。それでイオリくんとマッチングされたというわけ」

ぼくは鼻の奥で「ふうん?」と尻あがりの声を発してヒツギを睨《ね》めつけた。立っているヒツギよりも車椅子に座っているぼくのほうが当然目線は低いのだけど、顎を持ちあげて上から見くだすように目を細める。今までママが手配した〝友だち〟同様どうせ長くはもたないだろうけど、一応初めに上下関係は植えつけておかなくちゃね。

「ヒツギなんて変な名前」

ぼくが言ってやると、長めの前髪の隙間からヒツギがちらっとぼくを睨《にら》んで、

「キズカワっていうのも、変、だし……」

って、反撃だったんだろうけどすぐに目が泳いで語尾が曖昧になった。勝った、とぼくはほくそ笑んだ。学校に行けてないだなんて藪田は婉曲《えんきょく》に言ったけど、いじめられっ子の不登校だってことは簡単に察せられた。


その晩の夕食はヒツギの歓迎会という名目だった。ヒツギはうちに住み込むのだそうだ。今までの〝友だち〟は何日かおきに外からやってくるだけで同居することはなかったのに、ヒツギは扱いがすこし違うみたいだ。こんな根暗っぽい奴をうちに住まわせるなんてママはどうかしちゃったんじゃないかな。

暖炉の前が家長が座る最上座で、その斜交《はすか》いにママ。ママの正面にぼく。ママの隣に藪田。藪田の正面、つまりぼくの隣にヒツギがついた。パパはもうずっと外国にいるから家長の席は空いている。ヒツギを見ると、緊張気味に肩をすぼめつつもなんでこんなにテーブルが長いんだと言いたげにちらちらと下座側に視線を送っていた。長大なテーブルの上座側に四人がついてやっと三分の一

が埋まるくらいで、残りの三分の二は白いテーブルクロスだけが一点の汚れもなくただまっすぐに延びている。このテーブルいっぱいに人がついたところを見たことがないから、なんだってこんなに長いのかぼくも常々ちょっと疑問に思っている。

ぼくは部屋着をちゃんと着替えてきていたし、藪田もいつも着ている小汚い白衣を脱いでコットンジャケットをはおり、もさもさの天然パーマに無駄な努力ながら櫛を入れてきていた。対してヒツギはスウェットパーカーにジーンズっていうラフな恰好で、サイズが大きいそのパーカーの袖を伸ばして両手を中に引っ込めている。ママはなにも言わなかったけど、ヒツギの恰好がママの眉間にひとつ目の皺《しわ》を刻み込んだのはたしかだ。

四人の前にオードブルが運ばれてくる。ぼくの前に置かれる皿だけは、料理自体はみんなと同じなんだけど、ぼくがナイフを使わなくてもいいように大きい塊はあらかじめ切り分けられて、かつ慎重に温度管理がされている。

最初ヒツギは一番内側のナイフとフォークを手に取ってから、藪田のやり方を見て慌てて外側のに持ち替えた。シカ肉のカルパッチョをナイフで切り分けるのに苦戦したあげく諦めたようで、そのままフォークで突き刺して口に入れる。口の中で嚙み切るのにまた苦戦してくにくに咀嚼《そしゃく》する。

一連のヒツギの動作が進むうち、ママの眉間に二つ、三つと皺が増えていくのがわかった。ママだけじゃなくてぼくも藪田も眉をひそめて知らずしらず手をとめていた。ヒツギだけがちょっぴりムキになってシカ肉をくにくにくにくに嚙んでいる。

変な感じがするのだ。ぼくが咀嚼していないときでもぼくの口の中でなにかが動いている。たとえばハムスターが口の中でもがいてる感じっていうか。

結局嚙み切るのも諦めてヒツギがシカ肉を大きい塊のままで飲み込んだとき、ヒツギを除いたみんなが「ぐ」という声を漏らして、しかめ面で喉に手をやった。ハムスターがぼくの喉を無理矢理押し広げて食道を走りおりてった。

どうやら見慣れないいらしい目の前の料理と格闘することに一時没頭していたヒツギが場の空気に気づいてはっとした顔をあげ、途端かーっと赤面して、ナイフとフォークをがっちゃんと皿の上に置いた。

「だ、大丈夫だよ、櫃木くん。食べて食べて」

場を取り繕うように藪田が裏返った明るい声で言った。

「ぼく、なんか食べたくなくなっちゃった」

ヒツギに倣ってというわけじゃないけど胸がいっぱいになった気がしてぼくもフォークを置いた。ママが「いけません。お食べなさい」って厳《げん》に言う。ぼくは「ちぇっ」と舌を鳴らして、フォークを指先ではじいて弄《もてあそ》びながらヒツギの横顔をじろじろ見やる。ヒツギは両手をテーブルの下に引っ込めて縮こまっている。

「イオリくん、こんな作品があるのを知ってる？　心の中で考えたことが、口にださなくてもまわりの人たちの頭の中に全部聞こえちゃうっていう、ちょっと困ったテレパスの人たちの話なんだけど……あ、テレパスっていうのは超能力者の一種ね。漫画が原作で映画やドラマにもなったかな」

脈絡なくはじまった藪田の話にヒツギの肩がびくりと反応した。ぼくはママのほうに意図を問う視線を送った。藪田をコントロールしてるのはママだからね。藪田の話を聞きなさいってママが無言のオーラで応《こた》える。

ぼくは記憶の中からその作品のことを掘り起こした。パパにインターネットを禁止される前に漫画の試し読みをたまたますこし読んだ憶《おぼ》えがあった。

「設定はなんとなく憶えてるけど、細かいとこは忘れちゃった。それがなに？」

「うん、十分だよ。設定だけでも知ってるんなら話がはやくていい」

「それってつまり、ヒツギがその超能力者ってこと？」

「イメージしやすい例を挙げただけでテレパスとは違うんだけどね。すごく簡単に言うと、櫃木くんはそれの触覚版みたいなものなんだ」

「触覚……？」

「もうちょっと正確に言うと、触覚のほかに痛覚、温冷覚、圧覚、それから内臓感覚なんかがあるわけだけど、櫃木くんはこれら全部の感覚をまわりにいる人間に拡散しちゃうっていう――ん？」

だんだん目を炯々《けいけい》とさせてきつつ調子よく喋《しゃべ》っていた藪田がふと言葉を切り、微妙な顔になってテーブルの下に手をやった。

そのときぼくも下腹部に異変を感じていた。さっき落ちてきたハムスターが腹の中できゅうきゅう鳴いてぐるぐる走りまわってるっていうか……なんだろうこれ？

「あー……櫃木くん。緊張でお腹痛くなっちゃった、かな？」

藪田が苦笑いすると、「すいません……」と消え入りそうな声でヒツギが言った。身体《からだ》を折ってテーブルにおでこをくっつけるくらいの姿勢で腹を抱えている様子からして相当のっぴきならない事態になってるみたい。

「藪田。一番遠い化粧室にご案内して」

ナプキンで口もとを拭いながら、こめかみの血管をわかりやすく引きつらせてママが命じた。

「あーはいはい、奥様」

藪田が間延びした二つ返事をし、ナプキンをテーブルに置いて席を立つ。ヒツギがテーブルや椅子を不作法に揺らしてナイフやフォークを落っことしたりして（これもまたママの眉間に皺を増やしたのは間違いない）立ちあがり、藪田にいざなわれて戸口に向かう。

「ぼくも行く」

食欲なんかなくなってたし、これ幸いとぼくも椅子から飛び降りた。「なんですって？　おやめなさい、イオリ」ってママが声をうわずらせた。ああ、ぼくのこと歩けないと思った？　足が悪いわけじゃないから普通に歩けるよ。ママが歩かせてくれないだけ。食卓につくときは車椅子を降りてみんなと同じ椅子に座るしね。

ママが手配したのは新しい友だちじゃなくて、新しい玩具なんだってぼくはもう気づいていた。この前まで飼ってたハムスターがちょうど死んだところだし。廃番のゲーム機やゲームソフトやなんかとは比べものにならない、今までで一番珍しい玩具！　ついていったら面白いことになるのは間違いない。人がウンコする感覚を共有するなんて、なかなかできる体験じゃないよ。

ヒツギと藪田を追って勢いよく駆けだしたところで、ヒツギが引いたまま放置していった椅子の脚に脛《すね》を引っかけた。

「イオリ！」

金切り声でママが呼んだときにはぼくはあっけなく転んでいる。見事、顔面から突っ伏して。

「イオリくん、大丈夫っ？」

藪田がすぐに取って返してきて手を貸そうとしたけど、助け起こされる前にぼくは自力で顔をあげ、まわりの反応を見まわした。ママや藪田やほかの使用人たち、みんなずいぶん慌ててるね？

「あーあ、鼻血が……転んだときは手を前にださなきゃ駄目だってば。何度も練習したよね？」

藪田がぼくの顔を覗《のぞ》き込んでナプキンをあてがう。「……ええ、鼻を打ったのよ。折れているかもしれないわ」席を立って内線をかけていたママが電話を口から離して「藪田、すぐに部屋に運んで異常がないか検査しなさい」検査。検査。ママの口からでるたびにうんざりする言葉。なんで転んだくらいで検査を受けなきゃいけないのかな。

でも初日にヒツギの度肝を抜いてやったみたいだから、それについては爽快な気分だった。食堂の戸口で目を丸くして突っ立っているヒツギに向かってぼくはにやっと笑ってやった。鼻血がつるりと滑って口の端に入った。

「奥様？　どうかなさいましたか？」

と、ヒツギの陰からハウスメイドの涼香《すずか》の声が聞こえた。次の料理をワゴンに並べて運んできたようだけど、ヒツギが戸口を塞いでいるものだからそこでワゴンを停めて、ヒツギの肩越しに訝《いぶか》しげな顔を覗かせる。涼香は十七歳のババァだけど、今いる使用人の中では一番年少だ。

涼香が「あ」って短い声を漏らして自分の下腹部に目を落とした途端、ヒツギが蒼白かった顔をみるみる赤らめ、涼香を押しのけて廊下に飛びだしていった。ウンコ漏らしそうになってるのが涼香に伝わっちゃったことに動揺したんだろうね。

「待って櫃木くん、トイレの場所はねっ……涼香さん、案内してやって。一階の一番遠いとこ」

「あ、はい。かしこまりました。お客様、化粧室はそちらではありませんー」

藪田に命じられて涼香がどんくさい走り方でヒツギを追っかけていった。

＊

藪田が感覚の分類のことを言っていたけど、ぼくにはいくつかの感覚が生まれつき欠けているらしい。〝痛い〟と〝熱い〟と〝冷たい〟がぼくには認識できないらしい——全部「らしい」だよ。だってぼくには自分にはそれがわからないってことがわからないんだから。だからぼくは別に自分に不満はないんだよね。ただ、ママはぼくの病気が発覚したときから（一歳を過ぎて歩きまわるようになったころらしい。それまでのぼくはいつも機嫌がよくてほとんど泣かない、実に手のかからない赤ちゃんだと思われていたらしい）ぼくの安全への配慮に余念がない。それはもう執念って言ってもいいくらい。

欠けている三つ以外の感覚は、人より鈍いみたいだけど一応あるから、ものの感触の区別はつく。ただたとえば包丁を力いっぱい握りしめて血がでても、それのなにが悪いのかがわからない。ぼくは鉛筆と包丁を同じ感覚で握るわけ。さすがに今は包丁の刃のほうを持ったらママに怒られるってわかってるからやらないけど、やっぱりうっかり忘れることはけっこうある。まあそれ以前に包丁どころかハサミも持たせてもらえないけど。

自分の身体の不調が自覚できないから一日一度検査を受けなきゃならない。熱を測られたり聴診器をあてられたりっていう内科的な検診はもちろん、裸にひん剝《む》かれて小さな傷ひとつでもないか全身くまなく調べられる。ぼくが検査っていう言葉にうんざりしてる理由、わかってもらえると思う。

歩き方が不注意だから人より転びやすくて、しかも危ない転び方をするものだから、極力自分の足で歩かせてもらえない。普通の人は転んだら無意識に手を前にだして顔を打つのを防ぐらしいんだけど、経験的に備わるべきその反射行動というのがぼくには備わっていないのだ。痛いとか熱いとかっていうのは身体が発する危険信号なんだってね。「人体にとって危険なことを回避する」っていう、人間が生きていくうえで重要な本能がぼくには欠けているんだって。


「じゃあイオリくん、今日もやろうか」

ヒツギがうちに来てからというもの毎日数時間、藪田がヒツギを従え、あのカオスな〝学習道具〟が積み込まれたワゴンを押してやってくる。ちなみにヒツギの部屋は本館に用意されていたんだけど、初日の夕食の件があってすぐに離れに移された。ヒツギの〝感覚〟が伝わる範囲は、どうやらヒツギの体調とか感じ方の強弱によって振り幅があるらしいんだけど、とりあえず離れから本館までは届かない距離のようだ。

ヒツギの力が届く範囲にいると、ヒツギが意図的になにかを感じているかいないかにかかわらずなんだかほんのりゾワゾワする。自分の身体で直接感じているものとは別の、もうひとつの感覚に全身を常に這いまわられるわけだから。そういうヒツギの力の実態を知ったママがヒツギに不快感を持って遠ざけたのだ。初日以降家族の食事に呼ばれることもない。離れで一人で食べてるんだと思う。藪田は毎日ママのお相伴《しょうばん》をするのにね。ぼくに言わせれば藪田のほうがいなくていいのに。

藪田の〝学習〟は正直ぜんぜん面白くない。ヒツギにいろんなものを触らせて、「これを触ったらこう感じる。だからこれは危ない」っていうのをぼくに覚え込ませるというのが基本的なやり方なんだけど、それがぼくに言わせればてんでなまっちょろい。何故《なぜ》なら本当にヤバいことは藪田はやらない。たとえばママが前にやったみたいにヒツギをぶったとしたら、ヒツギやぼくだけじゃなくて、ぶった藪田も〝痛い〟わけだからね。藪田はヘタレなんだ。

「ヒツギって実は最強だよな」

って、ある日ぼくが言ったら、ヒツギは意味がわからないっていう顔をした。

もうすぐ三時のおやつの時間だ。給仕台で涼香が紅茶を淹れている。「イオリくんのはいつもどおりで、櫃木くんのは七十℃にして」と藪田が涼香に温度の注文をして、試しに自分でカップに口をつけて「あちちっ」とか言ってる。焼きたてのカスタードパイのいい匂いがしていた。

「ヒツギに攻撃したら、攻撃したほうもダメージ受けることになるだろ？　遠隔攻撃持ってるトリッキー系のキャラとは相性悪いかもしれないけど、主人公系のキャラって基本的に近距離専門だしさ。ヒツギは防御しながら隙のちっちゃい攻撃を小だしにして、相手のＨＰをじりじり削っていけば、だいたいの相手には勝てるってこと」

長方形のカスタードパイを体力ゲージに見立て、説明しながらさくさく囓《かじ》って長さを半分にしてみせる。藪田が紅茶の温度のことをごちゃごちゃ言ってるあいだにパイだけこっそり先にいただいてきたのだ。涼香はグズ香でブス香だけど、涼香が作るカスタードパイはなかなか褒められたもので、特にやっぱり焼きたてがいい。さっくさくのパイを囓るととろっとろのカスタードクリームが口に広がる。

猫っ毛の前髪の陰でヒツギが目をみはった。

「そんなふうに言われたの、初めてだ……」

「ヒツギ、格ゲーやる？　なにができる？」

「ゲーセンにあるやつなら……うちにはゲーム機ないし、ゲームできるスマホも持ってないし」

ぼくもスマートフォンは持ってない。家から外にでないし友だちもいないから電話が必要ないのだ。パソコンとタブレットは持ってたけど、インターネットでグロい画像ばっかり集めてるのがパパにバレて取りあげられちゃった。

「ヒツギはゲーセンよく行くの？」

ぼくはゲームセンターに行ったことがない。

「けっこう行く。わりと居《い》られる場所だから。みんなゲームに集中してるし、ゲーム機でごちゃごちゃしてる場所だから、変に思われにくいだろ」

「じゃあストリートファイターで対戦しようよ。ゲーセンと同じコントローラーも持ってるよ。ね、今からやろうよ。これはやく食べちゃってさ」

カスタードパイが盛られた籐《とう》の籠をぼくはヒツギに差しだした。藪田のほうに視線を送ってヒツギはぐずぐずしてたけど（ヒツギは藪田にいいって言われないとうちにあるものに絶対触らない。躾《しつ》けられた犬みたいだよね）、「ほら」ってぼくが促すと、小さく頷いて籠に手を伸ばした。

「熱っ」

途端ヒツギが声をあげた。指先に一瞬走った刺激にぼくも驚いて籠を取り落としたから、まだたくさん残ってたパイは籠ごと床にぶちまけられちゃった。

「あーあ。ヒツギのせいだよ」

「ごめん」ヒツギが慌ててしゃがんで拾おうとしたけど「熱っ」ってまた言って手を引いた。鳩がパン屑をついばむみたいな持ち方でパイを籠の中に戻しつつ、こっちを見あげて顔をしかめ、

「イオリ……くん、口の中、たぶん火傷《やけど》してる」

やれやれ、ヒツギってドジなのかな。まあまた焼いてもらえばいいけどさ。手持ちのパイの残りを口に放り込んで飲みくだしてから、ぼくは「ふーん？」と首をかしげた。

「口の中火傷すると、どうなるの？」

「……舌とか、口の中の上っ側とかがひりひりして、ひどいと皮が剝けたり、味がわかんなくなったりとか」

そのときママが現れたから天敵に見つかった草食動物のごとくヒツギがびくっと跳ねて話をぶち切った。物陰があったら隠れていたに違いないけど、ヒツギにとっては不幸なことにぼくの部屋は監視カメラの死角を作らないよう計算されて家具が配置されているから物陰というものがない。涼香は恐縮して低頭し、藪田はぴょこんと直立不動の姿勢になった。

ママの恰好は仕事帰りのそれだった。白いエナメルのハイヒールを履き、両肩がいやに角張った赤いスーツを着て、死んだ金魚色の口紅を今日も分厚く塗っている。ただハイヒールは部屋に入るときにスリッパに履き替えた。ぼくの部屋には理由がない限り尖《とが》ったものを持ち込めない。「奥様の靴は凶器だからねえ」って藪田が皮肉ってたことがあるけど、たしかにママの靴は踵《かかと》もつま先も鉛筆みたいにとんがっている。

「ママ」

ぼくはママに駆け寄って、ママの前で口を大きくあけてみせた。

「ぼく火傷してる？　ママ」

「なあにイオリ、いきなり……」

ぼくの口の中を一瞥《いちべつ》した途端ママは表情を険《けわ》しくし、

「藪田」

低くて太い声で呼んだ。ママの声はそこそこ背の高い藪田をいつもふたまわりくらいちっちゃくする。「はいはい、奥様」と藪田が揉み手しながら駆け寄った。

「なにも成果があがっていないじゃないの」

「も、申し訳ありません。今熱めのお茶で〝学習〟しようと……」

「熱《い》め？」

ママが目を細くして藪田を睨んだ。髪の毛が蛇でできてる女の怪物っていたよね。睨まれたら石になっちゃうやつ。藪田の反応がまさにその、睨まれたほう。

金縛りにあってる藪田をその場にほっぽってママは給仕台へと大股で歩いていき、涼香を脇にどかして保温プレートのスイッチを操作した。銀製のティーポットの蓋がかたかた鳴きはじめ、優美な鍵形に湾曲した注ぎ口から白い蒸気が噴きだした。ミトン形のポットホルダーを手にはめて保温プレートからティーポットをあげ、それを持ってママが向きなおった先にいるのは、ヒツギだ。

「こっちに来なさい」

よく躾けられてるヒツギだけどその命令には即応できず、表情を失って棒立ちになってるだけだ。ママが呪詛《じゆそ》でも吐きそうな形に唇を歪《ゆが》めて自ら近づいていく。毛足の長い絨毯《じゆうたん》に裸足の踵を引っかからせながらヒツギがあとずさる。でもすぐにママに壁際まで追い詰められた。ハイヒールを履いてるときのママは蹄《ひづめ》を高らかに鳴らす闘牛みたいだけど、スリッパに履き替えると足音を立てずに獲物に近づくライオンみたい。

赤いマニキュアを塗ったママの五指がヒツギの顎を摑んで上向かせた。「あーっ」っていうようなかぼそい悲鳴を漏らして逃れようとしたヒツギの「あ」の形にあけた口にティーポットの注ぎ口が突っ込まれた。紅茶でもココアでもない、無味の白湯《さゆ》をヒツギに飲ませる意味はぼくにはわからなかったけど、せめてあれがソーダ水だったらあんなに嫌がらなかったのかな?

「おおおお奥様っ」

藪田がうろたえた。藪田の声がママの行動を変えたわけではないと思うけど、なにかを思いなおしたみたいで、今にもポットを傾けようとしていたママの手がとまった。

両手で自分の口を覆いながら藪田が「ほっ……」と息をついた。ヒツギが膝からくずおれてへなへなと座り込んだ。

ママがポットを持った手を横にだすと涼香がさっとポットを受け取った。あれとそっくりなのをドラマの中で見たことがある。そうそう、手術中の外科医とオペ看。ママの短い指示を受けた涼香がポットを保温プレートに戻してから藪田のカオスワゴンのほうへ行き、なにかを手にして戻ってきた。なにかな、赤い持ち手が見える。

ママがぼくを振り返った。ヒツギや藪田に向けるのとは一変して優しい、粘っこいくらいの猫撫で声で、

「ねえイオリ、あなた、割れた爪を全部剝《は》いでしまったことがあったわね。あれはいつだったかし

ら」

「四月です、奥様」

涼香が補足し、ぼくも頷く。

「うん、ママ。ぷらぷらして邪魔くさかったんだもん」

「一本だけじゃないでしょう。片方の手の爪、五本とも剝いでしまったわね」

「うん、ママ。ひとつやったら面白くなっちゃって」

「あれはね、とても痛いことなのよ。自分がどれだけいけないことをしたか、今から教えてあげましょうね。二度とあんなことをしようと思わないように」

壁を背にしてへたり込んでいるヒツギをママがまたぐようにしてしゃがみ、ヒツギの右手を左手でぐいと摑んだ。ママが空の右手を横にだすと涼香がまたオペ看よろしく素早くその手に今持ってきたものを握らせる。グリップが赤いゴムでコーティングされた、それはラジオペンチだった。ヒツギがもう完全に血の気が引いた顔で目を見開く。

ひーっと裏声の悲鳴をあげたのは藪田だ。「おっ、奥様、よくお考えください。ここでそんなことをしたらもちろん奥様にも」

「無論わかっていますよ？　藪田、あなたはその程度の覚悟もなくこの子を連れてきたの。イオリだけに痛みを味わわせようというんじゃありません。ママも一緒に耐えるから、頑張りましょうね、イオリ」

って、ママはぼくに笑いかけてからヒツギに向きなおり、母親の使命感に充ち満ちた顔っていうのかな、表情をきりっと引き締めて、ヒツギの右手の人差し指の先をラジオペンチで挟んだ。

＊

疵川家の本館は、藪田が言うにはマカオのリゾートホテルみたいなのだそうだ。ごてごてぎらぎらしたところが、だって（これ、ママの前では絶対言っちゃ駄目って藪田には釘を刺されてる）。ぼくの部屋があるのは四階建ての四階。車椅子で一階に降りるにはエレベーターかスロープを使う。とはいえぼくが面白がってスピードをだしすぎるからスロープは原則として使用禁止。

マカオ風の本館から中庭にでると、がらっと趣が変わって純日本風の庭園になっている。絵に描いたような枝振りの松が植わってて、白砂利が敷かれた散策路の脇に石燈籠が並び、枯山水の景観が広がっている。閑寂《かんじゃく》な枯山水を正面に臨みつつ背後を顧みるとそこには豪奢《ごうしゃ》なマカオ風がどーん。藪田のカオスワゴンに引けを取らない無節操っぷり。パパとママの趣味を両方取り入れた結果だ。美意識に反するものを造らされた建築家は鬱病になって廃業した。

似たような鼠色で造られてるから遠目には境界がわからないんだけど、砂利道の一部にはゴムチップウレタン舗装の細い道が敷かれている。ぼくの車椅子用の通り道だ。

最新式の車椅子で時代めいた枯山水の風景の中を進んでいくと、正面に離れが見えてくる。ママはコテージって呼んでるけど、本来は茶室。これぞ侘び寂びっていう感じのこぢんまりとした平屋建てだ。

裏手の土間《どま》から入り、膝の上に載せてきたアーケードコントローラーを抱えて車椅子を降りた。茶道の点前《てまえ》の準備をするスペースらしい、水屋っていう一畳くらいの板の間があって、茶道口っていう襖《ふすま》の向こうが和室だ。

「ヒツギー。ゲームしようよ」

足の指を使って襖をあけると、和室に正座していたヒツギが顔をあげた。黒のロングスカートをふわっとさせて涼香がヒツギの正面に同じく正座していた。

「イオリさん、こんなところまで……藪田さんか奥様はご存知なんですか？」

涼香に言われてぼくは口を尖らせた。

「どうでもいいだろ。ヒツギとゲームする約束したのに、さっきはママが来たから中止になっちゃった」

「はあ？　ゲームなんてできるわけないだろ。意味わかんねえよ」

ってヒツギがいきなり逆ギレしてきた。といっても声は掠《かす》れているし、顔は全身の血を抜かれたみたいな土気色。爪を一枚剝がされたからって大量出血したわけでもないのに。右手の人差し指から手首にかけて包帯がぐるぐるに巻かれて、ヒツギの細い指が軽く三倍は太っている。

「智史さん」

ヒツギの感情を鎮《しず》めるように涼香が静かに呼んで、包帯の上から氷嚢《ひょうのう》をあてがった。「これ、あてていてください」じーん……と、〝硬い〟感じがぼくの指にも沁み込んでくる。

ママがヒツギの爪をペンチで挟んで力を込めたとき、ぼくも同じ指に……うん、これまでに覚えたところによるとあれは〝熱い〟だと思う。強烈な〝熱い〟を感じた。驚いたけど、一瞬で〝熱い〟は消えた。ヒツギが気を失ったのだ。どうやらヒツギの意識がないとき、つまりヒツギの意識が身体感覚から切り離されてるときは、まわりの人間にもなにも伝わらないみたいだ。藪田が涙目になりながらヒツギを抱きあげて逃げるようにレクリエーションルームをでていった。

「うーんまあ、その手じゃあコントローラー握りにくいよね。包帯取ればいいじゃん」

「……？　そういう問題じゃ……」

ヒツギがまなじりを吊りあげて語気を荒らげかけたけど、下唇を噛みしめただけで結局それ以上は言わなかった。言いたいことがあればその場で言えばいいのに、ヒツギはこういうところが駄目だよなあとぼくはあきれつつ、床の間の前まで踏み入ってゲーム機をだした。床の間には古いプレイステーションとＷｉｉが置いてあって、ヒツギが来る前は藪田がここに寝泊まりして遊んでた。

持ってきたアーケードコントローラーをプレイステーションに繋《つな》げるぼくの背に、ヒツギのぼそぼそした嗄《しゃが》れ声がかかった。

「おまえさっき、おれのこと格ゲーだったら最強キャラだって言ったけど……そのときは、ちょっと嬉しかったけど……やっぱり違う。おれがダメージ受けても、おまえの体力ゲージまで減るわけじゃない。おまえの指はなんともなってないんだから。おまえのおふくろがやりたがってること、おまえには伝わらないよ」

右手の人差し指に感じる〝硬い〟感覚が強くなる。ヒツギが膝の上に置いた拳をきつく握りしめていた。一緒に握り込んだ氷嚢に包帯を巻いた指が食い込む。

「お帰りになればよろしいのに」

と、突き放したような口振りで涼香が言った。ヒツギが文句がありそうな顔を涼香に振り向けたけど、あーあ、やっぱりまたなにも言わない。

涼香が氷嚢を入れてきたクーラーボックスを水屋のほうに押しだしてから、テレビの前まで躙《にじ》ってきた。

「智史さんはお怪我をされていますから、代わりにわたしがお相手いたします。卓球でよろしければ」

「グズ香かー。まあいいけどさ」

舌をだしつつもぼくはプレイステーションではなくてＷｉｉの電源を入れた。ヒツギがやりたくないって言うんじゃしょうがない。でもせっかく来たのにゲームしないで帰るなんてつまらないから涼香につきあってやることにする。涼香はＷｉｉの卓球しかできないんだけど、これが存外に強いから、まあたまにだったら暇潰しになる。Ｗｉｉはとっくに製造終了になっててネットワークサービスにも繋がらないけど、ディスク媒体で持ってるソフトを遊ぶことはできるからね。これがレトロゲーのいいところ。

不貞腐れて俯いているヒツギはもうほっぽって、ぼくと涼香はスティック型のコントローラーを各々握り、テレビに向かって腰を落として構える。涼香のアバターはかなりよくできてる。眉の上で切り揃えた前髪と頭の上で作ったおだんごヘアー、目の形は小さめの切れ長をチョイスしてて、自分の顔をよくわかってる。左目の斜め下のほくろが涼香を特徴づけるアクセントになっている。ちなみにこのＷｉｉにはもちろん藪田のアバターも登録されてるんだけど、これが笑っちゃうんだ。ちょうどいい天然パーマの選択肢がなかったから藪田が選んだ一番近い髪型が、ボンバーなアフロヘアー。藪田は最近まで太鼓のゲームにハマってて、天パ頭を振りまわして叩きまくってた。

涼香のアバターが画面の中で鋭いスマッシュを打つ。黒タイツに包まれた足の裏が畳の上でしゃっ、しゃっと擦過音を立てる。本物のラケットを振るがごとくシェイクハンドでコントローラーを

振りながら、息も乱さず淡々とした口振りで、

「奥様のなさりようにご不満がおありなら、ご自宅にお帰りになればよろしいのでは？」

なんのことかと思ったら、ちょっと間があいたけどどうやらさっきの話の再開だ。

「智史さんはボランティアでいらっしゃっているのですから、当家に対する義務はなにもありません。そのご様子ですとお仕事の詳細をお聞きになって納得されていらっしゃったわけでもないのでしょう」

「……家、には……帰れない」

ヒツギの薄暗い声が背中に聞こえた。一方で目の前ではぼくのスマッシュが涼香のコートを打ち抜いて、観客から歓声がわく。

「親はおれのこと、気味悪がってるから……。住み込みのボランティアって聞いて、どう見てもほっとしてた。おれが家にいるだけで一日中ゾッとしてなきゃいけないんだし、うちはここんちみたいにでかくないから、便所行きたくなるたびに親に全部伝わったりするのも、おれも親も両方耐えられないし……部屋で抜いてんの母親に知られてたときなんかまじ死にたかっ……」

「ぎゃはははっ」

思わずぼくは大笑いしてヒツギを振り返っちゃって、涼香のコートに甘い球を返してしまった。涼香の前で言わなくてもいいことまで口走ってヒツギが顔を真っ赤にした。涼香は顔色ひとつ変えてなかったけどね。自慰してる感覚をママと共有してたんじゃあ、そりゃあぼくでも死にたくなるかな。

へろへろと頼りなく空中を漂う球を涼香がスマッシュを打つ気まんまんで待ち構える——と、畳

の目でタイツが滑ったらしく、

「はわ!?」

普段のクールさから一転、アニメキャラみたいな可愛い声をだしてひっくり返り、真後ろにいたヒツギにヒップアタックを食らわす恰好になった。やっぱり涼香はグズ香だった。あれってパンストだと思ってたんだけど、違うんだね。太腿までのストッキングをガーターベルトで留《と》めてるのがぼくの角度からだとよく見えた。

ヒツギがとっさに涼香を抱きとめようとしたけど、涼香のデカ尻にむぎゅっと押し潰された。ぼくも顔面に圧迫感を受けた。げげ、ババァの尻!ってぞっとしたけど、案外やわらかかったかも。今まで涼香の尻なんて触ってみようとも思わなかったから知らなかった。

十七歳の涼香は十三歳のぼくからすると守備範囲外もいいところなんだけど、十五歳にとってはそうじゃないのかな。ヒツギってば涼香と密着して反応しちゃったんだよ。下腹部の血流がどかんって増えるのがわかったもの。

ヒツギの体質ってつまり嘘がつけないんだ。思った以上に人間って頭で考えてることが身体の反応にでやすいらしい。

ヒツギの変な力、ぼくは好きだな。今までママが連れてきたどの〝友だち〟もぼくはぜんぜん好きじゃなかったから悪戯《いたずら》仕掛けてすぐ追い払ってやったけど、ヒツギだったらずっとそばに置いてやってもいいと思った。ヒツギとだったら友だちになってやってもいい。だってヒツギといると面白いし、退屈しないもの。

――そうだ。

いいこと閃《ひらめ》いた。

「ヒツギとセックスしろよ」

茶室から本館に戻る道中、背後で車椅子を押している涼香にぼくは命じた。どうしても顔がにやけて、声にも笑いが混じっちゃう。ぼくってひょっとして天才じゃないかと思っちゃった。今まで思いついた遊びの中でもこれは最高に面白くて、最高に刺激的。

「……微力を尽くします。わたしで智史さんにご満足していただけるかわかりませんが」

一拍だけ間があったけど、いつもと変わらない声色で涼香が拝命した。

涼香の声の感じはいつも〝硬い〟。……ん？　〝硬い〟はたしか、〝冷たい〟だったっけ……。

＊

「すごいこと考えるよねえ。学年的にはまだ中一でしょ、きみ」

「じゃあなんでついてきてるのさ」

「それはまあ……おれはきみの主治医だから」

だとか生真面目な顔して藪田は言ったけど、そもそも藪田がなににについての主治医なのかぼくは聞いたことがない。総合的にぼくの健康を管理するための内科医？　神経の専門医？　遺伝子疾患の専門医？　それとも超能力の専門医？（そんなのあるのかな）　まあ教えてもらわなくてもぼくは藪田の正体に気づいている。ヤブだ。

ぼくら二人は茶室の外で待機している。待機って刑事ドラマみたいでちょっとかっこいいね。車椅子に座ったぼくの隣で藪田はダウンブルゾンのポケットに両手を突っ込み、立てた襟に顎をうずめて寒い寒いと足踏みしている。ブルゾンの裾から白衣がだらしなくはみでている。ぼくも藪田に着せられた防寒着で着ぶくれしてるけど、ぼく自身は温度で季節を感じることはない。でも藪田がよく涼香の物腰や雰囲気を「涼しい」とか、悪いときは「寒い」とかって、主に鼻白《はなじろ》んで言うときに喩えるから、〝寒い〟や〝涼しい〟を冬に結びつけることはできる。涼香が発するオーラってたしかに草木が一本も生えてない感じだし。

灰色の分厚い雲がかかった冬空の下、茶室の雨戸はぴたりと閉ざされていた。涼香が昼食をさげるために入っていったのが三十分くらい前になる。ヒツギの食事は朝昼晩涼香が運んで、食べ終わったころにさげているらしい。

「けっこう手強いなあ、櫃木くん。おれだったら間違いなく二つ返事だけどなあ。イオリくんにあんまり長時間部屋をあけさせたら奥様に勘づかれちまう。あの人いつ来るかわかんないし……」

寒さとは別の理由で藪田が身震いする。ママがヒツギの爪を引っこ抜いた日から藪田はすっかりビビってて、ヒツギを使った〝学習〟にも消極的になっている。

「だからこれも〝学習〟だろ？　ママだって怒らないって」

万一見つかったときの泣きの口上もちゃんと用意してある。ぼくって病気のせいでそっちのほうの感覚も鈍いでしょう？　だから一生女の人を知らないままで死ぬかもしれないよね。でもヒツギと出会えたおかげで希望を持てたんだ。ヒツギがうちにいてくれるあいだに、一度だけでいいんだ。

ぼくだって男なんだ、ママ。疵川の跡取りなんだよ……。ってね、薄幸の息子が涙ながらに哀訴したら、ママだってきつくは怒れないでしょ？

「しっかしまあ涼香さんもなに考えてるのかな。やっぱあれかな、好奇心なのかな……でないといくらなんでも引き受けないよなあ。櫃木くんて正直言って女性から見て生理的に無理なタイプだろ？　いやもちろん櫃木くんに責任があるわけじゃなくて、あの体質のせいでさ。でもそう、うん、そうそう」

なにがうんそうそうなのか知らないけど藪田、一人でやたら頷いて喉を鳴らして唾を呑んで「おれも今までそこ考えてなかったんだけど、あの行為に関してはそう、櫃木くん相手だとどんな体験になるんだろうね。自分が感じながら相手が自分に感じてる感じを感じるっていうの」

「感じ感じ感じってなに言ってんの？」

「イオリくんにはまだはやいかあ。いくら耳年増でこましゃくれてても中一だもんなあ」

「おまえ口の利き方に気をつけろよ。クビにするぞ」

ニット帽をかぶせられたぼくの頭をぽんぽん撫でてくる藪田をぼくは上目で睨んだ。「クビ」の言葉で藪田はさっと手を放してとぼけた顔で目を逸《そ》らした。

ヒツギはボランティアだからうちに対する義務はないって涼香が言っていたけど、逆に言えば藪田や涼香はうちの金で雇われてるんだから、ぼくの言うことはなんでも聞かなきゃいけない義務がある。涼香がヒツギとセックスするのも、なにを考えて引き受けたのかなんていう疑問を持つ余地はない、ぼくの命令だからでしょ？

「あ……」

と、声を漏らすと同時に、藪田の足踏みのリズムが変わった。足踏みっていうより小便を我慢してもぞもぞしてるような動きになった。ぼくも同じく「あ……」って呟《つぶや》き、藪田と顔を見あわせて、閉ざされた雨戸に揃って目をやった。

身体の中心に血がぎゅーって集まってくるような感覚。つい車椅子から尻を浮かせてぼくももぞもぞしはじめちゃう。藪田が「う。お。おお。」だとかこま切れに言いながら身体をくねらせる。

「おっ、こっ、これは、思ってたよりも、ちょ……」

中心に向かってどんどん強く「ぎゅーっ」てなっていく。一度集まったそれがゾクゾクする粒子みたいな物質になって「ぷあーっ」て全身に拡散する。これってつまりヒツギの感覚であるのと同時に、涼香の中の感触ってことだよ。リズミカルにきつく締まる感じとか、くちゃっとしたもので濡れてる感じとか、内股に擦れるたぶん涼香の腿裏の肌触りとか……所詮グズ香のブス香だからってぼく、実際侮ってたんだけど、これは……凄い。もう凄いっていう語彙《ごい》しか浮かばないくらい凄い。

ぼくら二人は半笑いの顔を引きつらせて「う」「お」「わ」とか途切れ途切れに喘《あえ》いで身をよじって、凄《すげ》え、凄えって馬鹿みたいに言いあった。ぼくらのくねくねした踊りを傍から見てる人がいたらなにかと思うだろう。あんなに寒いって言ってたくせに藪田が今度は暑いって言いだしてダウンブルゾンを脱いだ。藪田が暑いわけじゃなくてヒツギが暑いからなんだろうけど……それともヒツギと密着してる涼香の身体が火照《ほて》ってるのかな。上着を脱いだだけじゃ飽き足らずこの場でズボンまでおろしそうな勢いだったので、

「ズボン脱ぐなよっ！」

からかい半分に笑って言ったつもりだったのに、語尾が跳ねて裏返った。自分の声がひどく苛立《いらだ》たしげだったから、ぼく自身も驚いた。藪田が半笑いが収まらない顔を固まらせて、

「……イオリくん？　どうしたの？」

なんだか急にムカついたんだ。ぼくの思いつきなのに、おこぼれにあずかってるだけのおまえがなんで一番興奮してるんだよって。これじゃあぼくが藪田に涼香を犯させたみたいじゃないか。

「おまえ、帰ってろよ」

車椅子から手を伸ばして藪田の胴を突いた。

「ええっ、今から？　それ生殺しじゃん。そりゃひどいよ」

「なにがだよ。思いついたのはぼくだし、涼香はうちのメイドだぞ」

「独り占めしなくてもいいじゃない。範囲内にいれば誰だってあやかれるんだからさ」

「いい歳してなに好奇心丸だしのこと言ってんだよ。おとななんだから、風俗でも行ってくればいいだろ」

ぼくの言うことは聞かなきゃいけないのに藪田も食いさがり、やいのやいの言いあいながらプロレスの力比べのごとく手四つで押しあっていたときだ。

茶室の前に忽然《こつぜん》と涼香が現れた。雨戸は閉ざされたままだけど、裏の勝手口からでてまわってきたのだ。ぼくと藪田は揃って「あれ？」なんて間抜けな声をあげて目をみはった。終わったっけ？　最後までいった感じはなかったはずだけど……。

メイド服を一分の乱れもなく着て、銀のフードカバーをかぶせた盆を手に楚々《そそ》と歩いてくる。手四つを解くのも忘れて固まっているぼくたちを一瞥し、

「夕方の仕事がありますから、失礼いたします」

一礼を残して本館のほうへと去っていく後ろ姿を、ぼくたちはぽかんとして見送るだけだった。

「なにもしてなかった……の？」

にしてはさっきまでヒツギを介して受け取ってた感覚はなんだったんだろう。

「いいや」

首をかしげて訝しむぼくに、妙に確信に満ちた様子で藪田が言った。

「背中のファスナーがちゃんと閉まってなかった」

不景気な灰白色の幕がうっすらとかかった庭園の先に涼香の姿は遠ざかり、もうマッチ棒くらいの細い影になっていた。だけど背中のファスナーの隙間から肌色が覗いているのをぼくは想像してしまって、その想像にさっきまで感じてた、水の薄膜に包まれたみたいな張りのある涼香の肌の感触が重なって、ガーターベルトとストッキングは穿いたままでやったのかなあなんて考えちゃって、そしたらまた急に下腹部がそわそわしてきた。これはヒツギの感覚じゃなくて、たぶんぼく自身の。

「おやおやイオリくん、なにを想像して恥じらってるのかな」

からかい口調で藪田が言ってきた。

「恥じらう？」ムカッとしてぼくは藪田を睨み、「涼香なんかババァじゃんか。なにも思うわけないだろ」

「じゃあなんで今涼香さんになにも声かけられなかったの？　イオリくんだったらセクハラ発言のひとつやふたつ平気でしそうなのに」

「おまえほんとに口の利き方に気をつけろよ……」

「ま、おれは涼香さんにあの虫ケラを見るような目をされるとゾクゾクしちゃうクチだけどね……ってイオリくん？　どうするの？」

ふざけた変態嗜好《しこう》を暴露しはじめた藪田を無視してぼくは車椅子を勝手口の方向に向けた。土間に車椅子を置いて水屋にあがり、わざと大きな音を立てて襖をあけると、和室の真ん中に寝転んでいたヒツギが跳ね起きて膝立ちになった。布団が敷きっぱなしになってるかと思ったけど、部屋の隅に一式きちんと重ねられていた。ヒツギはTシャツにスウェットパンツっていう普通の恰好。シーツが乱れた布団の上で素っ裸で果ててたりしたら指差してからかってやる気まんまんだったのに、出鼻を挫《くじ》かれてぼくは言葉に詰まった。

でもそれもほんの数秒だ。ことさら悪ーい顔を作って言ってやった。

「なんで最後までいかなかったんだよ？　途中でしおれたのか？」

一瞬、ヒツギは後ろ暗さを漂わせつつもしらばっくれた顔をした。つまりエロ本を読んでるところにママが入ってきて慌ててベッドの下に突っ込んだ直後の顔。でもぼくがなんでこのタイミングでここにいるのか、ちょっと考えればわかるはず。すぐにすべてを悟ったみたいで「あっ」とみるみる耳の先まで赤くして、身の置きどころがないって感じで俯いた。

「涼香さんも、知って……」

「そうだよ。涼香も全部了承済み。だから勘違いするなよな、涼香はぼくの命令でヒツギを誘っただけなんだからな。どう？　ぼくが思いついた遊び、最高だろ？　今までヒツギをこういうふうに使おうって思いついた奴、いなかっただろ？」

刹那《せつな》、ヒツギが畳を蹴って、高笑いするぼくの足にタックルをかけてきた。不意をつかれたぼくは仰向けに倒れて板の間に後頭部を打ちつけた。ヒツギが馬乗りになってぼくの胸ぐらを摑み、頰を殴りつけた。ごすんって頰骨が鈍く鳴った。

「ふーん、だからなに？　ぼくに効くわけないだろ？　あははははっ」

ぼくは両目を剝いていっそう爆笑してやる。ヒツギが二発、三発とぼくを殴る。ヒツギのほうが殴られてる側みたいに目に涙を溜め、歯を食いしばって、拳を振りおろすたびに喉の奥でうーって唸《うな》ってた。何発かはぼくの頰をかすめて床を殴りつけ、耳の横でがつんって打撃音がした。

口の中に苦い錆《さび》の味が滲《にじ》んでくるのを感じながら、ヒツギが泣き顔になればなるほどぼくは笑い続ける。骨を打つ音がぼくの顔の表面で鳴る。格ゲーの派手な効果音と違って実際はあまり響かない地味な音がした。

何十回殴ったところでぼくに効くわけがないのに、ヒツギはバカだなあ。効くはずないのに……なんだろう、両手がずきん、ずきんって脈打ってる。殴られてる左右の頰はなにも感じないのに……。

「あわわわわ櫃木くん、駄目だって！　ごめん、頼むからごめん、やめてやって！　許してやって！　イオリくんはわかんない、わかんないんだ！」

藪田がとめに入らなかったらヒツギはいつまでもやめなかっただろう。ヒツギを羽交い締めにしながら藪田がやたらにヒツギに謝るのがぼくには不可解だった。うーうー唸りながらなおも暴れて拘束を振りほどこうとするヒツギの両方の拳の、指のつけ根の丸い骨が全部、腫れあがって真っ赤になっていた。

鏡を見せられて初めてわかったけど、ぼくは試合でボロ負けしたボクサーさながらの面構えになっていた。ぼくの顔を見てママは悲鳴をあげた。そんで怒られた。用意しておいた例の同情を誘う口上も使ったんだけど効果がなかった。おかしいなあ。

顔中に湿布やら絆創膏《ばんそうこう》やらを貼りまくられてベッドに押し込まれた。こんなはやい時間に寝られるわけがない。ポータブルゲーム機すら持たせてもらえなくて、どうやって時間を潰せっていうんだろ？

＊

それでもベッドの中で不貞腐れてたらいつの間にかすこし眠ってて、裸の涼香が夢にでてきた。サイドテーブルの時計を見るとまだ夜の八時にもなっていなかった。照明が落とされて部屋は薄暗い。壁の過半を占める大きな窓から射す仄明《ほのあ》かりがレースのカーテンを透かして床に青暗い模様を焼きつけている。ちなみに例によってぼくが不注意をやらかしたときに怪我をしないよう、ぼくの部屋の窓は割れたら粉々の粒状になる強化ガラス製で、もちろんというか鍵がかかっている。窓の外は中庭に面して張りだしたバルコニーなんだけど、八歳くらいのときだったかな、ぼくはこのバルコニーから落っこちたことがある。ちょうど真下で仕事をしていた庭師に受けとめてもらえたのは本当に運がよかったんだって。星の数ほどあるぼくの武勇譚の中でもママがとりわけ肝を冷やした事件だ。

ぼくはママが好きだし、ことさらママを心配させたいわけでも、怒らせたいわけでもないんだ。

やっていいことといけないことの境界線を、ぼくだってわかるものならわかりたいと思ってる。

　ごろんと寝返りを打って仰向けになった。掛け布団から両手をだし、手のひらを天井に向けて伸ばしてみる。茶室から連れだされたら、両手に感じていたずきんずきんと脈打つ感覚も綺麗さっぱり消えた。やっぱりあれはヒツギの〝痛い〟だったんだ。殴られたのはぼくなのに、なんで殴ったヒツギのほうが痛いんだろう。

　ベッドの上で上体を起こす。暗視モードに切り替わった監視カメラが天井の各所からぼくの行動を見張っている。だから試してみてもいいはず。もし〝やっちゃいけない〟ほうのことだったら藪田かほかの誰かがすっ飛んでくるはずだもの。誰も来なかったら〝やっちゃいけない〟ことじゃないってわけだ。

　小さいころから一緒に寝ているクマのぬいぐるみを抱きあげて、試しにそのおなかにパンチを突っ込んでみた。ぼすんって手応えのない音がして拳が沈んだ。ヒツギに殴られたときの音とはぜんぜん違ってどうも腑《ふ》に落ちない。ぬいぐるみを足のほうに放り投げてベッドから降りた。

　ベッドのフットボードの両端に大理石でできた球形の飾りがついている。大きさはぼくの頭よりひとまわり小さいくらい。手のひらで撫でるとつるりとしていて硬い感触。〝硬い〟は〝冷たい〟。熱いものを触ったら怒られるけど、冷たいものでは怒られたことがない。拳をぶつけてみたら重く鈍い音がした。

　これがちょうどよさそうだ。ぼくは一人にんまりして頷いた。

　足を前後に軽く開いて踏みしめ、右の拳をいっぱいに後ろに引いて、腰の回転も利用して球体を殴りつけた。一度ではやめない。左右の拳を交互に引いて、ぶつける。続けるごとにヒツギに殴られたときとそっくり同じ音に聞こえてきて、球体が自分の頭に見えてきた。ごすん、ごすん、がつん、べきょっ……。途中から球体の表面で拳が滑ってうまくあたらなくなってきちゃった。まずいことになってる気がしないでもないけど、でも誰もやめさせに来ないし、問題ないんだと思う。

もう一発と思って振りかぶったとき、ノックの音がした。

「イオリくん、入るよ？」

慌てて叩きあけられるでもなく普通にドアがあいて、もさっとした天然パーマの影が戸口に現れた。

「櫃木くんだけどさ、今夜のうちに家に帰るって。あのさあ、このまま別れるっていうのも後味悪いし、仲直りっていうか、とにかく謝ったほうが……」

部屋の電気がついた。「ん？　イオリくん？」ベッドの上にぼくの姿がないから藪田は視線をうろつかせてから、フットボードのほうに立っているぼくを見つけ、ぎょっと目を剝いた。

「な、なにやってんの!?」

今ごろになって泡を食って飛び込んできて、振りかぶった拳ごとぼくを抱きすくめてベッド際から引き離した。大理石の球体はぼくの血で赤く染まっていた。ヒツギにぼこぼこにされたぼくの顔そっくり。

「モニター室なにしてる!?　すぐに奥様を呼べ！　今エントランスに櫃木くんといるはずだ！」

藪田が叫んだ。廊下から複数の足音が駆けつけてくる。なんだ、やっぱり〝やっちゃいけない〟ほうだったのか。それならもっとはやくとめてくれればよかったのに。モニター室、さぼってたな。

あ……ヒツギが来る。ぼく自身のものじゃない、異物の感覚が身体に流れ込んでくる。どんなに石を殴ってもなにも感じなかった両の拳に仄かな〝痛い〟が滲んでくる。藪田によればヒツギは〝生理的に無理なタイプ〟らしいけど、ぼくはヒツギを感じるのが嫌いじゃない。

戸口に続々と集まってくる使用人たちを押しのけてママが現れた。その後ろからヒツギもひょっこりと頭をだした。

両手を血まみれにしたぼくの姿を見るなりママはムンクの〝叫び〟そっくりの顔で悲鳴をあげ、駆け寄ってきて藪田の腕からぼくをもぎ取った。ママの胸の谷間に埋まっても涼香の裸の夢を見たときみたいな気持ちにはならないから、ママと涼香はぜんぜん違うんだって思った。涼香って実はババァじゃないのかも。

「どうしてこんなことをしたの！」

「ヒツギのことをわかろうとしたんだよ、ママ。そんなことよりヒツギが帰っちゃうって本当？やだよ、ぼく。ねえ、ヒツギをうちの子にしてあげようよ。ヒツギだって家に帰りたくないって言ってたもん。ぼく、ずっとヒツギにうちにいて欲しいんだ」

「ああっ……イオリ、あなた今ひどく混乱しているのよ。ママが悪かったわ。あなたには難しすぎることだったのね。それを無理なやり方で理解させようとしたママが悪かったんだわ」

「ぼくは混乱なんてしてないし、なんかママの話はズレてる。今はヒツギのことを話してるの！」

両手を突っ張ってママの胸を押しのける。力を入れると両手からいっそう血が滲んでママの綺麗な服も血で汚れた。「ああ、やめてイオリ……」とママが喘いであとずさった。

ぼくは足を返してヒツギのほうに駆け寄った。「下がりなさい！　イオリに触れないで！」ママ

ヒツギの手を握っていることなんかかまいやしない。ヒツ

の厳しい声が飛んでヒッツギをびくりとさせたけど、ぼくはママの声になんかかまいやしない。ヒツギの手を握った。ぼくの両手も血だらけだけど、ヒツギの両の拳にも赤紫色の斑《まだら》の痣《あざ》が散っていた。右手の人差し指にはまだ包帯が巻かれている。ぼくの拳の表面に〝熱い〟が伝わってきた。ややこしいんだけど、これはヒツギの手を握っているぼくの手のひらの熱だ。ぼくの手は今とても熱いみたい。

「来て」

ヒツギを連れて部屋の奥に向かった。

「イオリ！　その子に近づくのはやめなさい！　なにをする気なのっ……」

「うるさい！　ママは黙ってろよ！」

周囲を見まわし、目についたのはベッド脇のサイドテーブルだ。天板はフットボードについている球体と同じ大理石製で、三本の脚はブロンズ製。優美な細身の脚の先端がくるりと曲がってちょうどバールに似た形状をしてるのがおあつらえ向きだ。ちょっと待ってて、って囁《ささや》いてぼくは一度ヒツギの手を放し、サイドテーブルを担いで運んできた。ぼくってけっこう力持ちなんだよ。藪田が言うにはぼくには〝リミッター〟が働かないから〝火事場のバカ力が垂れ流し状態〟なんだって。

ひっくり返したテーブルを頭の上で高く掲げ、助走の距離を取って窓と対する。うわーっていう雄叫びとともに窓に向かって突進し、勢いを乗せて振りおろした。バール状の脚がガラスに激突する音にママの悲鳴が重なった。

さすがに強化ガラスは硬く、ほんのすこし傷をつけることができただけだ。ただ手応えは摑んだ。両腕に痺《しび》れが伝わってテーブルを取り落としそうになったけど、力を込めなおして再び頭上に振り

あげる。今度は助走なしで、しかし渾身《こんしん》の力でもって振りおろす。さっきと同じ場所にうまくあたり、蜘蛛の巣状のヒビがガラス一面に広がった。さらにもう一度——振りおろした勢いで手放してしまったテーブルがガラスをこっぱ微塵《みじん》に破砕しながら外まで飛びだしていった。

頭上から下方へとなだれ落ちる粒状の破片の瀑布《ばくふ》はクリスタル色のビーズで織りあげたカーテンに似ていた。破片の瀑布が収まると、冴え冴えとした青が目の前に急に開ける。

ぼくは窓辺から取って返し、啞然《あぜん》とした顔で突っ立っていたヒツギの手を引いた。積もった破片を踏んで外にでるとそこは中庭に向かって半円形に張りだしたバルコニーだ。ブロンズ製の柵の手前でサイドテーブルがひっくり返っている。

柵の向こうに遠く茶室の屋根が見えた。なあんだ、ヒツギがいた場所、ここからいつでも見えたのか。窓の鍵をあけてもらえなかったから知らなかった。

柵を背にして振り返る。ママや藪田、使用人たちが口々にぼくを引きとめる声をあげて窓辺に集まってくる。涼香の姿もあった。藪田が階下を指差して使用人になにか指示した。下に人をまわす気だ。はやくしないとまた受けとめられちゃう。

ヒツギの手をぐいと引き寄せ、ぼくはおとなたちに向かって声を張りあげた。ヒツギがすこしよろけてぼくの肩にぶつかった。

「ここから落ちたら〝痛い〟んでしょ？　ヒツギと一緒に飛び降りたら、ぼくにもわかるよね。ぼくはわかりたいんだ、ママ。〝痛い〟っていうのがなんなのか、もっとわかりたいの。〝痛い〟がわかれば、なんであんなにヒツギを怒らせたり、泣かしたりしちゃったのかもわかるはずなんだ」

「馬鹿な真似はやめてちょうだい、お願いよ……」

両手を祈る形に組んでママが乞う。顔から血の気が引き、真っ赤な口紅で彩った唇も今は紫色だ。ママの身体からふっと力が抜けた。ガラスが抜けた窓枠に寄りかかってくずおれたところを「奥様っ」と藪田が抱きとめた。ぼくはちょっと拍子抜けしちゃって、

「ママ、気を失っちゃだめだよ。ママも一緒に耐えるからって言って、ヒツギの爪を剝いだのはママでしょ？　これだって一緒に耐えてくれなくちゃ」

藪田の腕の中でママがうっすらと目をあけ、かすかに唇を動かした。よかった、意識はあるみたい。もしかしたらママも〝痛い〟がわからないんじゃないかなって思うときがあるんだよね。だからママも一緒に〝学習〟したほうがいいよ。

ぐったりしているママを別の使用人に託して、藪田がこっちに手を差しのべた。

「イオリくん、やめるんだ。そこから離れて、こっちにおいで。きみには境界線がわからないんだってば。きみが今やろうとしてることは、ちょっと試してみるとか、そういうレベルじゃないんだよ」

「だから、わからないからわかろうとしてるんだろ。そのためにヒツギを連れてきておいて、なに怯《ひる》んでるんだよ。みんな情けないなッ!!」

声を荒らげてぼくは拳を横に払い、ブロンズの柵をぶん殴った。鈍く重い衝撃が全身の骨を芯まで揺るがせた。金属がうち震える轟音《ごうおん》におとなたちが首をすくめた。これくらいでビビッて、みんな本当に情けない。見たことがない角度に曲がった右手を軽く振りながらぼくはおとなたちを蔑《さげす》みの目で一瞥する。手首から先が糸で吊ったみたいにぷらんってなった。

細く尾を引いて金属の震えが収まると、いっときバルコニーの上は静まり返った。おとなたちは

みんな蒼白になって声を失い、まるで地球人じゃないなにかグロテスクな生き物でも見るかのような目でぼくを見つめる。下の庭のほうにざわめきが集まってくる。

「……イオリ」

おとなたちにかわって口を開いたのはヒツギだった。低い、静かな声だった。

「おまえがどんなふうに世界を認識してるか、なんとなくわかった。おまえは自分自身をゲームのプレイヤーキャラクターみたいに認識してるんだ。キャラが瀕死のダメージを受けて、体力ゲージが赤点滅してても、ゲームの外でそれを操作してるつもりのおまえは自分が死にかけてることに気づかない。でも実際には、現実はゲームじゃないから、キャラの体力ゲージはおまえと繋がってるし、キャラがＬＯＳＴしたらおまえも死ぬんだよ。たとえば……」

いつもどんよりと暗い色に沈んでいるヒツギの瞳に、ふと鋭い光が閃いた。

「たとえば、いいか、こういうふうに」

ぼくと繋いでないほうの手をヒツギが振りあげ、さっきぼくがやったのとそっくり同じように柵をぶん殴った。手首から先が変な角度に跳ねあがるのをぼくは見た。いったん収まった金属の震えが再び夜空を突き抜けて響く。自分でやったときと同じように全身の骨まで揺るがす衝撃が来て
――寸秒遅れて、強烈な〝痛い〟が右手を撃ち抜いた。

「あーっっ」

悲鳴をあげてぼくは反射的にヒツギを突き飛ばした。おとなたちからもいっせいに悲鳴があがった。ぼくがやったときみたいに静まり返るんじゃなく、みんながのけぞったりうずくまったりして右手を押さえる。庭のほうでも次々に悲鳴やうめき声があがっている。

「あーっ、あーっ!!」

右手を抱え込んでぼくはバルコニーを転げまわった。痛い、痛い、痛い！　脳がぐらんぐらんと揺れる。急激な勢いで胃から迫りあがってきたものを這いつくばって吐いた。

この場でただ一人、ヒツギだけが静かに佇立《ちょりつ》してぼくを見おろしていた。力を失ってただだらりと繋がっているだけの右手を身体の横にさげ、まるでヒツギのほうが痛みがわからなくなったみたいに泰然として。苦悶のうめき声やすすり泣きがあちこちであがる中、一人だけそぐわない落ち着いた声でヒツギが言う。

「なんでおまえは人を傷つけることをなんとも思わないんだって、なんて傲慢で嫌な奴だって、思ってた。今でも思ってる。でも、おれ、おまえに感謝したいこともあったんだ。おれのことを気持ち悪いって言わなかったの、おまえだけだったから。たとえおまえのほうは、おれを珍しいペットか玩具くらいにしか思ってなくても、それでも……おれは誰にも好かれなかったし、おれ自身がおれを、死ぬほど嫌い、で……」

尻すぼみになって声が途切れた。自分の吐瀉物《としゃぶつ》にまみれながらぼくは頭をもたげて目を凝らす。ヒツギは俯いて小刻みに震える唇を噛みしめていた。死んだ出目金に似たママの分厚い唇とは器官として別物にすら見える、ヒツギの薄い唇にひと筋の涙が滑り込み、乾燥した唇を湿らせた。

「……だから、ほんとに素直に嬉しかったんだ……。気持ち悪いって言わないでくれて、ありがとうな……。ここの子になれとまで言ってくれて、ぜったい無理だけど、ありがとう……」

折れたほうの手の甲でヒツギが涙を拭うと、ぼくの手の甲にも熱が加わった。ほっぺたが熱かった。

「だから、教えてやる。おまえが知りたいって言ってることを。おまえ自身がやる必要はないんだ。やるのはおれ一人でいい」

言うなりヒツギが身をひるがえして柵に足をかけた。

「櫃木くん!?」

いちはやく意図を察したらしい藪田が泡を食った声で呼ぶ。甲高い乱暴な音を響かせてヒツギは柵のてっぺんによじ登り、一瞬の躊躇《ためら》いもなく、力強く柵を蹴りだして宙に身を投じた。

そのときたしかに、ぼくの身体も重力から解放されて、ヒツギと一緒に空を飛んだんだ。

それから――。

ぼくは這いずって柵にしがみつき、柵の隙間に顔を押しつけて目を凝らした。夜空を抱き込むように大きく両腕を広げて落ちていくヒツギの姿が見えた。

＊

ヒツギはたった一日で病院から帰ってきた。あ、冷たくなって帰ってきたっていう意味じゃなくて。救急病院に運び込まれたんだけど、とにかくもうヒツギの意識がある限り治療にあたるスタッフや同じ病棟の患者にまで激痛を拡散しまくるからたまったものじゃなかったらしい。ヒツギの周囲を無人にしておくには結局うちの離れが一番都合がいいっていうんで突っ返されたのだ。

それからパパが帰国した。ママがやったことは「ボランティアの少年を虐待」だなんていう洒落《しゃれ》にならない問題になりかねなかったみたいで、パパはそのへんの懸念事項を握り潰したうえで（パパはこの国の大きい会社の偉い人たちにいろいろ貸しを作ってるからね)、身寄りのなくなった少年を一時預かるっていう名目であらためてヒツギを離れの茶室に滞在させた。

ヒツギの両親はね、連絡が取れなかったみたい。ヒツギをうちに住み込みにやってるあいだにアパートを引き払ってたんだって。うちのママのほうがまだましなのかなってぼくは思った。ヒツギの親には自分たちの子どもの〝痛み〟を引き受ける覚悟がなかったわけだから。「まあ年がら年じゅう二十四時間、最低でも櫃木くんが義務教育を終えるまであれを引き受けなきゃいけないって考えたらノイローゼくらいにはなると思うよ」って藪田はヒツギの親に同情するようなことも言ってたけど。

四階から飛び降りたあともヒツギは意地で意識を保ち続けて、周辺一帯が阿鼻叫喚《あびきょうかん》の巷《ちまた》と化した。ヒツギの力の影響範囲には振り幅があるという話だったけど、のちの調べによればその日、瞬間的に疵川家を中心とした半径十五キロメートルにまで影響が及んだ。それはひとつの市をまるまる呑み込む規模で、街中の人々がばたばたと倒れ、身をよじったりうずくまったり、苦悶のうめきをあげてのたうちまわった。ハザードもののゲームのオープニングムービーにしてはベタすぎるけど、現実に起これば異様極まりない、凄絶な光景だったと思う。現実はゲームじゃない。……っていうのはまあ、ヒツギの受け売り。

人々に気味悪がられ忌避されてきたヒツギは、使い方によっては恐るべき広域制圧兵器になりうるのだ。実際に他者に肉体的なダメージを与えるものじゃないにしても、ショック死に至らしめることは十分可能だ。悪い奴がもうそれに勘づいて、ヒツギを利用しようとしてるかもしれない。

ぼくはヒツギを連れて逃げようと計画している。

ポータブルゲーム機にテキストチャットで届いたメッセージをぼくはベッドに寝転がって確認した。ゲームに興じるふりをしてるけど、実際はゲームをやってたわけじゃない。右手全体を石膏のギプスで固められているからアクション系のゲームはできないし、ぬるゲーは嫌いだからやらないんだ。

窓をぶち抜いた四階の部屋から移されて、ぼくは今一階の客間にいる。もちろん監視カメラ群も、まるでぼくから繋がった臍《へそ》の緒《お》みたいに一緒に移されてきた。それでもまだママの心配は尽きないようで窓も廊下側のドアも施錠されている。テーブルや椅子すら凶器になりうるっていうんで極力家具も置かれていない。

逃亡計画はヒツギのためでもあるけど、ぼく自身の逃亡でもある。

パパもママもゲームには疎《うと》いから、ゲームの中で会話ができるってことをよくわかってない。ぼくが手もとのポータブルゲーム機で共謀者と連絡を取ってるなんて思ってもいないだろう。

〝フタサンマルマル　ヨリ　フタサンマルヒト、交替のため一分間のみモニター室無人。部屋は解錠済み。健闘を祈る。十三歳なりにね〟

暗号文めいたメッセージの最後についていた余計なひと言にぼくは舌打ちした。

「口の利き方に気をつけろって言ってるのに……」

現在時刻は二十二時十分。フタサンマルマルまではまだ五十分ある。そのあと三十分くらいなにもなさそうにぬるゲーを続けるふりをしてから、寝間着に着替え、わざと監視カメラに見える角度で大あくびをしてみせて、電気を消してベッドに潜り込んだ。

共謀者は藪田だ。逃亡の手助けをさせただけでなく、ぼくの名義の口座を預けて小さな島を丸ごとひとつ買わせた。飛行機も手配させてある。

フタサンマルマル。ぼくはむくりと起きあがる。クマのぬいぐるみを掛け布団の中に押し込んで栗色の頭をちょっとだけだしてやったらぼくが壁のほうを向いて寝てるようにカムフラージュできる。着替えはほかの荷物と一緒に藪田に用意させたから寝間着のままで部屋をでる。メッセージにあったとおり鍵はあいていた。

フタサンマルヒト。交替した監視がモニターの前に着席したときにはぼくはぬいぐるみを身代わりに部屋を抜けだしている。

ぼくの部屋を四階から一階に移したのはママの失策だったよね。ルートが短くなったおかげで誰かに見つかる前に本館を難なく脱出。夜の幕が降りた日本庭園に素足で踏みだした。

車椅子を使わず自分で歩いて離れに向かうのは初めてだ。せっかくだからゴムチップウレタン舗装の道じゃなくて砂利道を行くことにする。足の裏がごろごろしてちょっと歩きにくい。

不透明なインディゴブルーで塗りたくられた夜空からなにか白い破片が舞ってきた——雪だ。今年初めての雪かも。はらり、はらり、音のないインディゴブルーの海の中を、雪白に輝く破片が群れなして泳ぐ。両の手のひらを上向け、金魚を掬《すく》うような形を作ってみる。左の手のひらに乗った雪はすぐに融《と》けてぼくの手の皺に沁み込み、右のギプスの上に乗ったほうは結晶のまま残った。不思議だ……融けるのと融けないのと、なにが違うんだろう。融けるほうが左手に、融けないほうが右手に、雪のほうがぼくの手を選んで留《と》まっているみたい。

ひととき雪と戯れてから、また歩きだした。

前方に茶室が見えていた。着実にヒツギに近づいているのが全身でわかる。肌に融け込んだ雪が尖った針になって身体の内側から攻撃してくるようで、ぼくの足はすこし怯む。これ以上近づくのを怖いって感じる。今引き返せばこの苦痛から遠ざかる。引き返そうよってぼくがぼくを説得しようとする。人間が身を守るために本能的に苦痛から遠ざかろうとするっていうのはこういうことなんだって、まだちゃんとはわかってないと思うけど、前よりは今のほうがわかる。

ヒツギの鎮痛剤が切れてるんだろう。藪田はなにしてるんだ。誰かが絶対に気づいてるはずなのに、なんで誰も助けに行かないんだ？　石燈籠が茶室を遠巻きに見守っているだけで周囲に人の気配は感じられない。

ぼくは歯を食いしばり、意思に逆らおうとする足を渾身の力で一歩一歩押しだして前に進んだ。さっきまでやわらかく楽しげに舞っていた雪が急に凶暴化し、激しく渦巻いてぼくを押し戻そうとする。涙と鼻水がぱりぱりした固形になって顔に張りつく。

「痛い、よ……ヒツギ……助けて……」

違う。ぼくが助けに行くんだ。

喘ぎながらようやく茶室にたどり着き、閉ざされた雨戸に倒れ込んだ。

「ヒツギ、ヒツギ……」

ギプスのほうの手で雨戸を叩く。こっちの手は使っちゃいけないって、気をつけてはいるんだけどやっぱりすぐに忘れちゃって、完璧にやるのはまだまだ難しい。風雪のつぶてが雨戸を打つ音にぼくの声は掻き消されて部屋の中には届いてないみたい。手がかじかんで雨戸をあける力もない。

雨戸に取りすがって勝手口にまわる。身体全部を使って勝手口を押しあけ、吹き込む雪と一緒くたになって水屋に転がり込んだ。

襖の隙間から橙《だいだい》を帯びた灯りが漏れて、板の間と土間に細い帯を延ばしている。

「……すよ……」

声が聞こえた。ヒツギの声じゃない。涼香……？

ここはぼくんちなんだから遠慮することなんてないし、がらりと襖をあけてしまえばいいのに、ぼくは息を殺して襖の隙間に顔を押しあてた。

侘び寂びの趣で造られた茶室にはそぐわない厳つい医療機器がどどんと数台、畳の真ん中に敷かれた布団を取り囲んでいる。それらの機器に繋がった精密かつ忠実なマニピュレーターみたいに、機器の隙間に折り目正しく正座している涼香のエプロンドレスの背中が見えた。石油ストーブが橙々《あかあか》と焚かれ、天板に載ったヤカンが白い蒸気を噴きあげて、部屋の〝硬い〟空気をやわらげている。

誰も近づきたがらないヒツギの部屋に涼香が来ていた。涼香がヒツギを助けに来てくれたんだと思うとほっとしたけど、どうしてだろう、胸がちくっとする。これはヒツギの痛み？　それともぼくの？

「嫌々ではありませんし、ましてや好奇心ではありませんから……」

涼香の話し方はいつもと変わらず〝硬く〟て〝冷たい〟けど、ぼくの手のひらの上で融けた雪のような、今にも融けて消えてしまいそうな〝冷たい脆さ〟があった。

「以前一度、智史さんをお見かけしたことがあるんです。そのときはもちろんお名前も存じあげませんでしたが。去年までわたしは＊＊市の高校に通っていました。ええ、智史さんが住んでいらした……。高校一年のときにいじめを受けて、それで高校を中退して、今はこちらで働かせていただきながら通信制の高校で勉強しています。

いじめに一番苦しんでいたころ、通学路で智史さんが複数の男子中学生に囲まれて、乱暴されているのを見かけて、自分と同じだ……って、でも助けることはできませんでした。怖くて……。智史さんが一人の男子の足にしがみついて叫びました。なんでおまえらには人の痛みがわからないんだ、って。その男子がなにか怒鳴って、智史さんの頭を蹴りました。その……瞬間です。急激な頭痛に襲われて、わたしは座り込んでしまいました。悲鳴が聞こえて顔をあげると、智史さんに乱暴していた男子中学生たちもみんな頭を抱えて悶《もだ》えていました。智史さんだけが、苦しみつつもきょとんとしていて……」

「それ、中二の春だ……憶えてる」

涼香の背中越しに、そこで初めてヒツギの声が聞こえた。声に力は入っていないけど滑舌はしっかりしている。

「あのときは、おれもなにが起こったのかわかってなかったけど……そっか、そういえばあれが最初だったのかも……」

「あのとき、智史さんがわたしをいじめた子たちにも仕返ししてくれたように感じました。智史さんの力はとても辛くて、痛ましくて、自分ばかりを傷つけるものです。でも、世の中には他人の痛みを想像することができない人たちが多いです。そういう人たちに、すこしでもなにかを訴えるために、現れるべくして現れた力なんだと、わたしは思っていますから……」

とすん、とぼくの足もとで音がした。立って聞き耳を立てているのが限界になってぼくは板の間に膝をついていた。足先がかじかんで自分の足じゃないみたい。

涼香が振り返った。

「イオリさん？　そんな薄着で……」

すぐに駆け寄ってきて、ぼくを中に引き入れて襖を閉めた。

「まあ、しかも裸足でいらしたんですか」

あきれ気味に言ってバスタオルを持ってくる。雪融け水がぼくのまわりに滴って畳を一段濃い色に染める。涼香がタオルでぼくの髪を拭いているあいだ、ぼくは俯いてもじもじしていた。正面から涼香を直視したらエプロンドレスの下に裸を想像しちゃいそうで、顔をあげられない。

ぼくはもう涼香に嫌われてるのかな、って考えたら、また胸がちくってした。涼香がうちの使用人である限りはぼくへの好悪に関係なくぼくにかしずかなきゃいけないんだから関係ないのに、涼香にどう思われてるのかがいやに気になる。涼香はヒツギが好きなのかなあ。ヒツギも涼香が好きだから、両想いなのかなあ。考えてるとなんだかどんどん、ずしーんって頭がさがってきちゃう。

「藪田は？　来てないの？」

タオルの陰に隠れて涼香に訊いた。

床の間には今もプレイステーションが置かれている。ここから二十二時十分にメッセージを送ってきたんだとばかり思ってたんだけど。

「藪田さんですか？　お暇を取られて昼間のうちに辞去されましたが」

「えっ？」

思わず顔をあげたら涼香と間近で目があった。ヒツギとセックスしてでてきたときにぼくと藪田に向けられた、あの侮蔑がこもった目つきと同じのような気がしてぼくはいたたまらなくて目を逸らし「で、でもさっきチャットしたし、ここで落ちあう約束してっ」ごまかし半分にまくしたてて床の間のゲーム機に駆け寄ろうとしたとき、

「イオリさんっ!!」

悲鳴に近い涼香の声が響いた。驚いて足をとめたぼくを涼香が後ろから抱きすくめて引きずり戻した。

ぼくは危うくストーブに蹴躓《けつまず》くところだった。

「お願いですから気をつけてください……。ストーブは、熱いんですよっ……」

涼香の両手は震えていた。壊れやすい宝物を扱うみたいに、慎重にやわらかくぼくを抱きしめている。

「……ごめん、なさい……」

ぽかんとしたままぼくは言った。生まれて初めて口にした言葉だったかもしれない。自然に頭に浮かんで、声になってたんだ。どうしてかな……。

深々と溜め息をついて涼香はぼくを解放した。

ぼくは悪戯心で涼香にひどいことをさせて、涼香を辱《はずかし》めたのに。なのに涼香はぼくを許してくれる……のかな……。

「藪田さんなら、昼間顔見せてった」

布団の上からヒツギの掠れた声がした。

「鎮痛剤がそろそろ効いてきます。お休みになられるまではお話しできますよ」

そう言って涼香が畳の隅に下がって控える。ぼくは跪《ひざまず》いて布団の脇に寄った。本館の厨房《ちゅうぼう》にある冷蔵庫そっくりの銀色の医療機器から幾本ものチューブが生えて、掛け布団の上にだしたヒツギの左腕に繋がっている。ぼくまで肘の内側に痒《かゆ》みを感じた。右腕はぼくとお揃いのギプスで固められている。そして白い枕カバーの上に、白い包帯に包まれた頭が横たえられていた。包帯が片目の上まで覆っていて、ヒツギの顔は三分の二も露《あら》わになっていない。首にもコルセットが巻かれていて、とにかくわずかな動作すら大儀そうだ。

あの晩、半径十五キロもの範囲に及びもたらされた阿鼻叫喚の惨劇の、その中心にいたヒツギ本人の身に起こったことの凄絶さに戦慄せずにはいられない。あの激痛を最初から想像できていたとしたら、ぼくだったら絶対に足がすくんで、柵を蹴りだす勇気なんてでなかった。

「イオリによろしくってさ、藪田さん」

「どういうこと？　なに言ってるんだろあいつ。タクシーと飛行機の手配はどうなったのかな。ぼくの荷物も。それにまだどこの島買ったのかも聞いてないし」

混乱して言い募るぼくに「おまえがなに言ってるんだ」って、ヒツギがかろうじて見えてるほうの眉を訝しげにひそめた。

ぼくはヒツギに計画を話した。そこはやっぱり誇らかに胸を張ってね、話したよ。ヒツギを驚かせたくて。イオリそれはすごい計画だぜって、ヒツギが目を輝かせるのを期待して。

「無人島を買いあげたんだ。無人島だからもちろんまわりには誰もいないよ。そこならヒツギは誰にも気味悪がられないし、誰にも遠慮しないででかい顔して暮らせるんだよ。ぼくとヒツギだけで一生そこに住むの。あ、涼香も……連れてってもいいよ。ヒツギがそうしたくて、涼香もそれでいいなら……。島の外に用事があるときは藪田に手配させて……」

さすがにぼくだってバカじゃない。勢い込んでそこまで話すうちにすっかり気づいていた。

藪田はぼくが預けた金を持って逃げたんだ。

〝健闘を祈る。十三歳なりにね〟

人差し指と中指をおでこの前でちゃきっと揃えて「アディオース」とかいって下手くそなウィンクをしてみせる天パ野郎の顔が目に浮かぶようだった。

藪田ごときにすらバカにされるくらいぼくはまだ子どもで、世間知らずで……。

「藪田さんのほうが一枚上手だったたな」

ぼくが悄然《しょうぜん》となる一方で、ヒツギがくすくす笑って言った。力は入っていないけど軽やかな笑いだった。ヒツギがうちに来てから笑うのを見たのは初めてだと思う。

鎮痛剤が効いてきたみたいだ。ぼくが感じるヒツギの痛みも、じーんとした鈍い痺れを残して遠ざかりつつある。喋るだけでも辛いはずだし、だいぶ眠たくなっているんだろうけど、絡まりはじめた舌を無理に動かしてヒツギは続ける。言いたいことを喉もとで押しとどめてただ不満顔をするだけのヒツギは今日はいなかった。

「……イオリ。おれ、おまえは逃げちゃ駄目だと思う。ここで、ちゃんと社会の中でおとなになって、世の中の痛みを知っていかなきゃいけないと思う。それでさ、将来偉い奴になればいいと思う。せっかくおまえ血筋もよくて、金も権力もあるんだから。そのときに、おれみたいなのが生きやすくなるような法律とか、支援みたいのでも作ってくれたら、それでいいよ……。おれ自身もさ、無人島とか行けたら楽だなって、思うけど、それじゃ結局おれってなんだったのかっていうか……今までずっと死にてー死にてーって思ってたのを実行するのと変わらないっていうか、だったらもっとはやく死んどけよっていうか……だから、おまえが考えてくれたことは、嬉しいけど、あんまり釈然としなくて」

長い台詞《せりふ》を喋り疲れたらしく、天井に向かって細く息を吐く。ヒツギにつられてぼくもつい喘ぐように息継ぎをする。息を吸って吐こうとしたけど「ひっく」と喉に引っかかった。

「おとなになれよ……イオリ。雑に生きるなよ。雑にやるとおまえなんか簡単に死んじまうんだから。つまんないことで途中でくたばったりしないで、絶対、生き延びておとなになれよ」

……ひっく。ぼくはちゃんと息ができない。とまらない涙をギプスで拭い、鼻水をすすって「うん」と頷く。首を動かせないから天井を向いたままだけど、ヒツギもかすかに頷き返すような仕草をした。

「もしかしたら、おまえ一人の命を引き延ばすためだけに、生まれた力……だったのかもしれない。それでもこの……ほんとにもう忌々《いまいま》しいだけの、変な力……にも、なにかの意味があったんなら、それでいいかなって……。だから、今おれ、あんがい満足してるんだ……」

みんなに気味悪がられて、自分の親にすら疎まれて、自分自身を憎んできて……どうしてこんなふうに優しくなれるんだろう。ヒツギはかっこいいなってぼくは思う。涼香が惚れるのもしょうがない。完敗だな、今のところは。あと何年かしたらぼくのほうが絶対かっこよくなるけど。

だからもちろん、生き延びる。死ぬのは痛いし怖い。ぼくはもう簡単に自分の身体を粗末にはしないだろう。ヒツギが身を賭《と》してぼくに教えてくれた。

「ヒツギ、あのさ、ごめん……いろいろ」

「なにが？」

ヒツギはとぼけて、片方だけの目を細めてまた笑った。やわらかく笑った。〝やわらかい〟は〝あったかい〟だって、ぼくはもう知ってる。

flick out

「ナオ」と呼ばれるといまだに条件反射で耳が反応する。息子が生まれる前までは由美子がそう呼ぶときの声は自分に向けられていたのだが、いつの間にか——おそらくは本人も無自覚のうちに、由美子にとってその呼称は息子を表すものに切り替わっていた。対する夫の呼称は息子が小さいうちは「パパ」で、息子が中学生になった今では「お父さん」。春木直《はるきなお》、という固有名詞は由美子の中にはすでに存在しないものになっている気がする。

「ナオ。ご飯のときはゲームするのやめなさいってば」

由美子の苦言も致し方ない。春木が食べ終えるころになっても直高《なおたか》は夕食に手をつけず、猫背になって腹の前に抱え込んだポータブルゲーム機にのめり込んでいた。ゲーム機からこもった効果音が漏れている。由美子が幾度注意しても顔もあげずに「もうちょっと」と声変わり真っ最中のがらした声でおざなりな返事をするだけだ。

「いい加減にして」

由美子がとうとう直高の手からゲーム機を取りあげた。

「あーっ」

と、それまでの生返事から一転して直高が大声をあげた。由美子が掲げたゲーム機の中で爆発音のようなものがし、続いて残念感を誘う尻下がりの音楽が流れだす。

「対戦してたのに……！」

涙すら浮かべた直高の悄然《しょうぜん》とした様子といったら、身に覚えがある春木としては見ていて胸が痛んだが、「ゲームはおしまい。はやく食べちゃって。片づかないでしょ」と由美子はまるで取りあわずゲーム機をエプロンのポケットに入れてしまった。

中学二年。難しい年ごろのど真ん中に突入した直高と由美子がぶつかることが多い最近だった。といっても直高が母親に面と向かって反抗することは滅多になく、ふてくされた顔でぶつぶつ悪態をつくのが常だ。小学生のころはそれほどでもなかったはずだが、中学生になってから内にこもった性向が強くなってきた。

直高は渋々箸を手に取り、不味《まず》くてしょうがないという顔をして冷めたおかずを口に運びはじめた。「左手だして。背中伸ばして」由美子に小煩《こうるさ》く注意されるが無視してわざと正さない。

「……ナオちゃん」

由美子が仁王立ちで声を低くすると、舌打ちをしてのろのろと従った。

「せっかく勝てそうだったのに。母さんのせいだからな」

ゲームのことを根に持っているようで口の中で肉を噛みながら不明瞭な声でまたぼやく。

「たかがゲームなんだから中断できるでしょ。ご飯は家族みんなで食べるものです」

「たかがじゃない」

言い返すもののやはりぼそっとした小声で、母親がまとったエプロンという名の鎧《よろい》にひびを入れるには至らない。「座ったっきり誰も動かないんだから。言われなくてもお皿とか運ぶものがないか考えてよ」とこっちにも矛先が向きはじめたので「ごちそうさま」と春木は食器を重ねてそそくさと立ちあがった。

「お父さん、コーヒーは？　今淹れたところなのに」

「置いといて」

不満げな由美子の声に及び腰で答え、自分のぶんの食器を対面キッチンの流しに運んでダイニングをでる。またすこしずつ猫背になってきた直高がテーブルに突っ伏すくらいの姿勢で猫食いしながらこっちに横目を送っていた。

存在感のない父親だと思われてるんだろうな……父親がガツンと言うところなのかもしれないが、直高のことは最近は由美子にまかせきりだ。

食事を終えるとまず洗面所に行く。石鹸を使い、皮脂までこそげ取られてがさがさになるくらい執拗《しつよう》に手を洗う。特別綺麗好きではないのだが手に関しては何故《なぜ》だか潔癖症の気があり、食べ物の臭いがすこしでも手に残っているのが気になる。

タオルで手を拭って洗面所をでたとき、玄関の鍵があく音がした。外から入って来たのは直高だった。驚いて廊下で立ちどまると、いきなり父親に出くわした直高も驚いた顔をして玄関先で固まった。

「どこに行ってたんだ」

「……コンビニ」

春木がダイニングをでてから五分も経っていない。コンビニはすぐそこにあるにはあるし、数分で往復できる距離だが、どうも違和感がある。部屋着のスウェットパンツのポケットに家の鍵を突っ込んで廊下にあがった直高は裸足だった。

腑《ふ》に落ちない顔をしている春木の脇を俯《うつむ》き加減にすり抜けて直高は洗面所に引っ込んだ。洗面台の水をだす音が聞こえはじめた。

「ちょっと、ナオっ……あら、お父さん」

と、直高と入れ違うように由美子がダイニングから顔をだした。

「ナオがでてこなかった？」

春木が洗面所を目線で示すと「まったくもう。まだ話は終わってないのに……」と鼻息を荒くし、

「最近あの子ってば、わたしがちょっと見てない隙にふらっとでていっちゃうことがたびたびあるの。なにも言わないでいなくなっちゃうんだから……。コーヒー冷めちゃったじゃない。いらないならいらないって先に言ってよ」

「冷めても飲むよ」

一方的に言い立てられてちょっと辟易《へきえき》して答える。ダイニングの戸口をくぐりながら洗面所のほうにもう一度ちらと目を投げた。水の音がまだ聞こえていた。

黒く汚れた直高の素足の裏と、由美子の愚痴。二つの要素が頭の中で重なって小さな引っかかりをもたらしたが、まさかな……と、そのときは深く考えなかった。


由美子から電話がかかってきたのは翌週の水曜、午後二時過ぎだった。平日の真ん中かつ勤務時間の真ん中だ。普段はメールでひと言帰ると送る程度なので音声着信は珍しい。

『今学校から連絡があって、ナオが倒れたって……！』

涙まじりのうろたえた由美子の声に春木も一瞬戦慄したが、話を先に促してみれば命に関わる緊

急事態というわけではなさそうだ。午後の授業で昼食を嘔吐《おうと》して保健室で休んでいるという。

『とにかくわたし、今から迎えに行ってくる』

「いや、おれが行くよ。今日ならもう抜けられるし。車で連れて帰るから、きみは家にいてくれ」

『でも……』

車がこっちにあるからと重ねて言うと由美子は渋りながらも納得した。春木家が所有するマイカーは春木が出勤に使っている。由美子は自転車でパートに行っている。

左手でスマホを耳にあてながら右手で壁のホワイトボードに〝社外・直帰〟と書きつけて車のキーを手にした。職場は小規模な広告会社だ。自分が抱えている仕事を調整すれば出退社時間は比較的融通がきく。

『あなた、ナオのことにあまり関心がないと思ってた』

と、電話を切る直前に由美子の声が聞こえたが、そのときには終話アイコンに指を伸ばしてしまっていた。かけなおそうかどうか一瞬迷ったが、それほどのことでもないだろうと思ってやめた。淡泊だ薄情だと、昔からたびたび由美子には不満を言われていた。今日はどういう風の吹きまわしかと由美子にしてみれば不思議だったのだろう。関心がないわけがない。自分の息子なんだから。ただ、春木が人のことにあまり深く立ち入ろうとしないのはたしかで、それは少年時代のある特殊な体験に起因している。

直感だが、今日は自分が行ったほうがいいと思った。由美子のあの狼狽《ろうばい》ぶりを学校に持ち込まれたら直高がいたたまらないであろうことは男親として共感できたし、

「遺伝したのかなあ、やっぱり……」

独りごちる。そもそもあれが遺伝性のものなのか、今まで考えたこともなかったが、どうにも日増しに昔の自分とそっくりになってくる直高を見るとあり得ない話ではない。

今の直高と同じくらいの歳のころ、春木にはおかしな力があった。力といっても自分で制御できるものではいっさいなかったので、〝体質〟だったと言ったほうがいいかもしれない。

「ナオ」という呼称が息子に引き継がれる、ずっと前。まだそれが自分だけを指し示すものだったころである。

*

校庭の土がほかと比べて高く盛られた場所に立っていた。ピッチャーマウンド。野球部員ではないのでここに立たされても別に昂揚感はない。もちろんスパイクシューズでもない。上履きだ。正面奥に見えるバックネットから視線を四十五度ずらすとサッカーゴールがある。野球のときにはエースの舞台となるここもサッカーのときはなんの敬意もなく踏み荒らされる。サッカーゴールからさらに斜め四十五度のところにはバスケットゴール。設備費に恵まれた私立中学だったらそれぞれに専用のグラウンドなんかがあるのかもしれないが、ナオが通うのはごくごく普通の公立中学だ。

予鈴が鳴った。ジャージに着替えた男子生徒が数人ずつの固まりになって校舎のほうからだらだらと歩いてくる。ほんの短い休み時間だからわざわざ校庭まで遊びにでてきている生徒はおらず、ワイシャツにズボンという制服姿で、ボール遊びをしているふうでもなく手ぶらでマウンドに突っ立っているナオの姿は目立った。

「春木ー。二組だろ。なにしてんの？」

顔は知っているが名前は思いだせない別のクラスの者が不思議そうに声をかけてきた。「いや」

とナオは聞こえないくらいの声で返事にならない返事をしただけで、誰とも目線をあわせないように俯いてマウンドを降り、ジャージの群れに逆行して校庭をあとにした。

なにしてるって、こっちが聞きたい。

自分の下駄箱に突っ込んである雑巾で上履きの底を拭いて校舎に入った。こういうことがしょっちゅうあるので用意せざるを得なかった。ナオのクラスは二年二組。次の授業はたしか数学だ。予鈴が鳴っているので教室にはクラスメイトが揃っていたが、席についている者は半分くらいでまだ騒々しい。

ナオが入っていくと、腹を抱えて無邪気にうひゃうひゃと笑っていた福田タキがこちらに気づき、目尻に涙を浮かべつつ「あれ？」という顔をした。きょろきょろと左右を見まわしてから初めてナオがいなくなっていたことに気づいたようで、

「ナオ、どこ行ってたんだよー？」

と訊いてくる。

「あ……便所」

作り笑いは頬の片方にしか作れなかった。

「今すげえいいとこだったのに。ユーカのアホ話。あー腹筋痛い」

とまた腹を抱えて笑うタキの傍らで「もー、そんなに笑うことないし。笑うな、福田ぁ」と下敷きでタキの頭を引っぱたく真似をするのが早川ユーカ。タキがまだうひゃうひゃ言いながら真剣白刃取りみたいにして額の上で下敷きを受ける。

ハルキ、フクダで男子の出席番号が続いていたのでタキとは学年の初めに前後の席になり、ハルキとハヤカワは男女で出席番号がペアだったからこれも学年の初めに隣の席になって、三人でよく話すようになった。もともとナオが三人の繋《つな》ぎ役だったから、会話の輪の真ん中にはナオがいることが多かった……のに。

ナオの不在に気づかないくらいすっかり二人で話がはずんでいたらしいことが、なにかごろごろする石ころみたいになって心の中にしこりを作った。

三時間目の本鈴が鳴った。名残《なご》り惜しそうにお喋《しゃべ》りを続けながら各自が席に戻りはじめ、教室のそこここにできていた群れが解体される。机や椅子ががたがたと鳴る。

「あ、春木、ごめーん。座っていいよ」

ユーカも立ちあがって自分の席に戻っていった。ユーカが座っていたのがナオの椅子だったのだ。前回の席替えでユーカとは席が離れたが、ナオとタキは幸運にもまた同じ並びでくっついたので、休み時間ごとにユーカがこっちに出張してくる。ユーカが普段属しているのはクラスにおける女子のカースト上位のキラキラしたグループだ。女子はあまり自分の群れを離れないものなのに、ユーカは特異な女子だった。

椅子の向きを前に戻して尻をつけると木目の座面にまだぬくもりが残っていて、ユーカの後ろ姿につい目をやってしまう。スカートから伸びる腿裏に座面の痕《あと》が食い込んでほんのり赤らんでいた。

頭が熱くなったのは一瞬で、すぐに冷えた。

どっちだ……？

どっちかがさっき、ナオがこの場からいなくなることを望んだ。

ユーカが？　タキが……？

肩越しに後ろの席をちらりと見やる。カッターナイフの先で消しゴムをほじくる作業をしていたタキが視線をあげ、浅黒い顔をほころばせて「ししし」と歯を見せた。さっきユーカが振りあげていた下敷きの上に消しゴムの細かな欠片《かけら》が積もっていく。タキにはなにかしらこういう手遊びをしていないと授業中落ち着いて座っていられないという小学生みたいなところがあった。タキのこの無邪気な笑顔を見ると、タキが犯人だとは思えなかった。

でもユーカだとも思いたくなかった。

だったら近くにいたほかの誰かが？　席についたクラスメイトの頭をさりげなくひとつずつなぞっていく。どいつだ……あいつか？　あいつか……？　おれを今さっき教室から排除した奴が必ずこの中にいる。なにかが原因で、おれにイラッときた奴がいたんだ。誰かがおれを、今すぐ失せろと望むほど疎《うと》ましく思ったんだ。

一緒にいる誰かが自分に対して「消えろ」と望むほどの悪感情を持った瞬間、本当にナオはその場から消える。次の瞬間には別の場所にいる。タイミングも行き先も自分でコントロールできるものではないが、そんなに遠くまでは飛ばされない。部屋の外とかせいぜい建物の外だ。学校の敷地の外まで飛ばされたことはないから、それくらいの距離が限界なんだろう。

なんでこんな力が身についたのかはさっぱりわからない。何度か不可解な体験をすることがあって、なんとなくながら自分の力を把握したのが中二の五月ごろだ。よくできたことに自分以外の人間はこの力に気づいていない。ナオが忽然《こつぜん》とその場から消えたことを誰も不思議に思わないのだ。ちょっと見ていない隙に素早く席を外したという程度にしか思われなかったり、あるいは今のように、当のナオが外から戻ってくるまでいなくなっていたことにすら気づかれない場合もある。だからこれまで超能力だなんだという騒ぎになったことはない。

超能力だって？　こんなのは超能力なんかじゃない。アニメや漫画にでてくる超能力っていうのは、その力で人より凄いことをして感謝や賞賛をされたり、あるいは逆に人類を恐怖の底に突き落としたりするものだろう。こんな地味で後ろ向きな力、なんの役にも立たない。

人間ってさ、本心ではこいつめんどくせぇとか調子乗ってんじゃねぇよとか思いながら、本人の前ではおくびにもださずに笑っていられるんだ。汚ねえよ、人間って。

授業がはじまっていたが、後ろの席からタキが背中をつついてきた。ナオの肘の下から消しゴム細工を差し入れてきて、おかしくてたまらないというふうに笑いを噛み殺しながらアニメのキャラの名前を囁《ささや》く。

教師が黒板に向かっているのを横目で確認してナオが振り返り「スゲー。巧いじゃん」と褒めると、タキは嬉しそうににかにか笑った。

巧くもなんともないし、なにも面白くなかった。しょっちゅうこういうのを授業中に自慢げに見せてくるのが面倒くさくてたまらない。バカじゃねーのと思う。でも、言ったことはない。笑って適当に褒めて、タキがそれで満足するなら、わざわざ傷つけることもないと思うから。汚ねえよな……おれも。

六時間目のロング・ホームルームで職業見学の班決めをした。最初は担任が席順で画一的に割ろうとしたが、自由に決めたいという男女上位グループの要望に押し負ける形で、好きな者どうしで班を作っていいことになった。

「じゃあ六人で班を作ってください。男子だけとか女子だけにならないように、できるだけ男女まざってくださーい」

担任が言った途端、教室が割れるようなかしましい話し声に包まれた。

二組のクラス担任は二十代の女性教師だ。垢抜けない眼鏡をかけ、その眼鏡の上の辺に沿ってカラーもなにもしていないまっすぐな剛毛をぶつ切りにして、大学生の就職活動中みたいな暗い色のスーツ姿といういかにも地味で真面目な風貌で、実際人柄も地味で真面目で押しに弱い。男子のカースト上位グループの連中に見くびられていつもからかわれている。

今もまた「クリコの部屋の見学行きたーい。行ってもいいー?」などと囃《はや》したてられ、「みんな真面目に話しあってくださいっ」と担任が頬を染めて一生懸命な感じで声を張っていたが、そういう反応が余計に「クリコかわいいー」「バージンくれー」なんていう冷やかしを生んでいた。栗原クミコという名前なのであだ名が「クリコ」だ。

ナオは上位グループの仲間ではなかったからそういうノリには加わらず、後ろの席を振り返ってタキに視線を送った。消しゴム細工を握って心細そうに周囲の空気を窺《うかが》っていたタキがほっとしたように笑顔になって頷《うなず》いた。

タキはちびっこくて色黒でサルみたいな顔だったから一年のクラスで「赤ザル」というあだ名をつけられてからかわれていたようで、そのせいでちょっと引っ込み思案だ。つきあってみると笑い上戸で明るい性格なのだが、こういう場面ではまだ自分から輪に切り込んでいけない。四月にナオが話しかけてやらなかったらいまだにこのクラスに友だちがいなかったかもしれない。

おまえと班を組むなんて言ってないって突き放してやろうかと、意地悪な考えが一瞬だけよぎって消えた。

ユーカの姿を捜した。女子はもともと固定されているグループごとにもうほとんど班を作ってしまっている。ユーカも固定グループに属しているから一緒に組むのは無理だろうなと思ったとき、

「福田ー。こっちに入りなよ」

と、思いも寄らないところから声が聞こえた。タキ本人もびっくりして椅子から尻を跳びあがらせた。声をかけてきたのは亀井ミアという、女子の上位グループのリーダー的存在だった。ユーカがミアの袖を引っ張って引きとめる素振りを見せつつ、グループのほかの女子に小突かれて「やあー」とか言って身をよじる。ユーカとタキを意味ありげに見比べて女子たちがきゃっきゃと笑う。

「でもおれ、ナオと組んだから……」

困惑した視線をナオのほうによこしつつタキが答えると、ミアは「じゃあ春木も入れてあげる。こっち四人だから、これで六人でちょうどいいし」とナオを一方的にオマケ扱いにして、「せんせぇー、ここ六人できましたー」とよく通る声を教壇に張りあげた。男女問わず上位グループのリーダーの必須条件のひとつが声がでかいことなのは小学校時代から変わらない。

「ナオ、それでいい？」

タキがこっちの機嫌を窺うような訊き方をしてくるので、

「まあいいんじゃない。男女まざらなきゃいけないんだし、ちょうどいいだろ」

努めて素っ気なく答えながらナオの視線はタキの顔の表面を撫でただけで、意識は完全にユーカのほうに引っ張られていた。

やあーってなんだ、やあーって。嫌っていう意味じゃないのか。なのになんで笑ってるんだ。すこしキツめの顔立ちがへにゃっと崩れてすげぇ嬉しそうだ。

いつから……？　一学期の初めのタキはまさしく赤ザルで、背だってユーカよりも低かった。ナオがいないところではタキはユーカと喋ることもできなかった。タキとユーカの接点はナオだったのに……いつからか、その立場の優位性が消失していた。

ユーカからタキに目線を戻す。こいつ、最近急に伸びたよな。四月の身体測定から五ヶ月間でナオは一センチちょっとしか伸びてないのに、もしかしたらタキはもうナオを抜くくらいになってやしないか？

ぐらり、と自分の立ち位置が揺らいだ。目眩《めまい》を感じて視界が暗くなった。席に座っていなかったら膝をついていたかもしれない。

引っ込み思案で消しゴムを削ってばっかりいる赤ザルのタキが自分の上位に来ることなんて絶対にないと思ってた。いや、明確にそう思ってたわけじゃない。その可能性すら考えなかったのだ。

ユーカ……だったんだ、やっぱり。三時間目の前の休み時間、あのときあの場からナオが消えると都合がよかったのは、ユーカしかいない。タキと二人で話すのに、ナオは邪魔だから。

ユーカとミアを含めた女子四人はタキの机の周囲に椅子を持ってきてさっそく職業見学の話しあ

いに入っている。ナオは蚊帳《かや》の外だ。タキの一番近くの椅子に据えられたユーカがなんでもなさそうな澄ました顔をしているのはあえて平静を装ってるんだろうか、それとも本当になんとも思ってなくて、さっきのは考えすぎだったのかな……と、そうだったらいいという期待を込めて考えるが、仲間の女子三人がなにかとユーカとタキをくっつけようとしているのはあきらかだった。女子ってそういうお節介するよな。そんで徒党を組んで目当ての男に圧をかけるんだ。

「最初っから確実にアポとれるとこにしといたほうがいいよね。親とかのコネがあるとこ。ねえ、福田んちの親はなにしてる人？」

当たり前にミアが班長の座について話を進める。ついでにうまくタキの個人情報を聞きだす方向に誘導しているのが見え見えで、残りの二人もユーカに目配せしてにやにやする。

会社や工場を見学したり、その仕事に就いている人にインタビューしたりして班ごとに研究発表をするのが職業見学だ。興味のある仕事、将来就いてみたいと思っている仕事をだしあって、班で第三希望まで決めるようにとのことだった。

「二人ずつペアになって、二人でひとつ希望だそうよ。そしたら三つ決まるし。じゃあ隣あってるとこで割っちゃうよ。ユーカと福田っ」

「おれとタキでいいよ。女子は女子で二人ずつになればいいだろ」

と、鉄壁といった感じのミアの進行にナオが切り込んだのは、女子たちの不可解な行動の裏にある思惑にまだ気づいてないっぽいタキが困惑しているのがわかったからだ。タキにはまだナオの助けが必要だから。タキとユーカが組むのを阻むためではなかった、はずだ。

訓練された軍隊みたいな、恐るべき反応速度で女子四人の視線が一斉にこっちを向いた。それまでは仲間がしきりにせっついてくるのを澄ました顔であしらっていたユーカも例外ではなかった。害虫を蔑《さげす》むみたいな八つの冷たい女子の瞳が、なに割り込んでんだよおまえ失せろ、と明白に言っていた。

昇降口だった。背の高いブリキ製の下駄箱と木目のすのこが灰色と茶色の縞模様を為《な》して何列も並んでいる。授業時間中だから人気《ひとけ》はない。

大きく開いた出入り口から見える白々とした外の風景に視線を向けて、なんとなくしばらくそのまま突っ立っていた。景色と同様に白々していた頭の中にだんだんとやり場のない苛立《いらだ》ちがこみあげてきて、

「……んだよ、女子ッ」

足を振りあげ、スチール枠の傘立てを力いっぱい蹴りつけた。耳につく甲高い音を立てて傘立てが倒れ、一本だけ刺さっていた汚らしい置き傘が吹っ飛んでいった。

足の先がじんじんと痛み、それが余計に腹立たしさを募らせると同時にたまらなく惨めな気持ちにさせられて、泣きたくなった。

*

二年男子の九月の体育は屋外バスケに割りあてられている。日中はまだ三十度を超えるこの季節、

外の体育ほど勘弁してほしいものはない。幸いにも今日は薄曇りだったが、雲を透かして降り注ぐ暑気が校庭の地面を蒸し焼きにしていた。陽に炙《あぶ》られて薄っぺらい一枚の層にすり減らされた雲は、チャリ通学でてろてろにすり切れた制服の尻みたいだった。

ピッ、と短い笛が鳴った。

「青ファール、白ボォール」

審判を務める体育教師の緊張感に欠けた声。白いベスト型のゼッケンをつけたほうが白、ゼッケンをつけてないほうはジャージの色そのままの青、とひねりのないチーム名が得点板に手書きで書かれている。白14点対青15点。ナオが属する白チームが一点差で負けている状況で、五分ハーフの後半も残りわずかだ。所詮体育の授業内の練習試合だからがむしゃらになって勝ちにいかなくてもいいのだが（女子は体育館だから声援もないし）、やっているうちにみんなそれなりに熱くなる。終盤になって疲れてくるとファールもけっこうでた。

「ナオ！」

味方が鋭いスローインをだしてきて、ちょっとぼんやりしていたナオは胸の前で慌ててボールを受けた。重量感のあるボールがばちんと手のひらにあたった。体育館用のバスケットボールはゴムの凹凸がまだ新しく手にざらざらする明るいオレンジだが、屋外用のそれは黒ずんだ革製でつるつるしている。ボールを手の中で滑らせて手間取っているうちに敵のマークにつかれた。

「ナオ！　タキ、タキ！」

味方があっちあっちと指を差す。タキがゴールに向かって走りながら振り返って手を挙げていた。敵のマークが追いすがっていくが、ゴール前に放り込めばタキならマークを振り切ってボールに追いつくだろう。タキは運動神経は悪くない。足だけはもともと速い。でもいかんせんチビだったからバスケやバレーで目立った活躍をすることはなかった。今までは、なかった。

先週の職業見学の班決めからナオはタキを避けていた。ぜんぜん話さないわけではないが、会話は激減した。ユーカとはひと言も喋っていない。ユーカのほうからも話しかけてこない。でもユーカはタキのところには通ってくる。ナオの後ろの席で、ナオの背中に当てつけるみたいに楽しそうな笑い声をたてる。

おれの力が逆だったら。自分が排除されるんじゃなくて、自分が気に入らない奴を排除してやる力だったら、便利だし爽快なのに……なんでおれの力はおれが傷つくようにしかできてないんだ。先週以来毎日毎日強くそれを呪っていた。

「ナオ!　タキだって!」

味方の声で我に返った。思考が自分の内に沈んでいたのは一瞬だ。

くるりと身をひねってドリブルに入る。パスを警戒していた敵の不意を突くことに成功してマークをかわした。このまま行けると判断し、ドリブルで自らボールを運ぶ。「バカナオ!」「無理すんな、パス!」味方の苛立った声が浴びせられる。フォローに入った別の敵にすぐに捕まったが、その瞬間きゅっと足をとめてシュート体勢に入った。残り時間もないから最後のシュートチャンスだ。自棄《やけ》になったわけではない。決められる自信があった。ゴール下より外からのほうが得意なんだ。

ボールを頭上に掲げた瞬間、薄雲の層を割って射す白日がちょうどゴール板の上端にかかり、目が眩《くら》んだ。ボールを放ると同時にたたらを踏んで尻もちをついた。緑色の残像が視界に膜をかけてボールがどこへ飛んだかわからなかったが、リングが激しく震える音がし、

「リバンッ」

敵味方双方から声があがった。

長い手をひょいと伸ばしてボールを攫《さら》ったのはタキだった。

タキは誰よりも高く、長く跳んでいた。ぽん、とそのまま指先でダイレクトにボールを捌《さば》き、リングの中に押し戻した。

すごかった——認めたくないけど、カッコよかった。背中のゼッケンが白日を集めて銀色に煌《きら》めき、へたり込んだまま見つめるナオの目を焼いた。

ちょうど後半終了の笛が鳴った。終了間際にかわされた敵から無念の声が漏れ、味方が歓声をあげてタキのもとへ集まる。立ちどまってナオに手を差しのべる者は誰もいなかった。

一人のろのろと立ちあがろうとしたとき、脇を追い越していった味方の誰かの膝頭に尻をどつかれた。


どこにいるのかすぐにはわからなかった。明るく開けた屋外から、突如として四方に闇の壁が立ちはだかる閉塞した場所へ。じめっとしていて埃臭《ほこりくさ》い。すこし動くと肘や肩がなにかにぶつかり、金属質の甲高い音が狭いところを乱反射して鼓膜の中でわんわん響く。棒のようなものが頭にぶつかってきて「うわっ……」パニックになりかけたが、斜め上方から細い横縞の光が射し込んでいるのに気づき、その形でピンと来た。

「……くそっ、掃除ロッカー!!」

憎々しげに喚《わめ》いて壁をぶん殴ると自分の声もまた狭いところで乱反射する。細長いドアが相当に派手な音を響かせて向こう側に開き、片足を突っ込んでいたバケツを蹴り飛ばしながら外に転がりでて前のめりにコケた背中にモップが倒れかかってくる。バケツが床を跳ねて転がっていく。金属音がひとしきり響いて収まるまで十秒ほどかかった。

教室の後方にある掃除用具入れだった。黒板に残っている板書や壁の掲示、なにより空気の臭いに馴染みがあるからすぐに自分のクラスだとわかった。男女とも体育中で教室は無人だ。男子は教室で着替えるのが常だから、机のおよそ半分には脱ぎ捨てられたズボンやワイシャツが引っかけられて雑然としている。

抑えきれない激しい怒りがわいてきた。発作的にモップを摑《つか》んで振りかぶり、背後のロッカーめがけて、

「なんなんだよっ……あーーーっ!!」

なんなんだよ……なにもかも！

「なんの音だ!?」

だがモップを振りおろそうとした刹那《せつな》、隣の教室で授業をしていたのであろう教師が前の戸口から飛び込んできた。入れ違いにナオはモップを放り捨てて後方の戸口から飛びだした。「おい待て、誰だ、どこのクラスだ！」教師の怒声と、隣のクラスの生徒たちの野次馬めいたざわめきを振り切ってめちゃくちゃな走り方で逃げた。当然外履きだった。

血の味が滲《にじ》むほどに歯噛みをして、くそっ、くそっと心の中で悪態を吐き続けた。掃除ロッカーに雑巾みたいに押し込まれるって、バカにしてんのか！　死ぬほどかっこ悪くて惨めだ。

＊

翌日、火曜の六時間目のロング・ホームルームは前週に引き続いて例の職業見学の見学希望先に班ごとに手紙を書くという作業にあてられていたが、その時間ナオは指導室に呼ばれていた。事務的な長机が二つ向かいあってくっつけて置かれ、スチール椅子が並んでいるだけで装飾はなにもない。小さな窓しかなく、日中なのに薄暗い小部屋を蛍光灯が蒼白く照らしている。

生徒に圧迫感を与えるためにある部屋だとナオは思った。指導室っていう名前がそもそも威圧的だ。警察の取調室ってきっとこんなふうなんだ。

ナオは長机の端の席に座り、机の角を挟んで斜交《はすか》いに担任のクリコが座っていた。

昨日、体育の授業中に教室に戻ってきて掃除ロッカーの中身をわざとぶちまけた犯人が誰だったのかは、すこし考えてみれば当然だが、あっさり特定されていた。駆けつけた教師に顔を見られる前に逃げたとはいえジャージだったことは後ろ姿だけでも明白だし、ゼッケンもつけたままだった。あの時間に体育の授業中で、しかもちょうど姿を消していた者となれば割りだされるのは一人だ。

「本当に春木くんなの？　どうしてあんなことを……」

叱るというよりは心配そうにクリコが訊いてきた。

「先生、二者面談でいいの？　男の先生連れてきたほうがいいんじゃない？　おれが暴れるかもしれないって思わないの？　ロッカーぶっ壊そうとしたんだよ、おれ」

クリコはびくりとして表情を強張らせたが、怯《おび》えを振り払うように貧相な厚さの唇を引き結び、机の上で組んだ手を固めてこちらを見つめてくる。ナオは猫背になって目の前の机と向きあい、両手は机の下でズボンのポケットに入れていた。ポケットの中で四角い箱の角を撫でる。

「春木くんの担任はわたしだもの。まずはわたしが話を聞きますって、ほかの先生には外してもらったの。最近授業の遅刻や早退が多いって、各教科の先生方からも報告をいただいてたから、春木くんとは二人で話そうと思ってたの。春木くん、最近なにか……クラスの中とか、ご家庭とかで、つらいことがあるなら、先生に話してみない？　先生絶対に口外しないって約束する」

なんだか遠まわしな言い方だ。いじめられてるんじゃないかとか家庭に問題があるんじゃないかとか直接的に訊くとクレームつけてくる親がいたりするのかもしれない。中学の先生ってたいへんだよな。

「先生、いい人だね」

背中を丸めて俯いたままナオは薄く笑った。クリコがちょっと絶句してから、

「あ、当たり前のことをしてるだけです。春木くんの力になりたいの。担任だもの」

と生真面目に言ってくる。

冷やかしたわけでもなかった。現にナオがここから飛ばされていないことから、クリコがこの面談を嫌々やっているわけではないのはわかる。

頭上の蛍光灯がクリコの顔色を不健康にくすませて、普段から地味な風貌はいっそう冴えない。いつもクリコをからかっているクラスの派手な男子たちはもちろんただ面白がっているのだ。真面目なだけで華のないこのおばさんを本気でかわいいなんて思ってるわけがない。中学でも高校でも間違いなく地味なほうのグループで、男にモテたことなんてなかったんだろうなっていうこの女が

教え子の中学生にバージンくれとか言われて、真に受けて真っ赤になってリアクションするのをバカにしてるだけだ。この人はそれをわかってないのかな。

実験してみようかと、ふと思いついた。

「かわいいよな……先生」

薄笑いを浮かべたまま、甘い声で囁いた。クリコが赤面して「い、今そういう話をしてるんじゃないでしょう」と堅苦しいリアクションをする。

「でも先生、かわいい。おれ、先生みたいな人ってタイプだよ」

「お、おとなをからかわないで」

「からかってないよ。本気で好きだよ」

普段だったらこんな歯が浮くようなこと死んでも言える性格じゃないのは自分で知っている。今は死んだほうが楽だと思えるくらいの気分だったから、羞恥心《しゅうちしん》の針を振り切るのなんか簡単だった。

ポケットから両手をだして机の上に身を乗りだす。身をのけぞらせたクリコの手を摑んで引き寄せると、クリコがびくっとした。

「先生、キスしようよ」

「な、なに言ってるの、春木くん？　こんなところで、やめて……」

「いいじゃん。先生」

頭を倒して机に胸をつけ、クリコの顔に斜め下から顔を近づける。額から蒸気を噴きそうなくらいますますクリコは赤面し、耳の先まで火照《ほて》らせて「やめて」「駄目よ」とかぼそい声で言う。

でも、なにも起こらない。景色は変わらない。

なーんだ……そういうことか。

口では拒みつつ本心からは拒んでないじゃないか。この人きっと本当に今まで男に相手にされたことなくて、教師になって初めておれたちみたいな中学生の男子に囃されるようになって、怒ったふりしつつ実はそういうのが嬉しくて、浸ってるんだ。

「バッカじゃねーの」

唐突に素の声に戻って至近距離で吐き捨てると、言葉とは裏腹に本気で避けようともせず目をぎゅっとつむっていたクリコが「え？」と目をあけた。

「誰がブスで冴えないババァに本気になるかよ。バカか」

「え……え？　あっ……」

今までとは違う意味でクリコの顔に火がついた。同じ赤でも恥じらいの赤から憤怒の赤に、面白いように塗り変わった。憎々しげな形に歪《ゆが》んだ貧相な口が、「最低……」と罵《ののし》りの言葉を吐いた。


男子便所にいた。黄ばみ汚れがこびりついた小便器が八つと個室のドアが三つ、黄味の強い陰気な電気の下に並んでいる。掃除ロッカーの次は便所かよ。誰かが意図してやってるのか知らないけどどんどん格下げされてるな。

舌打ちをして個室の洋式便器に腰かけた。別に尿意も便意もないがロング・ホームルーム中の教室に戻る気にもならない。

ズボンのポケットに手を入れるとセロファン紙が擦《こす》れる音がし、長方形の箱が手の上に現れる。

今朝父親の煙草《たばこ》をパクってきた。出来心だった。中身は何本か減っていて、隙間に使い捨てライターが差し込まれている。しばらく前から父親は禁煙しているからすぐにバレることはないはずだ。仮にバレたら父親が家族には禁煙を宣言しつつ隠れて吸っていた証拠になる。

箱から一本引き抜いて見よう見真似で咥《くわ》えてみたとき、誰かが便所に入ってくる気配がした。どうせ授業中だからと個室のドアは開けっ放しだ。とっさに便器から尻を浮かせてドアを閉めようとしたが、咥えた煙草を落としてしまい「あっ」と小さな声が漏れた。

不審な動きを訝《いぶか》しんだらしく、小便器があるほうから人影が個室を覗《のぞ》いた。

「あれ、ナオ……」

タキだった。ナオが手にした煙草の箱を即座に見咎《みとが》めてタキは軽く目をみはった。あたふたしたのでは恰好悪い状況だ。隠すのを諦めてナオはあえて悠然と足もとに落ちた一本をつまみあげ、便器に座りなおした。

「クリコに呼ばれてたんじゃないの？」

「タキこそなにやってんだよ」

「ナオがいないんじゃあ班で男おれ一人だもん。居心地悪くて、便所って言ってでてくんのこれで三回目」と言ってタキは「ししし」と照れ笑いする。ナオは笑わない。

「ユーカがいるじゃん」

タキの笑いもすぐに消えた。

「ユーカだって女じゃん。おれ別にユーカが好きってわけじゃないし」

ふーん、勝者の余裕だな、って口にだしたらこっちが敗者だって認めることになるから「別に聞いてないし」とどうでもよさそうにナオは切り返し、指で挟んで弄《もてあそ》んでいた煙草を「吸えよ、タキ」と、フィルターのほうをタキに向けて突きつけた。それが煙草であろうがなかろうが便所の床に落ちたものだからもちろんタキは眉をひそめた。

「意気地なし。怖いんだろ」

鼻で笑って煽《あお》ったが、タキは挑発に乗らなかった。

「……なに、悪ぶってイキがってんの？」

困った顔で首をかしげてごく落ち着いた声で言い、落としたほうではなくナオがくしゃくしゃにして握り込んでいる箱のほうに手を差しだしてきた。

「捨てられないなら、おれが捨てとこうか？」

「なんだよそれ」

今度はナオが眉をひそめる。意味がわからない。

「なんでいきなり捨てる話だよ。これから吸おうってのに」

「だって火つけようとしないじゃん。吸う勇気も、捨てる勇気もないんだろ、ナオには」

「なんだよ……それっ」

頭に血が昇り、立ちあがってタキの胸ぐらを掴んだ。煙草が箱ごと床に落ちて中身が散らばり、ライターが硬く軽い音を立てた。

タキが怯えて「やめてくれ」と念じれば即座にこの場から弾き飛ばされるはずだ。けれどいつまでたってもタキの顔は目の前にある。静かな態度と困った顔を変えずにナオを見つめている。胸ぐらを掴みあげられて凄まれたところで、ぜんぜん、まったく、タキはナオを恐れていなかった。そればかりかナオの手首を逆に掴んできた。

「ようやくちゃんと話せる。最近ナオ、話そうと思うとどっか行っちゃうんだもん」

「好きでどっか行ってるわけじゃねえよ。昨日のバスケだって……。おれがわざとおまえにパスしなかったの、わかってただろ。ムカついただろ。そんで突っ込んでって自滅して、バカだと思っただろ。チームの連中、みんなの総意で、おれをあそこから弾きだしたんだ」

「ムカつく？　みんなは知らないけど、おれはそんなこと思いもしなかったよ」

やっぱり背丈はもういくらか追い抜かれていた。あらためて向かいあって立つとタキの目線のほうがすこし高い位置にある。赤ザルとからかわれていた浅黒い肌の色と彫りの深い顔立ちは、あと一、二年もすれば精悍《せいかん》と言われるタイプの顔になりそうな気配を漂わせている。声変わり真っ最中のナオの声はがらがらで汚らしかったがタキは先に声変わりを終えて低く通りのよい声になっていた。気づいてなかった。タキの変化になんて興味がなかったから。

「ムカついたりしてない。かわいそうだな、ナオ……って、思ったよ」

目を細めてタキは微笑《ほほえ》んだ。嘲笑したわけでもない。それは完全なる、敗者に向けた善意の憐《あわ》れみだった。

「おれにパスしたくなかったのもしょうがないよ。いつの間にかおれにいろいろ抜かされてて、焦ったんだろ？　おれのほうが体育で活躍するのも、おれがユーカに好かれるのも、気に入らないのはしょうがないよ。ナオはずっとおれを見くだしてたんだから」

ひとつも言い返せなかった。

図星すぎて逆ギレすらできなかった。

タキが嘘を言っていないのは、ナオがここから飛ばされないことで証明されていた。内心では疎ましく思ってるのに寛大ぶってるわけでもない。タキにとってナオは疎んじる価値のある存在ではないのだ。憐れみこそすれ、対等の存在ではないから――いつの間に、上から目線で同情されるほどタキの中で自分は低い位置にさげられていたんだろう。いや、自分のほうがずっとタキをそうやって低い位置に貶《おとし》めてきた。それが今跳ね返ってきただけなんだ。自分の傲《おご》りが、自分に跳ね返ってきただけだ。

この力の、いちばん、嫌なところは。

気づかなければそれで済んでいた誰かの悪意を知らされることなんかじゃなくて。

自分の傲慢を、いじましさを、心の醜さを、でかい鏡に大映しにされて自分自身の目の前に晒《さら》されることだ。

＊

学校は休まなかった。無断で休めば親に連絡が行く。学校でいじめられているわけでもないし、母親に騒がれて理由を問いただされるのが鬱陶《うっとう》しかったから一応毎日朝から行っていた。

火曜の二者面談の翌日、クリコは学校を欠勤した。建前は風邪とのことだった。ナオを除いてその理由を勘ぐるクラスメイトはいなかった。

水曜の午後はクリコが受け持つ授業だったが小テストに変更になり、朝のホームルームでも代理で出欠を取りに来た男の教師が監視に来た。昼食が胸のあたりにつっかえて胸苦しさが消えず、ちょうどよかったのでナオは机に突っ伏して、眠ってはいなかったが身体《からだ》を休めていた。ここのところ食後だいぶ時間がたっても食べたものがつっかえた感じが残って気分が優れない。

後頭部を突然どつかれて驚いた。顔をあげると机の横に教師が立っていた。

「今は昼寝の時間だったか？」

頭ごなしに難癖をつける気まんまんといった高圧的な声が降ってくる。後頭部に手をやりつつナオは不貞腐れた顔で教師を睨《にら》みあげた。

「寝てねーよ。伏せてただけだよ。生徒殴っていいのかよ」

ちょっとしたことでも体罰問題になりかねないので教師たちが慎重になっているのはナオたち現役の中学生だってわかっているから、逆にそれを利用することもある。教師は忌々《いまいま》しげに頬を引きつらせたが、やっぱりちょっと怯《ひる》んだのはたしかで、

「殴ってなんかいない。肩を揺すっただけだ。強く感じたなら悪かった。ちゃんとプリントやれ」

と弁明するようなことを言い残して教壇に戻っていった。

ナオはとにかく具合が悪かった。胸のむかつきがひどい。プリントを眺めても文字の上を目が滑って内容なんて頭に入らず、問題を解くどころではない。だんだん文字が滲んで見えてきた。気づくとまた顔を伏せて机に額をつけており、

「春木」

と、今度は殴られはしなかったが教壇から怒気を帯びた声が飛んできた。

「春木、立て」

露骨に億劫《おっくう》な動作でナオは頭をあげ、腿の裏で椅子を押しやって立ちあがった。かすかにささめ

いていた教室が静まり返り、みんなが息を呑んで注目する。視界の端にユーカの顔も見えた。シャーペンを持った手で頬杖をつき、あーあ、バカじゃんとでも言いたげな顔。タキは後ろの席だから見えない。あの憐れみの目でナオの背中を見ているのだろうか。

「やる気がないなら外にでていってもいいんだぞ」

「……先生が、でてけって念じたら、でてくよ」

「あぁ？」

教師が語尾を跳ねあげた。

「どういう意味だ」

「そのまんまの意味だよ。あんたがおれに、この場を失せろって念じればいい」

本気でそうして欲しかった。気分が悪いんだ。とっととここから弾き飛ばしてくれ。

クラス全員の視線が自分に集中していた。なにイキがってんだあいつっていうような、あきれと同情の目。タキと同じ憐れみの目。クラスの人数ぶんのそれが四方から見つめてくる。

教師は本気でナオの退室を望んでいるわけではないらしい。どこにも飛ばされないのでナオは訝しんだ。

「学校の備品を破壊して平然とシラを切ってる生徒っていうのは、おまえみたいな顔をしてるんだろうな？　今度はバットでガラスを割ったりするのか？　権力への反抗とかいうやつか？　馬鹿馬鹿しいな。何年かして自分のしたことを思い返したとき血を吐くくらいの恥ずかしさを味わうぞ」

粘着質な笑いを浮かべて教師が言った。

静まり返っていた教室がざわついた。みんなが不思議そうにナオの席と教壇とを見比べる。こいつ……とナオは奥歯を噛んだ。おととい掃除用具がぶちまけられた件で、クリコは今のところまだ犯人をクラスに公開したりはしていなかった。こいつは遠まわしに、けれどわかりやすくみんなにその犯人を知らしめようとしている。そうか、こいつだ。おととい騒音を聞きつけて隣の教室から飛び込んできたのは。あのときナオは教師の顔など見ないで逃げだしたが、声は覚えている。指導室の面談に同席を申しでた男の教師もこいつだったのだろう。クリコが自分がまず話を聞くと言って閉めだしたから、欲求不満を募らせていたのかもしれない。

権力への反抗？　見当違いも甚《はなは》だしい。今どきそんなこと考えてる中学生がいるか。知ったような顔で勝ち誇って、バカじゃないのか。

「……そんなんじゃねーよ」

小さな声を絞りだしたが、掃除用具をぶちまけたのは本当だから全部を否定できないのが歯痒《はがゆ》い。本当にそんなんじゃないのに。自分が今苛《さいな》まれている激しい自己嫌悪とか、周囲への苛立ちとか、なにか得体の知れないものに四六時中追い立てられてる感じとか、そういうのはきっとおとなにはわからない。説得力のある説明ができないから負け惜しみにしか聞こえなくて、教師を図に乗らせた。

「そんなんじゃなければなんだって？　そうやって反省するどころかほんのちょっと叩いたと言って教師を脅す。授業中に寝ていたおまえのほうに非があるにもかかわらずだ。生徒は学校のお客さんだとでも思っているのか？　ここは教育の場だ。悪いことをしたら怒られて当然じゃないか。おれが子どものころは忘れ物ひとつで平手打ちなんて日常茶飯事だった。親も親だ、子どもの不始末を詫びるどころか学校のせいだと言ってクレームをつけてくる……」

もはや完全に世相全般に対する愚痴でしかない。ナオ一人を立たせたままそれをねちねちと言い立ててくる。なんで飛ばされないいんだ——こいつはよほどナオを、自分の生徒たちを憎らしく思っているようなのに。

気分が悪い。視界がぐるぐるまわりだす。はやく、頼むからはやく飛ばしてくれ。掃除ロッカーで便所の次はどこだ。糞尿の中か。どこにしたってさぞひどい場所に違いない。それでもここで立たされて恥を掻《か》かされているよりましだ。逃げたい——。

「逃げられると思ってるんじゃないだろうな？」

胸中を言いあてるような教師の言葉に慄然とした。

こいつはナオの力に気づいてるのか？　まさかこいつも同じ力を持ってるとか——？

「最近の生徒は嫌なことがあっても簡単に逃げられると考えてる。そうはさせない。おれはおまえと話をつけるまで逃がさないからな。いいか、おまえと、おまえの親が悪いんだ……」

いや……違う。

飛ばされないのは単にこいつが、こいつが……楽しんでるからだ。

口角に泡を吹いて嫌味を吐き続ける教師の顔は興奮で赤らんでいた。まなじりは吊りあがり、瞳は歓喜に炯々《けいけい》としている。真っ蒼な顔で無意識のうちに逃げ場を求めて視線が泳いでいたナオを自分の支配下に捕らえている状況に陶酔している。憎しみを抱きながら、手放す気もないのだ。手の上でいたぶり続ける気だ。

なんだ、こいつは。これまで晒されてきた悪意や忌避や悪感情や、そんなものの比にならないくらいこいつの考えがなににも増して気持ち悪い。凄まじい勢いで吐き気がこみあげてきた。大粒の黒い雨が顔面にぶつかるように、ぼこ、ぼこ、と視界が急速に欠けはじめる。口の中に嘔吐物が広がり、ナオは口を押さえて前のめりに身体を折った。

＊

職員駐車場の一角に設けられた来客用のスペースに車を停め、職員玄関から校舎に入った。

「二年二組の春木直高の父です。息子が保健室で休んでいると連絡をいただきまして、迎えに……」

形ばかりの窓口で用件を告げる。守衛が常駐しているような学校ではないのでガラス窓の向こうは職員室で、手の空いている教職員が応対する。

「二の二ですか。えーと、今日は担任の先生が休みでして……」

「中わかりますんで、入ってもいいですか。私、卒業生なんですよ」

「ああ、そうなんですか。それは……お帰りなさい」

微笑んでそう言われた。「どうも」と会釈《えしやく》して来客用のスリッパに履き替えながら、腹の底がむず痒くなった。お帰りなさいか……。かつて自分が三年間通った中学に保護者として訪れるというのは奇妙にふわふわした面映《おもは》ゆさがある。自身の卒業以来母校に足を踏み入れるのは実はこれが初めてだった。直高が小学生のときは父親参観や運動会に参加したが、中学にあがってからは学校関係の行事は由美子頼みになっていた。

スリッパを控えめに鳴らして一階の廊下を歩いていく。ひさしぶりにあちこち見てまわりたい気もしたが、残念ながら職員玄関から保健室までの距離は短い。職員室と同じ並びの廊下の一番端に〝保健室〟と書かれたプレートが突きだしているのが見えた。

ドアの脇に一人の少年が立っていた。若干色黒で、手足がひょろりとした少年だ。背は直高と同じか、すこし高いだろうか。何年生だろう？　リュックを背負い、もうひとつ別のリュックを片方の肩に引っかけて、中に入るでもなく壁に寄りかかって所在なげにしている。

近づいてくる春木の気配に少年が気づいた。スリッパを履いた足もとを見て部外者がなんの用だろうと警戒した顔をしたが、春木の顔に視線を移すなり、なにかに気づいたように二、三度瞬《まばた》きをした。

「もしかして、直高の友だちかな」

春木が朗らかに声をかけると少年は浅黒い顔を赤くして下を向き、首を横に振って一度否定してから、顎をかくかくと上下させて頷いた。シャイな少年のようだ。まあ中学二年生くらいの男子なら珍しくもないかもしれない。

「あの、これ、ナオの」

と肩に引っかけていたほうのリュックを差しだした。爪の隙間に消しゴムのカスが入り込んだ、いかにも少年といった感じの手に押しつけられる形で春木が肩紐を持ってリュックを受け取るとずっしりと重く手に食い込んだ。あいつは毎日この重さを背負って学校と家を往復してるのかと、初めてそんなことを意識した。

「どうもありがとう」

礼を言うと少年は無言でぺこりと一礼し、きびすを返して凄い勢いで走っていった。「おーい、きみ、入らなくていいのか……」春木の声が届く前に廊下の先に消えてしまった。
肩をすくめて春木は戸口に向きなおり、控えめなノックを二度してから静かに引き戸をあけた。
養護の教諭は不在のようだった。
「直高？」
室内を仕切っている白いカーテンの向こうを覗くと、スチール枠のベッドに直高が横たわってい
た。眠ってはいないようだ。名札のついていないジャージの袖を肘までまくり、胸から下にかけら
れた薄手の掛け布団の上に両腕をだして、ぼうっとした視線を天井に向けている。血の気の引いた
息子の姿が保健室の白っぽい風景に融《と》けて消えてしまいそうで、急に不安になった。成長途中のま
だ細い手首はおとながちょっと力を入れて摑んだら簡単に折れてしまいそうだった。自分の息子は
こんなにも頼りない存在だったのか。そんなことはこれまでだって一度もしたことはなかったが、
抱きしめて大丈夫だと言ってやりたい衝動に駆られた。しかしその「大丈夫」は、なんら直高の慰
めにはならない気がした。
直高の視線がゆらりと虚空を泳ぎ、カーテンの脇に立った春木に向けられた。かすかに表情が浮
かび、疲れたようにまた消える。
「珍しい……父さんが迎えに来るとは思わなかった」
声からも感情が抜け落ちて掠《かす》れていた。声変わりのせいもあるのだろうが。
「母さんのほうがよかったか」
小ぶりの枕に横たえた頭を直高は緩慢に横に振り、
「母さんは……うるさいから」

「そう言うな。母さんは心配性なんだ」

「父さんがおれにうるさくないのは、心配してないから？」

「おっ、鋭いとこを突くな」

由美子にもさっき電話で言われたな。関心がないと思ってたって。息子にも同じようなことを思われていたらしい。苦笑を漏らし、春木は手近にあった丸椅子を引き寄せてベッド際に腰をおろした。直高のリュックをベッドの端に置く。

「おれのリュック」

「今廊下で、クラスメイトが持ってきてくれてたぞ。ちょっと色黒の、ひょろっとした」

「……あ」

と直高は心当たりがある顔をしたが、

「仲がいい子か？」

春木が問うと、意外なことを訊かれたように瞬きをし、二、三秒の妙な空白を置いてから、下唇を噛みしめて顔を背けた。

「……わかんない。今は話したくない」

リュックを持って廊下に立っていたあの少年のほうも同じ気持ちだったのかもしれない。そういう関係の男友だちが春木にもいた。時間が経ってから自然としがらみがほどけ、彼とは今でもつきあいが細々と続いている数少ない友人だ。

「おれが、おまえくらいの歳のときにな……おれはある方法で、まわりの人間の心の本音を知ることができてしまった。そのころのことを引きずってるわけじゃないつもりだが、たぶんすこしはその影響があって、人の心に触れるのが今でも苦手なんだ。それでよく薄情だなんて言われたな。母さんとも結婚する前から何度もそれで喧嘩《けんか》したっけ」

脈絡のない打ちあけ話だったにもかかわらず直高ははっとした顔になり、枕から頭を浮かせて話に食いついてきた。やっぱりそうなのかと春木はその反応で確信した。こんな変なものを息子に受け継がせてしまうとは、なんという罪業か。

直高の両の瞳に涙が浮かんだ。大粒の涙がぽろぽろと溢《あふ》れ、眉間からこめかみをつたって枕に吸い込まれた。針で突いた指先に血の玉が浮かぶ様が想起されてあまりに痛ましく、春木の胸をも突き刺した。身じろいで枕に顔を押しつけ、指が真っ白になるほどに固く敷き布団を握りしめて嗚咽《おえつ》を殺す。おまえが父親だったせいでと直接詰《なじ》ってくれたほうが、殴りかかってきてくれたほうがどれだけ救われるか……。

「もうやだ……教室でゲロったし、絶対すげぇクサかったし、みんな引いてる。学校もう、行きたくない……」

枕と顔の隙間からこもったかぼそい声が絞りだされた。

「キツイよ……生きてるのが、もう、キツイ……苦しいよ……」

息子の肩に添えようとした手を中途半端なところでとどめるだけで、今の直高の心に届く慰めの言葉が浮かばない自分が歯痒かった。おとなの目線で言葉を重ねるだけなら簡単だ。教室で嘔吐したくらい、生きていくうえで障害になるようなことではまったくない。からかわれるようになったとしても、そんなものはしばらく経てば誰も言わなくなる。今のおまえが全身全霊で受けとめて、傷ついて、苦しんで、永遠に続く地獄のように思えていることは、これからまだ長いおまえの人生においてはほんの一時の、いつか過ぎ去ることなんだ。

そう、消えるのだ。この力は。おとなになって些細《ささい》なことでは傷つかなくなったころ――たぶんそういうことをうまく自分の外に逸《そ》らして生きるすべを身につけたころ、奇妙な現象は起こらなくなっていた。いつから起こらなくなったのかも自覚できなかった。本当にいつの間にか消えていたのだ。

かつての自分が失った、少年という自意識の塊と現在進行形で闘っている。毎日を生きるか死ぬかのところで足掻《あが》き苦しんでいる。直高が細い身体の内に抱え込んでいる、このぎりぎりの感覚を失うことが、おとなになるということなのかと考えると、どこか寂しさのようなものもあった。

よくも悪くもそれなりに生きていけるようになった。今でも完全に立ち直ったわけではない。他人を信じられるようになったわけではないと我ながら思う。とはいえ自分の人生を脅かすほど悪い人間と関わることもそうそうないと納得し、それなりに恋愛もでき、家族を持つこともできた。それなりに社会の中でちゃんとしたおとなをやっている。

おまえが今絶望しきっているほどには、世の中はそんなに酷《ひど》くはないから。自分の中に、自分を受け入れる場所を作ってやることができるから……大丈夫だとは今はとても思えないだろうが、どうにか生き延びて欲しい。

養護教諭が戻ってくるのを待ち、直高を連れて帰途についた。胃炎か食道炎だと思われるのではやいうちに病院を受診するようにと養護教諭には指導を受けた。

春木が運転する車の中で、直高は助手席のサイドガラスに頭を預け、泣き腫らした目を外に向けて黙り込んでいた。

「母さんにはメールしておくから、寄り道していくか。その顔のまま帰ったら母さんがひっくり返るだろ。どこか行きたいとこあるか？　カラオケでもなんでもつきあうぞ」

「どこでもいい」

ぼそっとした投げやりな返事があっただけで、ああおれは息子に対して不器用だなと自己嫌悪に陥る。

「最近はカラオケもあまり流行らないのかな。ほかのところでも」

「父さんのそばは安全だから、どこでもいい」

と、同じトーンの声で直高がつけ加えた。顔はずっと窓のほうを向いたまま、

「父さんの前から飛ばされたことは、一度もないから……」

自分たちにとって忌まわしいだけのこの力のおかげで、伝わっていたこともあった。

たとえこんな力を持っていなくとも、自分の居場所を見失う年ごろに、安全だと信じられる居場所を提供できていたのなら。すこしでも息子の救いになれていたのなら。

「うん……そうか」

声が潤んだ。片手を伸ばし、かつての自分と同じ華奢《きゃしゃ》な肩を優しく叩いた。

ハスキーボイスでまた呼んで

Side R.5

宮内圭眞《けいま》が花粉症を発症したのは、大学入試の二次試験当日という最悪なタイミングだった。

一九九〇年代後半のことである。自分の症状が花粉症だとすぐに結びつけられるほど国民病としての言葉は普及していなかったと記憶している。入試のために地方から上京してきた矢先にひどい鼻水、くしゃみ、目の痒《かゆ》みに悩まされた。試験会場に向かう道すがら学生服の袖口を鼻水でぐっしょり濡らして惨めな気分だった。

大学の正門へと向かう横断歩道で大勢の受験生が信号待ちをしている。大多数が最後のあがきで参考書や過去問集を開いていたが、宮内には参考書を開く集中力もなかった。

終わったな……。はじまる前から将来に躓《つまず》いた。

こんなことなら滑りどめの私立も受けておけばよかった。私立にすでに受かっている同級生もいたが宮内は本命の国立一本に懸けていた。親は滑りどめも受けるよう勧めてくれたが、受験料に交通費に宿泊費、数十万の入学金を無駄にすることに気が咎《とが》めたのだった。だがこのていたらくでは浪人で結局余計な金がかかることになりそうだ。父さんごめんなさい……。

がくりとうなだれた視界の端から、ふいにポケットティッシュが差しだされた。

鼻をすりながら顔をあげると一人の女性が立っていた。ポケットティッシュを五つ六つも無雑作にわしづかみにした手をこっちに突きつけ、反対側の腕にもポケットティッシュが詰まった籠をかけている。

「使いなよ」

女性にしてはトーンが低い、掠《かす》れた声質にうらぶれた場末感のようなものが漂い、妙な迫力があった。

「あっ……ありがとうございます」

都会の人は冷たいという先入観があったので宮内は感動しつつ惨めな鼻声で礼を言った。

「いいんですか、こんなに」

「もらってくれたほうがあたしも助かるから。あれ全部ハケなきゃ帰れねえし」

と彼女が目配せした先をたどると歩行者信号機のたもとに段ボールひと箱分のポケットティッシュがまだ残されている。

ティッシュを押しつけてきた彼女の手首は血管が青く透けて見えるほど細いのに、妙に強引で力強かった。三寒四温の時節だったが際どい丈のショートパンツから生脚を露出していた。ワンレングスの髪は腰に届く長さで、毛先は傷んで色が抜けていた。高校の制服姿で受験会場に向かう女子の大半はルーズソックスにローファーという時代に、素足に華奢《きやしや》なサンダル履きだ。細い脚の膝と膝の隙間が蠱惑的《こわくてき》だった。骨の形が丸く浮きでた両膝は赤黒い色に沈んでいた。痣《あざ》の痕《あと》だろうか……どうして……？

彼女の脚を一瞬まじまじと見そうになって慌てて横を向き、取り繕うようにティッシュをあけようとしたらそこに封入されているチラシが目に入った。入試会場の目と鼻の先で朝っぱらからこれを配るのはどう考えても風紀的に好ましくない、いわゆるピンクチラシだ。下着姿で扇情的なポーズを取った女性の写真が電話番号とともに印刷されている。

つう、と鼻水が上唇までつたった。

「ちょっと、おまえ鼻血！」

彼女の声に「え？」と鼻の下を拭うと白いティッシュが真っ赤に染まった。彼女が一パックぶんのティッシュをむしり取って宮内の顔に押しつけた。

「まさかピンクチラシ見て興奮したのかよ？」

「いえっ、ちっ……」否定したらしたであなたの脚を見てということになってしまうのでうっかり否定もできない。

ひと目惚れだった。

宮内の大学入学試験日は、二度と思いだしたくない羞恥《しゅうち》の記憶と、何度思いだしても何度でも心がふわりと浮きたつ幸福な記憶とで飾られている。

＊

『毎週水曜日にお送りしている〝あなたの青春ソング〟、続いてはラジオネーム〝たんすにごんぎつね〟さんからのメールです。エリーさんこんにちは、いつも聴いてます――』

出社は週に一日で済む今の勤務形態になってから、出社日の帰路はカーラジオをこの番組にあわせる。ラジオを通して届く女性パーソナリティーの声に惹《ひ》かれ、一年ほど前にこの番組を知って以来の習慣になった。

女性にしてはトーンが低いハスキーボイスの、けれどどこか甘く、落ち着いた喋《しゃべ》りがかすかなノイズをともなってセダンの狭い車内を満たす。

『それではリクエスト曲に行きましょう。私も学生時代どっぷり聴いてましたよ。彼の声を耳にすると今でもなんだか心がざわざわします。尾崎豊で――』

ラジオから流れだした懐メロのイントロに何気なく耳を吸い寄せられた――その刹那《せつな》だった。

ヘッドライトの光の中に人影が飛び込んできた。自他ともに認める慎重な性格だ。ラジオに耳を傾けていたとはいえ前方不注意ではなかったはずだ。

反射的にブレーキを踏み込んだ。甲高い急ブレーキの摩擦音とともにシートベルトが胸に食い込んで息が詰まった。

頭が真っ白になり、強く握りしめたハンドルに額を突っ伏したのはわずかな時間だ。がばと顔をあげて前方に目を凝らすとボンネットの向こうに人の頭が見えた。

血の気が引いた。撥《は》ねた衝撃はなかったよなと祈る思いでシートベルトを取っ払って運転席から飛びだした。

「大丈夫ですか!?」

「いってぇー……」

バンパーのほんの一メートルほど先で転んでいた人影がのろのろと頭をあげた。体格からして子ども、中学生くらいの女の子だが、そのわりに髪には少々古くさいくるくるしたパーマがかかっていて年齢感がはっきりしない。

とにかく意識はあるようだ。どっと脚から力が抜け、膝頭をアスファルトに打ちつけつつそばに膝をついた。

「きみ、怪我は」

「あーーーっ！」

と、宮内の声に相手が大音声《だいおんじょう》をかぶせてきたのでこっちがびくっとさせられた。

「あたしのＣＤ！」

少女が跳ね起きて自分の身体《からだ》の下敷きになっていたものを拾いあげ、

「わ、割れてる〜〜〜……新譜なのに〜〜〜」

ＣＤを胸に抱いて絶望的にうなだれたかと思うと、きっと目をあげてこっちを睨《にら》みつけてきた。

「どうしてくれんだよ！」

「あ、ああ、弁償するよ」

事故に至らなかったのならＣＤ代くらい安いものだ。まあ道に飛びだしてきたのはどう考えても相手のほうなので、反省もなさそうに一方的に責められるのも感情的には釈然としないものはあるものの。

今のＣＤはいくらだ？　すっかり買わなくなってひさしい。自分自身が十代や二十代のころは使える金をやりくりして好きなアーティストのＣＤを買っていたものだが、若いころに比べて音楽をさほど聴かなくなったし、そうでなくとも今や配信でなんでも聴ける時代だ。そう考えると今どきの若い子がＣＤを購入するのは珍しいように思った。

「同じものを買うよ。なんていうＣＤ？」

「じゃあこれ、弁償してよ」

押しつけられたＣＤを宮内はまじまじと見て、困惑した。

馴染みのある十二センチＣＤが入る正方形のプラスチックケースではない。長方形の、成人男性である宮内の手にちょうど載るくらいの大きさのそれは――、
八センチシングルＣＤだった。パンクロックな恰好をして凄みのある表情で構えた、女性ばかり五人組のバンドがジャケット写真になっている。ボリュームのあるソバージュヘアーのメンバーの髪型は目の前の少女と共通したものがある。紙製のジャケットが折れ曲がり、中のプラスチックケースも割れているようだ。

「……これ、新品？　買ったばっかりのもの？」

宮内がつい発した疑問に少女が「あん？」と目尻を吊りあげて噛みついてきた。

「万引きしたって言いたいのかよ？」

「そうじゃなくて……」

少女と正面から対峙《たいじ》したとき、思わず言葉を失った。

ヘッドライトが照らしだす少女の顔を絶句して見つめ返す。

――似ている。面影が。

もちろんそんなはずはない。歳がまったく違うし、それに、もちろんそんなわけが……。

「もういいよっ」

少女が宮内の手からＣＤをひったくった。

腹いせのようにガードレールをひとつ蹴飛ばしておいて「痛《い》てえなもおっ」と八つ当たりし、肩を怒らせて路肩を歩いていく。引きとめる言葉も思い浮かばず宮内はしばし立ち尽くしていた。後続車が迷惑げなクラクションを鳴らし、対向車線に逸《そ》れて宮内の車を追い越していった。

車に戻るとカーラジオからはまだ懐メロが流れていた。懐メロなんか耳にしたからか……奇妙な心地に囚《とら》われていたが、気を取りなおしてシートベルトを締めた。

ギアを入れようとしたとき、バンッと助手席側のサイドガラスが叩かれて白い手のひらが貼りついた。

「なあ！」

荒々しい声とともにもう一度バンッとガラスが叩かれる。ホラーじみた光景にぎょっとしつつ運転席側のスイッチで助手席の窓をあけると、当然ながらさっきの少女だった。

「ここ、どこ？　オカモトレコードの前だったはずなんだけど、見当たんないし……」

威勢のいい口ぶりと裏腹に不安げにきょろきょろと周囲の街並みを見まわす。

「えーと……」なんなんだいったい。「迷子ってことなら、ここから一キロくらい戻ったら大きい交差点があって、そこに交番があるから」

「交番って、ケーサツ？　警察はダメ、絶対ダメ、行けない！　あのさ、電話代貸してくれねえ？　ばあちゃんと喧嘩《けんか》してさ、手ぶらで飛びだしてきたから十円も持ってねえんだ。あ、ばあちゃんと喧嘩すんのはいつものことなんだけど。十円貸してくれたらトキヤくんにベルして迎えに来てもらうから」

まくし立ててくる少女に圧倒されたが、宮内は溜め息をついてポケットから自分のスマートフォンをだした。電話アプリのテンキーを表示して窓から差しだし、ほら、という意で上下させる。少女が目をぱちくりさせてスマホを見つめるだけなので、

「ああ、電話番号覚えてないのか」

自分が子どものころは家の電話番号は必ず暗記していたが、現代っ子はいつも持っているスマホなりキッズケータイなりに連絡先が全部登録されているから暗記する必要がないのだろう。

スマホを手に取る様子もなく、少女が目をあげて言った。

「なあ、あたし、轢《ひ》かれて死んだのかな。ここってあの世？」

……えーと。

「転んだときに頭でも打った？　まさか記憶喪失とか言わないよな」

なにか厄介な気がしてきたので正直関わりたくなかったが、転ばせた責任もある。果たして病院に連れて行くべきか警察に連れて行くべきか。それ以前に警察に行くのを拒むような未成年少女を成人男一人が運転する車に乗せるのもそれはそれで犯罪になりかねない。

「自分のことはちゃんとわかるよ。あたし、エイコ――」

「なんなんだよきみは、からかってるのか!?」

得々と自己紹介をはじめた少女を遮《さえぎ》って宮内は思わず声を荒らげた。少女が目を丸くして口をつぐんだ。

よりにもよって名前まで。

い、い、い、い、い

少女をその場に残してアクセルを踏み込んだ。「あっおい！　置いてくのかよ、ちょっとおー！」地団駄を踏んでこっちに罵声を浴びせる少女の姿がサイドミラーの中で小さくなっていった。

＊

合格してこの大学に通えばあのティッシュ配りの女性にまた会えるかもしれない――という下心が爆発的な集中力を生みだしたのかなんなのか、鼻炎症状で体調は最悪だったにもかかわらず奇跡的に志望大学に合格した。

彼女にもしまた会えたらティッシュをもらえて助かったと感謝を伝えたかった。礼を口実にまた会いたかっただけなのは言うまでもない。

大学に向かう横断歩道は毎日通っていたが、二度と彼女とは会えなかった。ティッシュ配りのバイトはしばしば立っていたが、期待して目を凝らすと彼女ではなく落胆するという繰り返しだった。

花粉のピークが過ぎても彼女の姿を見かけることはなく、あれきりもう会えないのだろうと、忘れようと努めていたころ。

二度目の奇跡があった。

占いの勉強をしているという女性に街頭で話しかけられた。無料でいいので運勢を占わせてくださいと。これが宗教的なセミナーに勧誘する常套手段《じょうとうしゅだん》で、地方から大学進学で上京してきて間もない世間知らずの新入生が狙われやすいとは当時の宮内が知るよしもなかった。まあただで占ってもらうくらいなら、と承諾してしまった。

女性にいざなわれて移動しようとしたとき、声をかけられた。はすっぱな口調の、あのハスキーボイスで。

「やめときな。それ、宗教の勧誘だよ」

振り向くと果たして、彼女だった。

「なんですか、あなた」

人の好《よ》さそうだった〝占い勉強中〟の女性が険のある声になって誰何《すいか》した。彼女が踏みだして
「あん？　やる気？　あたしと？」と占い女性に凄んだ。鼻先が触れんばかりに顔を近づけて上目遣いや下目遣いで威嚇する、〝メンチを切る〟というやつだ。ひと睨みで占い女性をたじろがせて退散させた。

「あ、ありが」

「礼がわりにもらって」

宮内が言い終わらないうちに彼女がひとつかみものボールペンを押しつけてきた。腕にかけた籠の中には今日はポケットティッシュではなく、企業のロゴがついたボールペンが詰まっている。

「あの、二度目です、助けてもらったの。憶《おぼ》えてますか。大学受験の日に」

「憶えてる憶えてる。鼻血くんだろ」

「みっ宮内です。宮内っていいます」

からっと言われて宮内は赤面して名乗った。

「あのっ……、三度目も、あるといいな、と……」

自分にしては驚くほどの勇気を振り絞ったと思う。彼女が軽く目をみはった。目を細め、ふうん、という笑いを漏らした。馬鹿にされるだけで相手にされないだろうと覚悟した。

と、彼女が配布物のボールペンを一本手にして芯を繰りだした。

「腕。貸して」

宮内がだした腕の内側に彼女が字を書き連ねる。腕の内側の柔らかいところに触れる彼女の右手の手根の感触と、筆跡をなぞってペン先が皮膚に食い込む感触に身体がむずむずした。

「あたしのピッチの番号」

すぐに自分もＰＨＳを買おうとこの瞬間決意した。当時まわりの学生たちはＰＨＳか携帯電話を持ちはじめていたが、ポケットベルすら持たずに高校時代を通過した宮内はいまだ移動通信端末をなにも持っていなかった。

数字の羅列に書き添えられたカタカナ三文字を宮内は口にした。

「エイコ……さん？」

「オークラエイコ。大蔵省の大蔵に、江川卓《すぐる》の江に、明治維新の維に、子どもの子」

大蔵江維子。

口の中でその名を反芻《はんすう》し、大切に胸にしまった。


宮内の大学在学中、彼女との交際は続いた。出会った時点で彼女は宮内よりひとつ年上の十九歳だったが、その歳で身体に一生の傷を負っていた。

宮内のほうから家庭事情を聞きだしはしなかったので彼女から語った範囲で知ったところでは、もともと母子家庭で、その母も江維子を自分の母に押しつけ、また別の男と飛びだしていったきりだという。以降江維子は祖母に育てられた。裕福とは言いがたい家庭環境で、思春期には祖母とも折りあいが悪かった。

そんなときに出会った年上の男への依存を深め、抜けだせない関係になったようだ。十七歳のとき、交際していた男の子どもを孕《はら》んだ。しかし流産し、それがもとで子どもを産めない身体になった。男の暴力に原因があったようだ。

〝あたしが病院にいるとき、ばあちゃんが元彼んとこに乗り込んでって、すげぇ剣幕で怒鳴り散らしたみたい。うちの江維子を傷ものにしやがって、あたしがおまえを殺してやる、って。結局あたしの軽率さが招いたことだったのに、ばあちゃんはあたしに責任があるとは一度も言わなかったよ。ばあちゃんにずっと反抗してて、面倒ばっかかけたのに……あたしなんかばあちゃんの人生のお荷物だって、ずっと思ってたのにね〟

恥ずかしながらと言っていいのか宮内にとっては初体験の相手が江維子だったので、江維子の過去の話は衝撃的ではあった。彼女がまとう、年齢以上に達観したような雰囲気にそれで納得もいった。

〝もしもだけど、過去のあたしに忠告できたら、圭眞が全力でとめてやってよね〟

江維子が自嘲して言ったことがある。もちろん冗談でだが。

〝そいつがクズ男だってはやく気づいて、逃げろって。馬鹿で子どもだったからさ。目の前の恋に夢中で、見るべきことが見えてなかった〟

大学を卒業して小規模なＩＴ企業に就職し経験を積んだ。大手ＩＴ企業に声をかけられて転職したころ、江維子との関係は恋人から配偶者になった。宮内が二十六歳、江維子が二十七歳のときだった。

＊

千葉県＊＊市。都心のベッドタウンのそのまたベッドタウン、というくらいの規模の街にある一軒家が今現在の宮内の自宅兼仕事場だ。もとは義祖母――江維子の祖母が所有していた家だった。築の古い、昭和の終盤にはありふれていたような民家である。

間取りは間続きになった居間と客間、江維子が育った子ども部屋、仏間と間続きになった義祖母の寝室、食卓を兼ねた台所（ダイニングキッチンというよりまさに「台所」といったほうがいい）。狭くて急な階段の上に二階も一応一部屋あるがそこは義祖母のころから物置部屋になっていた。

義祖母には江維子しか親族がなかった。十二年前に二人が亡くなった際、江維子の配偶者でしかない宮内には法定相続権がなく、この家を相続する人間がいなかった。家とわずかばかりの箪笥《たんす》預金のほかに財産と呼べるほどのものはなかった。

江維子の母に関しては行方どころか生死すら知れなかった。祖母の姉の娘にあたる人物がなんとか捜しだされたが、もともと縁もない間柄だったし、いわゆる事故物件で二束三文にしかならない古い家をよろこんで相続する義理はなかった。手をつけずに売りにだそうとしていたので宮内が引き取りたいと申しでるとせいせいするとばかり快く応じてくれた。そうして家に残っていた遺品を含めて宮内の所有となった。

宮内は一人でここに移り住んだ。仕事も変わり、週のほとんどは在宅でリモートワークをしている。当時三十代半ばにしてまるで隠居のような暮らしになった。

移住当時、女性二人の部屋を自分の寝室にすることになんとなく気が引けたため、客間を自室にした。間続きの居間の座卓にノートパソコンや外部ディスプレイを設置して仕事場をこしらえている。この歳になると腰痛にもなるため座椅子はいいものを買った。

毎朝一度、義祖母の部屋から仏間に入り、仏壇に線香をあげる。仏壇の一番手前には義祖母と江維子が一緒に写った写真立てが置かれている。結婚式のときに撮ったものだ。

純白のマーメイドドレスが細い肢体に沿って美しい流れを描き、新婦によく似合っている。白髪交じりの髪をまとめた祖母は簡素な黒のセットアップで、真珠のアクセサリーはレンタル品だった。上等な留《と》め袖などは所持していなかった。しかし新婦の花束を手にして新婦に寄り添った祖母は、この日の誰よりも嬉しそうに目尻を下げてはにかんでいる。

新婦側の親族の参列者はこの祖母だけだったが、この日を境に、長らく祖母一人きりだった江維子の身寄りに夫という存在が加わった。

線香をあげると仕事の前に台所に立ち、換気扇の下で加熱式煙草《たばこ》を一本吸いながらコーヒーを淹れるのが日課だ。一人ぶんのコーヒーを時間をかけて丁寧にハンドドリップする。在宅勤務の男やもめの独居ゆえの無駄に贅沢な朝の時間である。食事のほうは一日二食、ごく簡単なものを作るか弁当でも買ってくるかデリバリーを頼むかの三択だ。江維子と一緒だったころは宮内も料理をしていたので心得はあるが、一人になった今ではすっかり食べるものにこだわりがなくなった。

ドリップケトルの注ぎ口からコーヒー粉の上に細い湯が落ちたとき、廊下で物音がした。

どきりとして手がとまった。もちろん自分以外に物音を立てる人間はこの家にいない。

台所の入り口には義祖母が居たころのままの、木製の玉が連なった玉すだれ状ののれんがかかっている。からんからんと玉すだれを小気味よく鳴らし、ぱさついた赤茶色に脱色したソバージュ頭がのれんをくぐって現れた。

「ばあちゃん、風呂場にあたしのタオルないんだけどお」

抗議するような口調で言いながら顔をあげた不法侵入者と、ばっちり目があった。

見つめあったまま固まった。一拍ののち、

「うわーーーっ！」

互いに飛びのきながら宮内と不法侵入者があげた声がハモった。

「なんだよおっさん！　泥棒!?」

「そっちこそどこからっ……」

怒鳴ってきた不法侵入者に宮内も問いただそうとしたが、その拍子にケトルの熱湯をぶちまけて
「熱っ！」と立て続けに飛びのいた。取り落としたケトルから熱湯が床にぶちまけられて火炙《ひあぶ》りの刑のごとく踊るはめにまでなった。

「なにやってんだよ、もおっ」

不法侵入者が台所に駆け込んできた。有無を言わせず宮内の右手を摑《つか》んでシンクに突っ込み、蛇口を最大にあけて流水をかけはじめた。

手首を摑んだままぴたりと身を寄せている少女のソバージュ頭を呆気《あっけ》にとられて見下ろしてから、はっとして振りほどこうとしたが存外に力が強い。

「動くなっつうの。冷やしとかないと」

「わかったから、このまま自分で冷やすから。とりあえず、とにかく、ちょっと離れてくれ」

うわずった声で頼むと、「五分は絶対に冷やしとけよ」と少女が釘を刺して手を放した。宮内を睨《ね》めつけたまま一歩距離を取ってくれたのでなんとか人心地がついた。

「ったくよ、なんで泥棒の火傷《やけど》の心配してやらなきゃなんねえんだよ」

「だからここはおれの家だって。きみこそいつどうやって入り込んだんだ。鍵は閉まってたはず……」よくよく思い起こしても昨夜帰宅したとき玄関の鍵は閉めたし、朝もあけていない。

「昨日の夜、風呂場の窓から」

偉そうにふんぞり返って少女が答えた。

「ばあちゃんにしょっちゅう締めだされるから、風呂場の窓から入れるように細工してあるんだ。って、ばあちゃんは!? てめえ泥棒、ばあちゃんになんかしてたらぶっ殺すぞ！」

少女がきびすを返して台所を飛びだしていった。ばあちゃん、ばあちゃんと呼びながら家中を走りまわる足音がここまで響き渡る。

「人の家を荒らしまわるなよ！」

台所から宮内が怒鳴ると「五分動くなっつったろ！」廊下から怒声が返ってきた。

じりじりしながら壁の掛け時計を見あげて時間が経過するのを待……なんで馬鹿正直に従ってるんだ。冷凍庫に保冷剤があったのを思いだし、それを手の甲にあてがって台所をでた。家中の戸という戸をあけ放した形跡の果てに、廊下の突きあたりの部屋の中に少女の後ろ姿が見えた。

義祖母の寝室だ。今年になってからやっと遺品を整理し、今はほとんど荷物は残っていない。大切に使い込まれた桐の衣装簞笥と漆塗りの化粧台だけは残した。

閉じたままのカーテン越しに薄明かりが射す部屋の真ん中に少女が立ち尽くしていた。宮内が戸口に立つ気配に少女の肩がぴくりと動いた。

「おい……なんの冗談だよ、これは」

ドスのこもったハスキーボイス。けれどこちらを振り向いた顔は、心細げな戸惑いに侵蝕《しんしょく》されていた。

「居間は変な機械が占領してるし、ばあちゃんの部屋だって、なんでこんななんもないの？　ばあちゃんは物持ちだから物が溢《あふ》れてて、捨てろ捨てろってあたしが毎日言ってんだよ。昨日はやりかけの編み物ほっぽってあたしと喧嘩になった。編み棒が挿さってる籠が、いつもあそこに……。そうだよ、あたしのタオルだってなかった。夜は風呂場から入り込んですぐ寝たからわかんなかったけど、今見たら家ん中が変わってる。あたしが住んでた家じゃない。どういうことだよ……それともこれ、ドッキリ？　ドッキリ大成功ーってやつ持って誰かでてくんの？」

そうなることをむしろ願っているような、引きつった笑いを少女が作った。

「昨夜《ゆうべ》はあんま気にしなかったけど、たしかになんか変だったんだ。オカモトレコードもねえし、あそこの斜め向かいにあった公衆電話もなくなってるし。知ってる街なのに知ってるもんがなくて、道に迷って夜中にやっと家着いて……。なんなんだよ。からかってんだったらただじゃおかねえ」

「そっちこそなんの冗談なんだ。きみは江維子の親戚かなにかなのか？　おれをからかいに来たのか？　なにが目的で」

「なにわけわかんねえこと言ってんだよ」

強い口調で詰問したつもりだった。しかし遮った少女の声音のほうが圧倒的に凄みがあった。

「親もいねえのに、誰が誰の親戚だって？　ばあちゃん以外に家族なんていない！」

割れたガラスの破片のように鋭利で、切れ味も殺傷力もあるのに、彼女のほうが傷ついているような、壊れそうな声。

昨夜受けた第一印象がまた蘇る。

どう考えても、似ている——江維子に。

そんなことがあるはずがないと理性ではわかっている。しかし面差しも、声も、話し方も、強引さも——少女から読みとれること、少女から感じるもの全部が、感情でもって説得してくる。それだけでなく理屈でも説得してくる。江維子にも祖母以外の肉親がいなかった。

「あたしが江維子だ。大蔵省の大蔵に、江川卓の江に、明治維新の維に、子どもの子——大蔵江維子！　江川卓は知ってるだろうけど明治維新はちょっと難しいか？　漢字わかる？」

目の前の現実がぐらりと揺らぐようで目眩《めまい》に襲われた。実際身体が傾いてとっさに戸口に手をついた。手から滑り落ちた保冷剤が足もとで硬い音を立てた。

明治維新が書けることを誇るみたいにふんぞり返って仁王立ちする少女の怒らせた肩越しに仏間の仏壇が見えた。仏壇に飾られた写真の中の妻と、現実に部屋の中にいる少女——年齢を隔ててはいるが同じ人物としか思えない顔が、同じ視界に入る。

少女が訝《いぶか》しげに宮内の視線をなぞって背後を振り向いた。

「ばあちゃん……？　と、誰……？」

仏壇を見つめたままふらふらと数歩近づき、仏間の入り口で立ちどまった。

居間のほうからスマホに電話が着信する音が聞こえた。朝一のリモートミーティングがはじまる時間を過ぎている。十回ほど鳴ったあと着信音は切れた。

少女がこちらに首を戻した。

「あれって……ばあちゃんと……あたし、なのか?」

仏壇の写真を指さして問われたことに宮内は答えられなかった。少女が「あたし」という人物が宮内の妻のはずがないのだから。——理屈では。

「大蔵いよ子と、大蔵江維子、なのか?」

しかしそう問いなおされると、硬直した首をぎしりと縦に振るしかなかった。

「旧姓、大蔵江維子……宮内江維子。三十四歳で天国へ行ったおれの妻と、義理の祖母だ」

「……? なんつった……? それって……」

困惑したように少女が眉根を寄せた。

「それって、つまりあたし、トキヤくんと結婚しないってこと!? なんで!?」

「待って、そっちか!?」

予想の斜め上の反応に宮内はとっさに突っ込んでしまった。

「こんなおっさんがあたしの旦那!? 最悪だよ! お先真っ暗だよお!」

両手で頭を抱えてソバージュヘアーを掻《か》きむしり、指まで差されて罵《ののし》られる。

「知りあったときはおれだって若かったし、だいいちきみのほうが年上だ!」

「あたしトキヤくんに命捧げてんだけど! 一生愛すって誓ってんだけど!」

「トキヤっていうのが元彼か!?」

「今だよ、今の彼氏! 単車転《たんしゃ》がしててチョーカッコイイ、十歳年上のオトナな彼氏だよ!」

「どう見てもきみ、せいぜい中学生だろう。中学生とつきあう十も年上の男なんかろくなもんじゃないからやめなさい！」

「おっさんくせぇ説教すんな、何様だよ！」

「夫だよ、きみの、未来の！」

反射的に喚《わめ》き返し、双方鼻息を荒くして睨みあう。

着信音が再び鳴りだした。また十回ほど鳴ったあと切れたが、間をおかずに三度《みたび》鳴りだすと、今度は十回を越えても鳴り続いている。

どうしても無視できなくなった。

「……ちょっと、三分だけタイム」


電話にひとつ応じるうちに在社の同僚からシステム障害の連絡が飛び込んできた。リモート会議を中座するタイミングを逸しているうちに宮内自身、障害対応の協議に集中してしまい、ふと時間を意識したときには三分どころか二時間が過ぎようとしていた。

自分のこういうところでどれだけ後悔したか知れないのに……すべて失い、仕事も変えたのに。頭を掻きむしって大声で自分を罵りたくなった。

家の中に耳を澄ます。やけに静かだ。二時間前の出来事が夢だったのではないか。この家には自分一人で、普段のルーチンどおりコーヒーを淹れて仕事をはじめたのではないかという気がしてきた。ただコーヒーを淹れ損ねたのは間違いなく、外部ディスプレイの脇に普段置いているマグカップはない。

座椅子から腰をあげて居間をでた。

義祖母の部屋の戸はあいていたが誰もいなかった。もしかして外へ行ったのかと玄関を覗《のぞ》く。さっきは気づかなかったが自分のものではない靴が一足、放りだしたように乱雑に三和土《たたき》にでていた。ビーズというのかスパンコールというのか、小さなきらきらで飾られたサンダルだ。

すすり泣くような声がどこからか漏れ聞こえてきた。

妻の部屋だ。正確には結婚するまでの――結婚して宮内姓となり、二人で都内のマンションに越すまで妻が暮らしていた子ども部屋。江維子が昔の荷物をほとんど残していったまま今も手をつけていない。義祖母の部屋はやっと思い切って整理したが、妻の部屋はまだ、いつかは整理せねばならないと思いつつ踏ん切りがついていなかった。

足を忍ばせてドアに近寄る。ハート型の板に一文字ずつ〝えいこ〟と木製の文字が貼りつけられた、女の子の部屋らしい札が今もまだかかっている。

知らずしらず腹を括《くく》るような気持ちで部屋を覗いた。

絨毯《じゅうたん》敷きの床に少女が大の字に寝転がり、漫画本を顔の上に掲げ持っていた。脇にはほかにも漫画本が数冊積まれている。

少女が漫画本を顔の上からずらし、目を赤らめて鼻をすすった。

「『スケバン探偵カスミ&トモ』の最終巻、めちゃめちゃ泣けるじゃんんんん。トモがバイクで事故って死んじまったと思ったらさあー、生きててさあー。よかったああああ」

「はあ?」

肩透かしを食って宮内はがくっと脱力した。

少女が脚を振りあげて「よっ」と、振り子運動の要領で元気に身を起こした。積みあげた漫画本のてっぺんを豪快にはたき、壁際のカラーボックスも指さして、

「カストモいつの間にか完結してるし、ほかの漫画も、あたしが知らない新しい巻がこんなにでてる！　ＣＤもあたしが知らない新譜がリリースされてる。発売するの待ってたんだから、絶対まだでてなかったはずだよ。しかも買った覚えもないのにちゃんと買ってある！」

二段式のカラーボックスに収まる程度なので決して多くはないが、そこには江維子が残した漫画本やＣＤが収まっている。江維子の少女時代に集めていたものなので「新しい」もなにも全部八〇年代や九〇年代製だ。

呆気にとられて戸口で立ち尽くす宮内に少女が向きあってあぐらを組んだ。

「どういうことかわかっちまったかも、あたし。昨日ばあちゃんと喧嘩して叩きだされてさ、トキヤくんにベルして迎えに来てもらおうと思ったんだけど、電話ボックス入ってから小銭もテレカもなにもないの思いだして」

得々と語りだした少女の手には、その手で握り込めるほどのサイズの電子機器があった。一行だけ表示できる白黒の液晶がついている。「ベル」……ポケベル……ポケットベル。流行したのは九〇年代前半、三十年も前だ。

「むしゃくしゃして斜め向かいのオカモトレコードでＣＤパクって、店長の親父がこっち睨んでたから走って飛びだして……おっさんの車に轢かれそうになったのがそのときだよ。あのときほんとに轢かれて、あの世に来たのかもって思ったんだ。でもここがあの世でもなくて、ドッキリでもないんなら、つまりあたし、未来に来ちまった、ってことになるんじゃねえ？　タイムスリップ？

ほら、原田知世の映画がさ、テレビでやってたじゃん。ああいうことってほんとにあるんだなあ」

「いや、普通はない、けど……」

「なんだよ、おっさん信じないのかよ？　じゃ、あたしが今ここにいるのはなに？」

少女が頬を膨らませる。ティーンエイジャーの柔軟性なのか、簡単に受け入れているらしい少女のようには宮内の理性はそんな非現実的な事象を受け入れられない。

またしても居間でスマホが鳴りだした。仕事の連絡が多い日というのは次々に重なるものだ。

「そんでさ、未来ではあたしはおっさんと結婚してて。そんで……」

少女の声のトーンが低くなる。そうすると宮内の記憶にある、目の前の少女より落ち着いた妻の声質とますます瓜二つだった。

「未来ではあたしはもう、死んでる……ってことなんだな。三十四って言ったっけ。老衰にははやすぎるけど、なんで死んだの？」

鋭いまなざしが宮内を見据える。その目に責められているように感じて心臓を突き刺される。

——なんで死んだの？　圭眞。なんであたしが？

「不治の病とか？」

少女が問う。宮内は俯《うつむ》き、小さく一往復だけ首を横に振った。

「交通事故とか？」

首を振る。

「じゃ、殺人事件とか？」

「……」

首を振れなかった。驚いたように唾を呑み込む間のあと、少女が重ねて問う。

「どんな事件？」

「………強盗に、遭った。この家で。おばあさんも、そのときに……」

ぶつ切れに打ちあける唇が震えた。

あの日、江維子を失った。どれほど後悔し自責に苛《さいな》まれたところで、取り戻すことのできないものを手放した。もしやり直せるのならなんだってすると願ったところで、失ったあとではすべてが遅かった。

「ごめん……」

「まじかよ……」少女が呟《つぶや》いた。「三十四が寿命かあ。あと二十年であたし死ぬのか」

「ごめん……守れなくて……」

謝罪を口にし、宮内は片手で目を覆った。

食いしばった歯の隙間から嗚咽《おえつ》が漏れた。

「ちょ、な、なんだよ。いい歳したおっさんが泣くなって」

少女が目の前まで近寄ってきた。ケミカルウォッシュのジーンズの膝頭が目を覆った指のあいだに見えた。少女が背伸びをして宮内の背中に手をまわし、ぽんぽんと叩く。

「まあ驚いたけどさ、死んじまったもんはしょうがないよな。別にそんなショックでもないんだ。あたし三十くらいまで生きれば十分かなって思ってるから。そのあとババァになってくだけじゃん。だから、たぶんだけど、未来のあたしもまあ、けっこう平気だったと思うよ。だからおっさんも元気だせよ」

「やめてくれっ……そんなこと言わないでくれ……」

妻のそれと同じ手の感触が背中をさすってくれる。粗雑で、気さくで、華奢なのにいつでも力強く包み込んでくれた、温かい手。

理性では受け入れられない？　それがなんだっていうんだ。非現実的だろうがなんだろうが、人知を超えたなにかの力が彼女と再び引きあわせてくれたのかもしれないのに。また同じ後悔をするくらいなら、理性なんかくそ食らえじゃないか。

「あ、その手、やっぱ火傷してんじゃん。ちゃんと冷やしとかねえからだぞ。えーと救急箱……台所の戸棚にあったはずだけど、あれまだある？」


午後の仕事は休みにした。三十代初めまで馬車馬のように働いていたころとは違い、休みの快諾をもらえないような勤め先ではない。不注意で火傷をしたので、と連絡すると「大丈夫？　お大事に」と気遣ってもらえた。

昼が近かったのでデリバリーを頼んだ。スマホの出前アプリで注文するところを見せると江維子はおおいに驚き、面白がっていた。九〇年代初頭の出前対応の店といえば蕎麦屋か町中華、それに宅配ピザがやっと広まりはじめたころだったろうか。無論出前アプリなど影も形もない。

「この機械ん中にお札とか硬貨とかも入ってんの？　どうやって送ってんだ？」

スマホで決済まで済ませると江維子はまた驚いて不思議がった。

ランチタイムのピークを迎える前の十一時半過ぎ。外に原付バイクが乗りつける音がし、玄関チャイムが鳴った。磨りガラスの引き戸の外にヘルメットをかぶったシルエットが立った。

ときどき注文しているカレー屋だ。配達業者がピックアップしてくる形態ではなく店の従業員が直接持ってくる形態を取っている。小太りの体躯《たいく》に〝カレー専門店Ｃｏ－ｄｕｃｋ《コダック》〟というロゴをつけたブルゾンを着たいつも同じ男が来る。バイクの荷台に設置されたデリバリーボックスにも同じロゴが書かれている。

注文した二人前のカレーを玄関先で受け取るとき、小太りの配達員が物言いたげな顔をした。いつも一人前しか注文しないのを覚えているのだろう。

世間話をするような間柄でもないので会釈《えしやく》だけして受け取った。配達員も会釈し、「まいど。またお願いします」と原付バイクで立ち去った。

カレーを台所に持っていくと江維子が食卓で麦茶を注いでいた。義祖母の生前からそのままになっている食卓にはビニールコーティングされた花柄のテーブルクロスがかかっている。ボリュームのあるソバージュヘアーの江維子が台所の風景に違和感なく馴染み、自分のほうが過去にタイムスリップしてきたような錯覚にすら陥る。

ただ食卓の上に並べたものは令和のアプリで配達された、環境に配慮した素材の使い捨て容器である。

宮内自身にはいつも頼むスパイスカレー。江維子に注文したシーフードカレーの容器をあけてやると、江維子が歓声をあげた。

「うまそう！　あたし、イカ大好物なんだ！」

「知ってるよ」

この店のシーフードカレーは江維子の好物だった。辛みを抑えたまろやかな黄土色のカレールーの表面にリング状のイカの白い姿が見え隠れしている。昔、この店がまだ宅配をしていなかったころ、大蔵の実家に寄った折に何度か江維子と店舗に入った。一人になってからは一度も店舗には足を運んでいないが、感染症の拡大を機に宅配がはじまったことを知って注文するようになった。

「朝飯食ってなかったから腹減ってたんだあ」

満足そうにカレーに舌鼓を打ちながら少女が思いだしたように話を変えた。

「おっさんさあ、名前なんてーの？　あたしはおっさんのことなんて呼んでた？」

「宮内……圭眞」

「ふーん。ケイマ」

――〝圭眞〟。

二度と聞くことはできないはずだった、江維子が呼ぶ声。

「じゃあ圭眞くんって呼ぶな」

江維子と同じ声帯で呼ばれた途端スパイスが気道に入ってむせ込んだ。「くん」づけでは一度も呼ばれたことがなかった。

「大丈夫か？」

江維子が差しだしてくれた麦茶で人心地がついてから、

「……〝くん〟はおかしくないか？　〝トキヤくん〟に比べたらおれはだいぶ歳が離れてるだろ」

「おっさんっていくつ？」

「四十五」

「まじ？　三十代だと思ってたよ。ガッコの同級生の親父と同じくらいじゃん。あたしは親父いないけど、同級生の親父はみんなもっと親父くさいよ。未来のおっさんってみんな若く見えんの？」

「……どうかな。人によると思うけど」一応褒め言葉と受け取っていいのだろうか。喉の違和感と照れくささとの両方で咳払いがでる。

「なあなあ、あたしたちってどうやって知りあったの？　結婚したってことは両想いになったってことだよな。はっきり言ってあたしのタイプじゃないんだけど、どっちから好きになったの？」

「おれが十八、きみが十九のとき……おれのほうのひと目惚れだよ」

「まじでー？　照れるじゃん。そんでそんで？　あたしが過去に戻ったとき、どんなふうに知りあったか覚えてたら、おっさんを見たらすぐわかるってわけだ」

身を乗りだして続きをせがむ江維子に対して宮内はつい身体を引く。修学旅行の夜みたいな話を四十代になってするとは思わなかった。

「あまり詳しく知っても、ほら、そのときの楽しみにしておいたほうがいいんじゃないか」

「ま、それもそっか」

あっさり納得してくれて助かった。無料配布のティッシュのピンクチラシを見て鼻血をだしたなんていう印象で記憶されても恥ずかしすぎる。

と、江維子がスプーンを口に突っ込んだまま小難しい顔で台所を見まわした。今度はなんだ。

「なにか？」

「うーん、なんか……あ、テレビだ。そこにあっただろ、テレビ。ばあちゃんは飯のとき絶対でかい音でテレビつけてるから、なんか静かで物足りないと思ったんだよな。飯食うときテレビ見ねえの？」

「ああ……ブラウン管のテレビは今もう映らないし、一人でいても見ないし」

食卓の横の棚の上に以前はたしかに古いテレビがあったが、いろいろと処分した際にそれも処分した。

「ニュースなんかはこっちで見れば足りるから」

と、スマホでＮＨＫの動画ニュースを開いて見せると江維子が無邪気に目を輝かせた。

「これってちっちゃいテレビにもなんの？　すげえー、未来って感じ！」

「きみにとってもそこまで未来じゃないと思うよ」

江維子が持っているポケベルは遠からずＰＨＳに取って代わられ、携帯電話が現れ、大きくなったり小さくなったり多少のサイズの流行の変遷を経てスマートフォンへと移行していく。

「飯食ったら外見にいきたいな。昨日は夜だったから。車が空飛んでたり、ロボットが運転してたりしてねえの？」

「どっちもまだなってないな。あと十年くらいのうちにはなりそうではあるけど」

「なーんだ。そういや昨日あたしを轢きそうになったおっさんの車も普通の車だったもんな。空飛ぶ車だったらこう、ぎゅーんって空に避《よ》けてたもん」

「……あのさ、楽しそうなのはいいけど、ちょっと気楽すぎないか？　もといた時間に帰れるか心配じゃないのか？」

状況を聞く限り、道に飛びだして車に轢かれそうになった瞬間タイムスリップした——ということのようだ。映画などのタイムスリップものに照らすなら、同じきっかけでまたタイムスリップが起こってもとの時間に戻ったりするのだろうか。

「えっ、もしかしてあたし、もう帰れねえの？」

考えてなかっただけか。嘆息して宮内は自分の考察を話す。

「帰れるはずだとは思うよ。帰れなかったらもとの時間にそれ以降のきみが存在しなくなる。そうなると歴史が変わって、おれはきみと知りあえないってことになって、今のおれの記憶がおかしなことになる。こういうのもタイムパラドックスっていうのかな」

十四歳の江維子がもしこのまま過去の時間に戻れなかったら、三十四歳という若さで江維子が死ぬこともない……のだろうか？　仮にそうなったとき、江維子と出会い結婚した記憶を持っている今のこの自分はどうなるのだろう。今自覚している、宮内圭眞という自己は、消えてなくなるのだろうか。

「たいむぱら……？　あーやだやだ、英語わかんねえ。それよりこの未来の電話って、ほかにもできることあんの？」

ショート動画を投稿するSNSを見せるとやはり若い女の子ならではなのか、江維子はたいそう興味を持った。芸能人なのかと訊くのできみと同じような素人の中高生だと教えてやった。

携帯メールの出現以前からポケベルを使いこなし、プッシュ式電話機のボタンを恐るべき光速で打ち込んで暗号を生成しコミュニケーションツールにしていた少女たちの世代がまさに江維子だ。時代を超えてもSNSへの親和性は高いようだ。

「よ、こ、か、わ……おーっ、横川！　漢字になった！　と、き、や……」

フリック式での文字入力と変換もあっという間に覚えてしまった。江維子が操作するスマホを覗くと、検索欄に〝横川時也〟と入力されていた。

「時也くんが今なにやってんのかもわかんのかな?」

「待っ……!　まさか会いに行くなんてこと」

思いとどまらせようとしたが、先に江維子の指が検索アイコンをタップした。

予想以上に大量の検索結果がずらずらと表示された。見出しの数々に宮内も、そして江維子も言葉を失った。

横川時也容疑者　交際相手に暴行　オートバイではねる　殺人未遂容疑

横川時也の名前と一緒に穏やかとは言えないワードの数々が目に飛び込んできた。ニュース記事の見出しもあればそれに対する世間の反応もある。DV男、死ね、クズは死刑にすべき……

「見ないほうがいい。スマホ貸して――」スマホを取りあげようとした宮内の手を江維子が素早くかいくぐった。「あっ」と宮内が驚いているあいだに椅子から滑り降りて台所から逃げだした。

「おいっ、ちょっと!」

慌てて追いかけた宮内の視界の先で江維子がトイレに飛び込んだ。昔ながらの丸い握りのノブにかんぬき型の真鍮《しんちゅう》の鍵がついたドアだ。独り暮らしなので普段はかけることがない鍵が内側からかけられる音がした。

「取りあげるんなら外にでない!　立てこもってやる!」

「わかったから。取りあげないからでてきなさい。でてきてくれ。一人で見るのはやめてくれ、心配だから。一緒に見よう。な？」

磨りガラスの小窓に顔を寄せ、乱暴にならないようドアをノックして懇願する。

「……」

返事のかわりにかちゃりとかんぬきが外された。宮内は慎重にノブをまわしてドアをあけた。便器の蓋の上に江維子が三角座りし、両手で握りしめたスマホを強張った顔で見つめていた。

「あたしじゃない……。この事件の、交際相手っていうの、あたしじゃない。違う女みたいだ」

「とにかく、トイレからはでよう」

江維子を外へ促し、居間に連れていった。あらためて宮内も検索結果の記事に目を通した。

千葉県在住の横川時也。事件を起こしたのは今から逆算すると十八年前だ。当時三十八歳で無職。交際していた二十九歳の会社員女性が住むマンションで、女性を暴行し、逃げだした女性をバイクで追って撥ねたという。女性は大怪我を負ったが一命はとりとめた。日常的に交際相手に暴力を振るっていたようだ。横川の弁護側は暴行は認めたものの、殺意は否定して減刑を請うた。それが余計に世間の反感を買った。

十八年前というと初期のSNSはもう誕生していたころだ。当時炎上したのかまでは宮内の記憶にないが、身勝手で凶暴な犯行の前例として、その後類似の事件が起こるたび「横川時也を彷彿《ほうふつ》とさせるクズ事件」としてSNS上で蒸し返されているようだ。

被害者の女性の年齢から考えて江維子ではない。そもそもこの前年に江維子は宮内と結婚している。

この事件の容疑者が江維子の元彼だったのかと宮内は初めて知った。江維子が当時、元彼が起こしたこの事件を知っていたのかどうかも不明だ。

「なんで時也くんのことなにも知らない奴らに、クズとか死ねとか、こんなこと言われなきゃなんねえんだよっ」

ＳＮＳに溢れる横川時也へのヘイトに江維子は憤慨し、やにわにスマホを操作して電話アプリをだした。テンキーで電話番号を押し、真剣な顔で自分の耳に押しあてたが、

「……ダメだ。送れないみたい、時也くんのベル。やっぱもうベル番変わっちまったのかな……」

スマホから機械的なアナウンスが漏れ聞こえる。三十年も同じポケベルの番号を持っているとは思えないし、たしかすでにポケベルのサービス自体終了している。

「連絡が取れたとしたって、この世界ではその時也って奴はもう五十代だぞ。五十代の男と会ってどうするつもりなんだ」

「そんなの会えてから考えればいいだろ。とにかく時也くんが心配だもん」

「こんなことを起こす男だってわかってもまだ好きなのか？　もし別れてなかったら被害者になってたのはきみだったかもしれないんだ。もっと現実を見て――」

「おっさんだって時也くんのことなにも知らねえくせに！　時也くん、キレるときもあるけど、あたしには優しいんだ。ぶたれるときもあるけど、あとで謝ってくれる。ごめんな江維子って。愛してるって、キスしてくれるもん」

「おとなの男が中学生のきみにそんなことしてる時点でおかしいって、まともな愛じゃないって、気づいてくれ！」

思わず口走った――全力でとめねばならない、その一心で。

「そいつのせいできみはたった十七歳で妊娠して、流産して、身体をぼろぼろにして……取り返しがつかなくなってからじゃないとわからないのか!?」

〝過去のあたしに忠告できたら、圭眞が全力でとめてやってよね〟——江維子が冗談で言った「もしも」の機会が、奇跡的に目の前に現れたのだ。

教えることが本当に正解だったのかはわからない。未来を知るべきではないのかもしれない。年上の危険な匂いがする男との恋に夢中の未熟な少女に、まともな愛じゃないなんて突きつけるのも残酷なのだろう。

だが今なら、取り返しがつかなくなる前に江維子の人生をやり直させることができるかもしれない。

江維子の顔から怒気が抜け、瞳が戸惑いに揺れた。

「それが、あたしに起こること……？　あたしの未来、なのか……？」

「きみは……未来のきみは、軽率だったって後悔してた。もしも過去の自分に忠告できたら、全力でとめたいって」

自分で言ったことが宮内自身の胸にも突き刺さった。全力で過去の自分に忠告したいことは宮内自身にもあったから。取り返しがつかなくなってからでないと、人は結局わからないのだ。

「……あたしとばあちゃんが死んだ強盗事件っていうのも、これで調べたらなんか書いてあんの？」

しょげた顔でスマホを見つめて考え込んでいた江維子が呟いた。

心臓がどきりとし、とっさになにも言えなかった。「やっぱりな」とその反応で察したような江維子の目がこちらを向いた。

「調べて欲しくないんだな。大丈夫だよ。おっさんが嫌なら調べない。時也くんのことみたいに知らねえ奴らが好き勝手なこと言ってんだったら見ても腹立つだけだし」

逆に慰められるような形になってしまった。彼女のほうがショックな事実を聞いたばかりだというのに……。

「昼飯も食ったし、外行ってきてもいい？」

江維子が声を明るくして話を変えた。

「うん。一緒にでかけよう」

「仕事はいいのか？　おとなは働かなきゃだろ」

「休みにしたよ。明日も休む」

「ふーん？　気軽に休んでいいもんなんだな。ずっと家にいるし、会社に行かなくていいんだろ？　未来にはそんな仕事があるんだな」

居間にこしらえた仕事場のパソコン類に目をやって江維子が感心する。宮内は苦笑しただけだった。

「あ、このカッコって未来じゃ時代遅れでダサいかな？　部屋のタンスにあたしの服たくさん残ってたよな。なに着ればいいかなあ」

「ダサくないよ。気にしないでいい。きみが一番自分がイカしてると思う恰好で大丈夫だよ」

江維子と出会ったとき、そのころの流行でいえば時代遅れだったかもしれない恰好をしていた江維子が、宮内にとっては誰より魅力的だった。

宮内の言葉に江維子が嬉しそうに頬を上気させ、

「着替えてくる！」

と部屋へ走っていった。

＊

結婚を機に江維子も千葉の実家をでて、都内のマンションで二人で暮らしはじめた。ちょうど同じころから宮内の仕事が急激に忙しくなった。下請けの一介のプログラマーからプロジェクトの設計の責任を持つシステムエンジニアになり、クライアントや協力会社との会議や出張が激増した。とはいえ嫌々働いていたわけではない。ＩＴ業界が急激な右肩上がりの時代を迎える中、能力を認められたのは嬉しいことだし、好きな仕事でやりがいもあり、体力も気力も満ちている年齢だった。あとで思えばワーカホリックというやつだった。毎日のように帰宅は深夜になり、泊まりの出張も、日帰りで新幹線に飛び乗る出張もどちらも多かった。

江維子は江維子で千葉の実家に帰ることが増えた。健勝だった江維子の祖母がちょっとした転倒をきっかけに足を悪くし、生活に不自由するようになったのだ。少女時代は祖母に反発し喧嘩が絶えない跳ねっ返りだったが、三十代になった江維子は祖母を大切にしていた。

「圭眞、相談があるんだけどさ」

ある日も日付が変わるころに帰宅すると、起きて待っていた江維子が切りだした。

祖母を呼び寄せて同居したいという話だった。

「ばあちゃんの調子よくないし、こっちに呼んで一緒に住みたいんだ。そしたらあたしもこの家あけないで済むじゃん？　三人で暮らそうよ」

賃貸マンションだったが祖母のために一部屋あけることはできる広さは一応あった。なんならもっと広い物件に越してもいい。江維子にとっては唯一の血縁者だ。気持ちはわかったが、宮内は二の足を踏んだ。自分の領域に他人を入れることを性格的に好まなかったので、この忙しいのに余計なストレスを抱え込むのは面倒だな……というのが正直な心情だった。

「あー、うん。江維子の気持ちはわかるよ。そうだよな……」

と結論を濁した。

宮内の内心を江維子が察したのは間違いない。

「考えといてよ」

と言っただけで即答を求めなかった。

それをいいことに、ずるずると問題を先延ばしにしたまままた三ヶ月ほど過ぎた。

決して忘れることのない、十二年前の十二月。

自分の卑怯《ひきょう》な先延ばし作戦の結果、妻と義祖母を失った。

宮内の身は出張先の札幌にあった。ビジネスホテルのベッドで熟睡していた宮内の耳に、部屋に備えつけの電話の呼びだし音がようやく入ってきた。携帯にも何度も着信があったがマナーモードにしていて聞こえなかったのだ。

警察からだった。職場を通じて宿泊先を捜しあて、フロント経由でやっと連絡がついたという経緯だった。

妻と義祖母が病院に搬送されてからすでに数時間がたっていた。

——強盗傷害事件だった。

朝一番の飛行機で文字どおり飛んで戻った。病院に駆けつけた宮内が対面したのは、もう遺族の身元確認を待つのみになっていた、二人の女性の遺体だった。強盗殺人事件に格上げされ、その家に住んでいた七十代の女性と、介護に来ていた三十代の孫娘が殺害された事件として被害者二人の名前も公に報じられた。

二日後に犯人が捕まった。独居の年配者を狙って空き巣や強盗を繰り返していた犯行グループだった。その日義祖母の家に江維子が泊まっていたこと、江維子がおとなしく金品を奪われることを是とする気質ではなかったことが、結果としては最悪の、一番避けたかった事態を招いた。腕に覚えがある江維子が侵入者に応戦しなければ、拘束されて金品を奪われただけで、ある意味では助かったかもしれない。

なにより宮内は自分を責めた。義祖母との同居の話を先延ばしにしていなければ、こんな不幸は起こらなかった。

江維子の遺体にはいくつもの傷や痣があり、首を絞められた痕が生々しかった。義祖母は刃物で背中を刺され失血死だった。捕まった犯人グループの中にも打撲や骨折をしていた男がいたらしい。

宮内江維子は勇気ある女性として世間で讃えられた。一方で、夫が義祖母との同居を渋っていたことが、どこから漏れたのか本当に不明なのだが噂になり、ネット上を中心に夫を叩く空気が一時期盛りあがった。事件発生後駆けつけるのが遅くなったのはすすきのの風俗店にいたからだなどという虚偽を拡散する輩《やから》も現れた。こればかりは根も葉もない虚偽だった。客先のシステムの調整に夜まで張りついていて、ホテルに入るなり気絶するように眠っていただけだ。

ただ——どうでもよかった。自分へのバッシングなど、いっさいどうでも。好きなだけ言えばいい。訂正したところで宮内のもとに戻ってくるものはなにひとつない。結局自分が招いたことであるのは同じなのだし。

しばらく仕事を休んだ末、復職できずに辞めた。

＊

ティーンの女の子は渋谷や原宿なんかに行きたがるかと四十代中年男の感覚では思ったが（今の流行の最先端はもう渋谷や原宿ですらないのだろうか）、江維子のリクエストは「ドライブいこうぜ」だった。

房総の海を望むドライブコースを流した。ときどきツーリングのバイクとすれ違ったが、九〇年代初頭ならまだ残っていたのだろう暴走族の類いはほぼ絶滅してひさしい。

「やっほー！」

江維子が助手席の窓から顔をだし、銀色の陽射しが照り返す海に向かって声を張りあげた。海風になびくソバージュヘアーを手で押さえて気持ちがよさそうに目を細める江維子の横顔に宮内が視線を送っていると、

「なんかついてる？」

江維子がきょとんとした。

「いや……大学生のとき、江維子を乗せたくて免許を取ったのを思いだしてた。きみと同じように江維子もドライブが好きだったから。はやく乗せろってせがまれたけど、免許取り立てで乗せて事故なんか起こして怪我をさせたらたいへんだろ。だから自信がつくまで練習してからやっとデートに誘ったら、遅いって怒られたっけ」

それもいい思い出なので口もとがゆるむ。二人の間柄ではいつも江維子の意見が圧倒的に強かったが、宮内が頑固に譲らなかったこともいくつかはあった。

「おっさんってさあ、あたしのことめちゃめちゃ好きじゃん」

「……年上のきみをね」

しかつめらしく前を向いて運転に注力する顔を繕った。

「でもやっぱあたしがおっさんを選んだ理由はわっかんねえなあ。時也くんと別れた理由はまあわかったけど、だからっておっさんは好みじゃないもん」

「面白みがない人間だとは自分でも思ってるけど、何回も言われるとさすがに傷つくんだけどな……。おれが好きになった江維子だってきみみたいにがちゃがちゃしてなくて、もっと落ち着いてた」

「ちぇっ、あたしだってハタチくらいになったらおとなっぽくなるもん」

九〇年代初頭にはまだなかった、江維子いわく〝最先端の〟カフェチェーンのドライブスルーで、ホイップクリームとキャラメルソースがたっぷりと載った〝最先端の〟甘い飲み物を飲んだ。

夕方、ショッピングモールの駐車場に車を入れた。江維子と同年代に見える制服姿や私服姿の中高生も増えている時間帯だ。

モール内のゲームセンターで二人でプリクラを撮った。撮影ボックスの狭い空間で肩を押しつけてくる江維子のくるくるした髪に首筋をくすぐられ、慌てて身体を離した。

江維子と交際しはじめたころ、こんな日常を過ごしたことをどうしても思いだす。会うたび会うたび飽きもせず胸が高鳴った。彼女の隣で自分が分不相応に見られていないか、彼女に恥を搔かせていないかと常に緊張していたが、それも含めて幸福だった。

ちなみにプリクラ自体は宮内が若いころからあったが、今どきのそれは驚くほど多機能になっていて宮内もまったく勝手がわからず、江維子のほうが呑み込みがはやいくらいだった。タッチペンを使って楽しそうに画面上で加工を施す江維子に「今のプリクラ、こんなことができるんだな」と感心すると「おっさんのほうがタイムスリップしてきたみたいじゃん」とけらけら笑われた。

ペイズリー柄の真っ赤なバンダナをカチューシャ風に頭に巻いて赤茶けたソバージュヘアーを飾り、ピンク色のロゴトレーナーにデニムのミニスカート、ハイカットのスニーカーという江維子の恰好は、ショッピングモールで見かけるミドルティーンの少女たちとはたしかに趣が違った。しかし「ダサい」という視線は特に気にならなかった。時代がひと巡りどころかふた巡りし、昭和末期や平成初期の流行が若い世代に新鮮に映って再流行しているという話も聞く。宮内の贔屓目《ひいきめ》がどれくらいの割合で入っていたかは自分では評価できないが、同年代の女の子たちからの「可愛い」という目が向いていたようにすら思う。

ショッピングモールで小一時間遊び、帰り際。ガラス張りの正面ドアの脇に直立している警備員がじろりとした目つきでこちらを注視していた。

「あん？　なに見てんだよ。なんか文句あんのか」

江維子が警備員にガンをつけるので「やめなさいって」と宮内は江維子に囁《ささや》いて駐車場へ足を速めた。離れたところで建物を振り返ると幸いにも警備員はもうこちらを見てはいなかった。

「この世界ではまだなにもしてねえよ、あたし」

江維子は膨れ面だ。「この世界では」「まだ」という単語が気にはなるが、

「きみじゃなくて、おれが怪しまれたんだよ」

傍目には親子の年齢差だ。〝パパ活〟ではないかと警戒されるのも致し方ない。声をかけられて江維子の身元確認を求められたりなんかしたらなにも証明できるものがない。

「おっさんの車どれだっけ？　えーと」

江維子が額に手をかざして駐車場を見まわした。「あれだよ」宮内が手もとのスマートキーで遠隔操作すると銀色のセダンのヘッドライトがぱっぱっと光った。

「わお、あいつから合図してきた。未来の車って頭いいなあ。お待たせー」

「危ない！」

よろこんでそちらへ駆けだした江維子の腕を宮内は危うく摑んだ。

駐車中の車と車のあいだから急発進した車の鼻先が突然現れた。後ろによろめいた江維子の目の前をかすめ、減速することもなくエンジンをふかしてそのまま走り去った。

宮内は胸を撫で下ろしつつ忌々《いまいま》しげに相手の車を睨みつけた。

「びっくりしたー……」

「驚いたのはこっちだ。急に飛びだしたら駄目だろう、轢かれてたところだぞ！」つい強い口調で叱ってしまう。「もしかしたらその拍子にまたタイムスリップする可能性だって——」

「それってつまり、まだあたしを過去に帰らせたくないから怒ってんの？」

と、江維子が悪戯《いたずら》っぽいような顔でこちらを振り仰いだ。

「お、おとなをからかうなよ。単に事故を防ごうと……」

「冗談だって。本気にすんなよ。ごめーん、気をつけまーす」

小学生みたいに手をあげて右左をしっかり確認し、駐車場内の横断歩道を渡っていった。


夕食も外で食べて帰宅した。家の鍵を渡すと江維子が引き戸を豪快に全開にし、

「ただいまー！　三十年ぶりの我が家！　って三十年前の玄関をあたし昨日あけてんだけど。なんのこっちゃ？　ははははっ」

宮内は表の路上に車を停めたまま、一人漫才しながら家の中へあがっていく江維子に続いた。ちょっとした着替えやノートパソコンやケーブル類を荷造りしていると、一度自室に引っ込んでからでてきた江維子が「ん？　なにしてんの？」と居間を覗いた。宮内は一泊ぶんの荷物を簡単に詰めたデイバッグを肩に引っかけ、

「家の鍵はそのまままきみが持ってて。それとスマホも預けるから、なにかあったら連絡して。使い方はもう大丈夫だろ。おれはビジネスホテルにでも泊まるよ」

「は？　なんで？」

「おれみたいなおじさんが、赤の他人の未成年の女の子と同じ屋根の下で二人だけで寝るのは問題があるでしょう。子どもを一人でホテルにやるのもそれはそれで問題だし。だからおれのほうが外

に行くよ」

「他人じゃねーじゃん。嫁になるんだろ、あたし」

「中学生のきみとは婚姻関係にないし、恋人関係でも犯罪だ」

「かたっ苦しいなあ。まさか今んとこあたしは時也くんの女だからって気ぃ遣ってんの？　ホテルなんて金も余計にかかるし、別々に泊まるとかめんどくさいことしなくていいじゃん。あたしは大丈夫だよ。もしおっさんがなにかやましいことしようとしても反撃するからさ。あたし、おっさんより喧嘩強い自信あるよ」

「江維子」

納得しがたそうに喋りながら玄関先までついてくる江維子を宮内は振り返った。

「反撃しても、抵抗しても、たぶんおれが本気でやろうと思ったら、力ずくできみを組み伏せることはできる。今日の話だけじゃなくて今後も、相手がおれ以外の誰であっても、それを忘れないで欲しい」

江維子の目をしっかりと見て真剣に話す。江維子がぱちくりとまばたきをする。だが特に心に響いたふうもなく、まだ不満げにぷいと目を背けた。

「ちぇ、親父くさい説教してさ。じゃあいいよ。いってらっしゃーい」

「ちゃんと戸締まりするんだぞ。風呂も入れよ。タオルは脱衣所の棚の」

「あーはいはい。わかってるって。あたしんちなんだから大丈夫だって」

そっぽを向いたまま江維子が煩《うるさ》げに追い払う手振りをする。宮内は肩をすくめ、家をでた。

駅の近くのビジネルホテルにシングルルームを取った。

「疲れた……歳かな。歳だな」

ベッドの端にどすっと腰を落とすなり両手で顔を覆って深く息を吐いた。楽しかったのも本当だが、職務質問にでも捕まらないかと緊張感も抜けなかったので精神力を消耗した。

すこし休んでからベッドサイドでノートパソコンを開く。半日休みを取ったので仕事のメールを一応確認したが、特に対応が必要なことは起こっていなかった。自分がいないとまわらないほどの責任を抱え込むような仕事はもうすまいと今の勤務先を選んだ。収入は減ったが、そもそももう誰かと幸せに生きるために懸命に稼ぐ必要性も、その気力もなくなっていた。

個人用のメールアドレスから自分のスマホ——つまり江維子が持っているスマホに、なにか緊急のことがあればすぐに電話するようにとホテルの連絡先をメールしておいた。一通送ってから思いなおし、緊急じゃなくてもいつでもここに返信していいから、と追記を送った。返信メールがあれば通知が鳴る設定にしてパソコンは起動したままにし、ベッドに横になった。

ピロリン
すぐにパソコンが通知音を鳴らした。

サイドテーブルからパソコンを引き寄せて膝の上でメールソフトを開く。タイトルのない新着メールが一通あった。

〝親父くさい説教さ、別に悪くなかったよ。そういうこと言ってくれる親父、あたしにはいなかったから〟

機嫌が直っているようだった。と、すぐにまた小さな通知ウィンドウがパソコンの画面にポップアップして新着メールを告げた。

次のメールには動画が添付されていた。

都度衣装を変えてフレームの袖からセンターまで歩いてきては、がに股でしゃがんで上目でカメラにガンを飛ばしたりといった凄みのあるポーズを決める江維子の姿が、一分ほどの動画に編集されていた。江維子の部屋に残してあった服を着て一人ファッションショーをしてみたようだ。もう動画まで使いこなすようになったのかと舌を巻く。

〝今の中学生と遜色ないよ。きみのほうがおれより令和に馴染んでるかもな〟

〝だろ？　あたし、もし帰れなくてもやってけそうじゃねえ？　そんで考えたんだけどさ、このまま一緒にこの家に二人で住んでもよくねえ？〟

〝きみは帰るはずだって言っただろ。でないとおれの記憶のつじつまがあわなくなる〟

〝でもさあ、今んとこなにも起こってないじゃん。おっさんの記憶からあたしが消えたり、記憶が変わったりもしてないだろ。タイムパラドックス？とかいう難しいこと考えなくても、うまくいくかもよ〟

たしかにそうかもしれないが……。江維子の自信満々っぷりのせいで反論しにくい。

〝いや、仮にそうなっても一緒に住むのはやっぱり無理だ。きみの身元が不明だし、だいたいきみは戸籍もないから学校にも通えないだろ〟

〝未来のあたしの隠し子が見つかったってのはどう？　あたしって未来のあたしにクリソツだろ。だからしんぴょーせーあるよ。で、旦那だったおっさんが引き取ることにしたってのは？　あたしにしてはアタマいいこと考えたと思わねえ？　あたし、おっさんの娘になるよ〟

「娘!?」

一人で素っ頓狂な声をだしてしまった。

妻が娘になる？　は？　妻が娘に……？　脳がぐらぐら揺れているうちに次のメールが届いた。

〝恋人って感じはしないけど、おっさんとしては嫌いじゃないしさ。おっさんみたいな父親がいたらあたし、ちゃんと育ったのかな。クラスメイトと同じ普通の女の子になってたかな〟

「……」

父親がいない子だ。突拍子もない思いつきでもなく、案外真剣に考えてのことなのかもしれないと思うとおざなりに却下もできない。両手をキーボードの上に置いたまましばらく返事を書く手がとまった。

画面上では江維子が送ってきた動画がリピート再生されている。十七歳のときに身体に負う一生の傷も、三十四歳のときに起こる惨《むご》たらしい事件も経験する前の、十四歳の天衣無縫な少女が、一分間のショート動画の中で笑いながらくるくると踊る。

——大学図書館で宮内が試験勉強をしていたとき、江維子が大学に忍び込んできたときの服。

〝気にしないで続けてなよ。勉強してるときの圭眞の顔、眉間に皺《しわ》が寄ってて面白い。ずっと見てられる〟

——免許を取ったのち、はやく乗せてよという江維子の催促を頑として断り、一人で練習を重ねてから江維子を初めて助手席に乗せた日の服。

〝そんなに心配しなくていいのに。事故ったら二人で一緒に死ぬだけだし。あたし、三十まで生きれば十分だって思ってるし、圭眞となら死んでもいいよ〟

宮内の記憶の中だけにあった彼女との思い出が、少女が次々と着替えて現れる動画に凝縮されて、目の前で展開される。

十四歳の江維子が本来の時間に戻らず、歴史が変わってしまったら、これらの思い出も自分の中から消滅するんじゃないかと恐れていた。

しかし江維子との記憶も変わらぬまま、十四歳の江維子もこの時代に残るなんていうことが、本当に可能なら。

江維子の父親になる……か。十四歳の江維子を娘として迎えて面倒を見る。どんな生活だろうかと想像してみる。楽しいかもしれない。幸せかもしれない。〝娘〟ならいずれ誰かほかの男を結婚相手に連れてくるかもしれず、そのときの自分の滑稽な狼狽《ろうばい》ぶりを想像するのも笑えてくる。

もしかしたらこの子は江維子からの贈り物なのかもしれない。子どもをもうけずに逝った妻からの。その子を幸せにするチャンスを与えられたのなら……。

〝ところで明日はなにする？　あたし、行きたいところがあるんだ〟

当然のように明日もいるつもりで江維子が次のメールを送ってきた。

〝うん。どこ？〟

もちろん叶えられる限りの彼女の望みはすべて叶えたい。

〝ばあちゃんの墓参り〟

＊

房総半島から海を望む山の上の墓地に江維子と義祖母の墓はある。大蔵家の墓だが管理を引き継ぐ者が大蔵家に途絶え、今は永年供養を墓地に託している。

昨日も通った海沿いのドライブロードの途中にある、〝さくら公園墓地入り口〟という寂れた標識がぽつんと立つバス停から道を折れて山中に入る。

「あたしの自分の墓参りは別にいいんだけど。ばあちゃんの墓参りは行っときたいなって思ってさ。一昨日《おととい》……あたしにとってはまだ一昨日だけど、つまんねえことで怒鳴りあって家飛びだしたのが最後になったんだなって、気づいたからさ……」

大きなカーブを繰り返しながら斜面に張りついた狭い道を登っていく。車がカーブを切るたびに助手席の江維子の膝の上で道中で買った供花がかさりと音を立てる。後部席に江維子が雑に放り込んだバケツがカランカランと転がる。

「ばあちゃんも死んじまったんだよなあ……」

遠心力にまかせて窓に側頭部を預け、江維子が呟いた。

「うるせえババァっていう思い出しかないけど、母親があたしを置いてってから、一人で育ててくれたんだ」

「おとなになってからのきみはおばあさん孝行だったよ。おばあさんにたくさん恩返しをした」

「ほんと？」

江維子がこちらを向いた。宮内は江維子側の頰に笑みを浮かべて頷《うなず》く。

「本当だよ。仲がよかった」

「そっか」

安心したように江維子がにかっと歯を見せて笑った。

「あ、でもあたしがこのまま未来から帰らなかったら、過去のばあちゃんは一人になっちまうのかな」

「それは……どうなんだろう」

歴史が分岐するというやつだろうか。頭の隅で考えを巡らせながらハンドルを切って左カーブを曲がる。

「あーっ、だめだ。小難しいこと考えてると車酔いしそう。この道、毎年墓参りでばあちゃんとバスで来るけど、いつも気持ち悪くなるんだ」

江維子が胸を押さえて深呼吸した。

「窓あけるよ」

宮内は運転席側のスイッチで助手席の窓を半分ほどあけてやった。

次に見えた右折のカーブミラーの中に、坂の上から下ってくる対向車を視認した。宮内の車は減速して谷側のガードレールすれすれに寄る。

が、対向車が減速せずにそのままカーブに突っ込んできた。「――――!」狭い道いっぱいに膨らみながら対向車が山側にカーブを切り、宮内は精いっぱいハンドルを谷側に切ったが、避けきれない!　ボンネットの右側面に対向車の鼻先が激突した。

衝撃が車体を揺さぶった。シートベルトが肩に強く食い込んだ。江維子の悲鳴があがった。

対向車に押しだされる形で宮内の車はガードレールを突き破って車道からはじきだされた。

一瞬、宙に浮いた感覚。直後、斜面を転落する。錐揉《きりも》みする車内でバケツが天井や窓にぶつかりまくって暴れまわる。

「江維子!!」

宮内は必死で助手席の少女のほうへ手を伸ばした。激しく揺れる視界の中で、目を見開いてこちらになにかを叫ぶ江維子の姿が白い閃光《せんこう》に包まれ――、

光とともに、消えた。

助手席に伸ばした宮内の手は虚空を掻いた。

斜面の底まで着いたのか、天地が逆さまになった車内で宮内はシートベルトに縛りつけられて宙吊りになっていた。

胸が苦しく、息ができない。薄れゆく意識の中、視線が車内をさまよう。無惨に散った白い菊の花弁と、自分自身の額から上に向かって滴《したた》る赤い血の雫《しずく》、クリスタル色の大量のガラス粒。三色が鮮やかなコントラストをなして交ざりあい、前衛芸術家がスプレーで絵の具を吹きつけたかのように天井を彩っている。

助手席のシートベルトは金具に嵌《は》まったままだったが、そのシートは無人だった。

分岐した世界を歩んだ二人目の江維子と、再び幸せに暮らす。江維子の父親としてやりなおす

――そんな幸福な未来は、結局やっぱり、訪れないんだな……。ひととき、都合のいい夢を見てしまった。

あの子が怪我もせずに本来の時間に帰ったのなら、それが唯一の幸いだ。

唯一の悔いは、三十四歳の彼女に起こる事件を避けるすべを教えられなかったことだった。どうかあの事件だけは避けて欲しい。彼女が死ぬ運命が変わるのならば、自分と出会わなくてもいいから……。

Side H.3

白い光の中で倒れていた。がばっと江維子が身を起こすと強い指向性のあるヘッドライトが目に突き刺さった。

「ばかやろう！　危ねえだろ！」

ライトの向こうから男の怒声が浴びせられた。逆光の中で運転席の窓から身を乗りだして腕を振りあげている影だけが見える。

「クソガキが、死にてえのか！」

影が窓の中に引っ込むと、エンジン音をふかして車が発進した。わざと恫喝《どうかつ》するように江維子の脇すれすれを追い越し、排気ガスを吹きかけて荒々しい運転で走り去っていった。環境配慮もなにもないガソリン車の排気ガスを思い切り吸い込んで江維子はたまらず咳き込んだ。

「なんだよ！　大丈夫かくらい言いやがれ！」

むかっ腹が立ち、黒いガスでぼやけて遠ざかっていくテールランプに拳を振りあげて罵声を浴びせた。

「ったく、降りてきもしやしねえ。おっさんを見習え……」

ぶつくさ文句を言って、自分の口からでた台詞《せりふ》にはっとした。

「おっさん、無事か!?」

周囲を見まわす。墓地へ向かう山道を登っていたはずだが、江維子が座り込んでいるのは街中の車道の真ん中だった。

ちょうど身体の下敷きになっていた場所に落ちているものがあった。大好きな五人組女性ロックバンドのシングルＣＤ。縦長のジャケットが折れ曲がっている。

「どうなってんだ……？」

対向車線を一台の車が走り過ぎた。その向こうの道路脇に電話ボックスが見えた。ガラス張りの箱の中に見慣れた緑色の公衆電話が収まっている。

そうだ、まさにこの道で轢かれかけたのは、江維子の感覚では二晩前のことだ。

「ってことはあたし、帰ってきたのか……？」

山道で車が谷へ転落した。事故の瞬間自分だけがタイムスリップしてこの時間に戻ってきた――としたら、車に残された宮内は？

「おっさん……！」

無我夢中で車道を突っ切って電話ボックスに飛び込んだ。手が滑って受話器を一度取り落として

から摑みなおし、

「えーと、えーと、119でいいんだっけ？　どうやってかけるんだ」

緊急時に使える赤いボタンがあった。震えておぼつかない人差し指で押し込もうとしたが、ボタンの上で指がとまった。

なんて説明するんだ？　三十年後にさくら公園墓地に向かう山道で車が転落するから助けに行ってほしい、とでも言うのか。

と、そのときガラス扉が突然あけられて風が吹き込んできた。外からにゅっと伸びてきた手に後ろ襟を摑まれた。

「ぐえっ、なんだよ、今取り込み中――」

身をよじって江維子が振り返ると、そこにいたのは怒りの形相を浮かべたひげ面の男だった。胸にかけたキャンバス地のエプロンに〝オカモトレコード〟というロゴがある。

男が江維子の鼻先に割れたシングルCDを突きつけた。

「万引きしたうえ商品を駄目にしやがって！　このクソガキ！」

店長に呼びつけられた祖母が店に飛び込んできた。祖母が目を三角にして江維子を叱りつけ、祖母がCD代を払い、祖母が店長に平謝りし、警察に突きだされるのは勘弁してもらった。

「ほんとにまったく、おまえって子は！　二度とやるんじゃないよ。偉くなんなくても、勉強できなくてもいい。悪いことだけはするんじゃないっていつも言ってるだろ！」

解放されて帰る道すがらも小言を食らい続けながら背中を叩かれて江維子はうんざりしていた。運転手にオカモトレコードの親父にばあちゃんにと、三連続で怒鳴りつけなくてもいいだろ。今日は最悪だ。

「痛てえってば、バンバン叩くなよ、もお。もみじ痣できんだろ。クソババァ」

「なんだいその口の利き方は、自分が悪くて怒られてるんだろ！　ばあちゃんが育ててるから躾《しつけ》もできてないなんて、世間様に絶対言わせないからね！」

と余計に背中を叩かれる。祖母のガミガミ声が夜道に響き渡る。どこかの民家の庭先で飼われている犬が遠吠えする。

「やめろってば、ババァにDV受けてるってSNSに晒《さら》すぞ！　こういうのなんていうか知ってるか？　DVっていうんだぞ、家庭内暴力！」

「そんな賢《さか》しらな言葉、どこで覚えてきたんだい！」

「え？　……どこで、って」

江維子は自分の手のひらを見下ろした。

この手の中で見たはずだ。手の中だけでなんでも調べて、なんでも見ることができるあの最先端の機械。板チョコ程度の大きさの、でも板チョコよりずっとずっしりとした重みを――〝世界〟が入っている重みの感触を、手が憶えているのはたしかだけれど……。

空っぽの両手を見ていると、あんなことが本当にあったのだろうかという気がしてくる。

ポケットに手を入れ、手に触れたものをだした。今江維子が持っているのはこのポケベルだけだ。〝スマホ〟が現実だったという証拠はなにもない。江維子がこの目で見て、この手で触れた記憶は江維子の中にしかない。

指のあいだから零《こぼ》れ落ちていく現実感とともに〝スマホ〟を手に持った感覚もあやふやになる。

「なんだい、急におとなしくなって」

祖母が訝しんだ。

「あーっ、なにがなんだかわかんねえ！」

江維子はソバージュヘアーに手を突っ込んで掻きむしった。

ちょうど手の中でポケベルが軽快な電子音を鳴らした。一行表示の白黒の液晶に数字が流れた。

〝1101　4115〟

数字の羅列から江維子は暗号を読み取った。

1101《あいたい》　4115《シーいこ》
会いたい　海行こう
時也からだ。時也は差出人がわかる暗号を最後につけないから、それが時也だという目印になる。

時也のベルはいつも素っ気ない。そこが恰好いい。シンプルなメッセージが江維子の胸をときめかせた。


Gジャンに黒のピタッとしたパンツスタイル。ソバージュヘアーを背中に流し、パープルピンクのアイシャドウを目尻を吊りあげる形で濃厚に入れ、ルージュを引いた。江維子がおとなっぽい恰好と化粧をしてくるのを時也は好む。

夜半になるまで待ち、祖母が自室で寝息を立てているのを忍び足でたしかめて、いつもの風呂場の窓から家を抜けだした。

塀から飛びおりて表の道にまわり、そこから小走りで数分。定番の待ちあわせ場所であるバス通りの電話ボックスから時也のポケベルにメッセージを送った。

〝2110《つ》《い》《た》4《よ》〟

ガードレールに尻を引っかけ、脚をぶらつかせて待っていると、やがて道の先からエンジンの唸《うな》りが聞こえ、一ツ目のライトが近づいてきた。

「よお」

単車にまたがったまま時也が江維子にヘルメットを投げてよこした。ノーヘルの時也はオキシドールで金色に脱色した頭を風に晒している。額の両サイドを剃り込んだ短髪、男らしく吊りあがった細眉、シャープな顎。

ほらみろ、やっぱり優しくてかっこいいだろ。

夢の中で時也に覚えた不信感が氷解する。堅物で口煩い誰かさんに言い返すような気持ちで、心の中で主張してみせた。

後部シートによじ登った。江維子の手首を時也が力強く摑み寄せて自分の腰にしっかりまわした。へへ、と江維子が照れ笑いすると「あん？　なんだよ」と時也が肩越しに振り返って訝しむ。

「なんでもないよー」

江維子は時也の背中に頰を押しつけ、革ジャンに染みついた煙草の臭いを嗅いだ。

あれが夢で、目が覚めてよかった。覚めなかったら時也ともう会えなかったってことだ。やっぱりあたしは時也くんに命捧げてるし、時也くんのお嫁さんになるはず。

「時也くん、あたしのこと愛してるー?」

「言わせんな、ブス」

「そういうとこも好きだよー」

「なに言ってんだよ、気色悪ぃ」

海沿いのドライブロードを時也と走った。対向車もほとんどない夜道を単車のヘッドライトひとつがびゅんびゅんと風になって走り抜ける。真っ黒なアスファルトを広い間隔で照らす外灯の光の輪に飛び込んでは飛びだす。

「夜走るのサイコー!」

時也の後ろで江維子は声を張りあげた。

道端に立つ標識が目の端を過ぎたとき、思わず振り返った。〝さくら公園墓地入り口〟――ぽつんと立ったバス停があっという間に後方へ置き去りにされていった。

あれ……?

頭に引っかかったのはどうしてだろう。

夢だったはずだ。なのにあのバス停から折れて山道へと、宮内の車で入った記憶があまりにも鮮明すぎる。

後ろ髪を引かれるような気持ちで標識が闇に消えた方向へ首をねじっていると、前から時也の声が聞こえた。

「どしたー?」

「ううんー！　この近くにうちの墓があるんだ、そんだけー！」

ドライブロードを小一時間流し、時也は道沿いのモーテルの駐車場に単車を停めた。

「入るの？」

後部シートにまたがったまま江維子はけばけばしい色のネオン管で飾られた看板を見あげた。

「はやくおりろよ。初めてじゃねえだろ別に。なんだよ今日、あの日か？　違うよな」

「あ、うん。違う」

時也に急かされて後部シートからおり、脱いだメットを時也に渡す。時也に放られたメットがカランと綺麗にハンドルに引っかかった。

ライターの火が夜闇にぽうと灯《とも》った。時也がくわえ煙草で江維子の肩に手をまわしてモーテルの入り口へ歩きだした。

そのとおりだ。初めてではない。「海行こう」という時也のメッセージにはこのモーテルに寄ることもいつも含まれている。江維子がおとなっぽい化粧をしてくる必要があるのもそのためだ。

フロントにはパチンコ屋の景品交換所みたいな小さなガラス窓だけがある。曇ったガラス窓の向こうでいつも競艇の新聞を見ている鼻眼鏡のババァがじろりと江維子を品定めする。このメイクをしておとなっぽい腰つきで振る舞って、肩を抱く時也の腕に半ば隠れていれば、ババァはなにも気づかなかったふりをしてそれ以上はたしかめようとしない。強引に追及して面倒ごとになったらババァのほうがオーナーに咎められるから。

ガラス窓の下部にあいた口から筋張ったババァの手がルームキーを滑らせる。クリスタルピンクの棒に〝３０５〟と彫られたキーホルダーを時也が摑み、江維子と肩を組んだままエレベーターに乗る。

澱《よど》んだ黄みを帯びた灯りに照らされる、煙草臭い箱の中。くわえ煙草の灰が床に落ちたが時也は意に介さなかった。箱の隅にはもともと吸い殻が溜まっていた。

生理だって、嘘でも言えばよかった。さっきの返事を後悔している自分に気づき、そんな自分を江維子は不思議に思う。

のったりした速度でエレベーターが三階に着き、ごとん……と軋《きし》んで停まった。

二人がくっついて通れる幅の廊下にでると、すぐ斜め前のドアが305だった。時也がクリスタルピンクのルームキーを突っ込み、鍵をまわす音に無意識にびくりと身が強張った。すこし不審げに時也の腕が強く江維子の肩を押したので、部屋に入らざるを得なかった。

けれどドアを閉められるのが急にとてつもなく怖くなった。一歩入ったところで江維子は足をとめた。

「どういうつもりだよ」

時也の声にあきらかな苛立《いらだ》ちがこもった。

「ごめん、なんか、今日は無理。なんか嫌だ」

「はあ？　意味わかんねえ」

時也が部屋に押し込もうとする。江維子は戸口の縁を摑んで懸命に足を踏ん張った。

「ふざけんなよこのアマ！　つけあがってんじゃねえぞ！」

「痛た！」

突然噴出した怒声とともに髪をわしづかみにされた。江維子は悲鳴をあげて頭を押さえた。「痛いよ、放してよ！」頭皮ごとむしり取られそうな痛みでたまらず抵抗がゆるむ。髪を引っ張られたまま部屋の中へ引きずり込まれ、ベッドの上に突き倒された。

「やだってば！　そうやって乱暴するから今日したくない！」

ぎゅっと自分の身体を抱えて縮こまったが、また髪を摑まれて頭をあげさせられた。ベッドの脇にしゃがんだ時也が顔を近づけてきて、

「ごめんなさいしろよ。おれがこれ以上怒る前に謝れば許してやる」

メットを渡してくれたときは優しさにときめいた。でも時也はもともとこういう男だ。こういう男だって知ってたのに、どうして今まで目をつぶっていたんだろう。

「なあ、今日なんでそんな反抗すんの？　嫌がったことなんてなかったじゃねえか。わかんねえな。意味がわかんねえ。なんでだ？」

心底訝しげに首をかしげる仕草に、獲物を見つけた肉食動物のような獰猛《どうもう》さが満ちている。

「あたしをほんとに愛してるなら、そんなことしないはずじゃん。あたしが大事なら、嫌っていうときに無理に突っ込まないはずじゃん！」

「変な知恵つけてきたな。どこでなに吹き込まれたんだよ。ほかに男ができたのか!?」

頰に平手打ちが飛んできた。脳髄まで揺さぶるような重い痛みが貫いて江維子はベッドに頭から突っ込んだ。遅れて唇の端が裂ける鋭い痛みが襲った。

「う……」

サイドテーブルの上にあったものが手に触れた。無我夢中でそのなにかずっしりしたものを摑み、馬乗りになってなおも髪を摑んでくる時也に向かって投げつけた。「んがっ」という濁った声が聞

こえて時也が仰《の》け反《ぞ》ったので江維子が逆に驚いた。

床に転がったのは重量のある大ぶりの灰皿だった。ダイヤモンドカッティングされた分厚いガラス製の――今ならどこでも見かけるものだが、変に珍しい気がした――あっちでは一度も見なかったのだ。

「時也くんっ、大丈……」

頭を押さえて呻《うめ》いている時也に江維子は近寄ろうとした。しかしはっと気づく。逃げるなら今しかない。そのまま時也の脇をすり抜けてドアから飛びだした。

廊下に転がりでるとすがるような思いでエレベーターの表示板を見あげたが、呪わしいことにランプの表示は一階にある。のろいエレベーターだ。とても待っていられない。部屋の中で時也が罵る声が恐ろしく響き、江維子は震えあがって階段へまわった。

何度も躓いて転げ落ちそうになりながら一階まで駆けおりた。フロントのガラス窓の向こうに鼻眼鏡のババァの姿は見えず、折り悪しく〝休憩中〟という無慈悲な札がかかっていた。フロントの前を駆け抜けて外へ逃げだした。

ポケットの中にあるのはポケベルだけだ。一方通行の暗号メッセージを受け取ることしかできない。誰かに助けを送ることはできない未熟な通信手段。外灯の少ない夜道を駆ける。脇道もない海沿いの一本道だ。まっすぐ逃げるしかない。

涙がでてくる。誰か助けてと心の中で叫びながら懸命に走る。

〝おとなの男が中学生のきみにそんなことしてる時点でおかしいって、まともな愛じゃないって、気づいてくれ！〟

夢で見たにしては鮮明すぎる男の声が鼓膜に響いた。

三十年後の未来へ行ったのはやっぱり夢なんかではなかったと、頬をはたかれたみたいにはっきりと確信に変わった。宮内という男に会った数日間の記憶は、本物だ。

背後から単車の爆音が迫ってきた。振り返った江維子の視界を一ツ目のまばゆいヘッドライトが焼いた。光に磔《はりつけ》にされて立ち竦《すく》んだ江維子に向かってそれが突っ込んでくる。

スマホの画面の上で読んだ記事が脳裏にフラッシュバックした。


逮捕されたのは千葉県在住の無職、横川時也容疑者（38）。交際相手の女性（29）を殴るなどの暴行を加え、逃げた女性をオートバイではねた疑い

歴史のとおりなら、あの記事の事件が起こるのはもっと先のはずなのに——。

正面から身体に受けた衝撃で頭の中の記事が宙に吹っ飛び、江維子の身体も宙を舞った。

＊

十五日、男が女子中学生をオートバイではねて重傷を負わせた事件で、被害者は腹部などを強く打ち、全治二ヶ月の重傷を負った。

男は中学生の少女（14）を千葉県内のホテルに連れ込み、抵抗した被害者を殴るなどの暴行を加えた。ホテルから逃げた被害者をオートバイで追いかけて故意にはねた疑いで、県警は千葉県

在住、アルバイトの横川時也容疑者（24）を青少年健全育成条例違反および殺人未遂の容疑で逮捕した。

容疑者は被害者と交際関係にあったが、被害者に日常的に暴力をふるい、性的関係を迫っていたと見られることから、支配関係にあったと考えられると専門家は――


間違いない……歴史が変わった。

時也が三十八歳のときに起こすはずのことが、十年以上も繰りあがって起こったのだ。

三十年後にはすでに起こっていた過去のできごとは――江維子にとっての未来は――変わりうる。

入院病棟の談話室で江維子は新聞を睨んでいた。テーブルと椅子、テレビ、自動販売機などがあるスペースで、江維子のほかにも入院着姿の患者やその見舞客がくつろいでいる。壁際にはテレホンカード対応の公衆電話もあり、じいさんの入院患者が禿《は》げ頭をこちらに向けて電話している。

「ああ、いたいた、大蔵さん。退院の手続きが終わったから支度しないと。おばあさんがもう病室で荷物をまとめてるわよ。なにを熱心に読んでるの？」

看護婦が江維子の姿を見つけて談話室に顔を覗かせた。

バイクで撥ねられた事故から一ヶ月。今日が退院日だ。

江維子の家では新聞を取っていない。病院で新聞を読めることを知ったのは身体が回復し、入院生活が退屈になってきてからだった。退院を前に江維子は顔見知りになった病院職員に頼んで何日ぶんかの古新聞をもらった。どれも一ヶ月前の事故についての記事が載っている新聞だ。

命は助かった。手足も無事である。しかし主治医に説明を受けてきた祖母が泣き腫らした目をしていたので問い詰めたら、下腹部を強く打ったことで将来赤ちゃんを産めないかもしれない、と祖母が告白した。

宮内に聞いた話でも江維子は子どもを産めない身体だったから、そこは歴史が変わらなかった点だった。歴史が変わることもあれば、もとのルートに戻そうとするなにか強い力が働くこともあるのかもしれない。

祖母は子どもを産めない身体じゃ嫁にも行けないと思い込んで嘆いていた。けれど宮内がそうだったように、十年や二十年後には子どもがいない夫婦も、もっと言えば結婚しない選択をしている女性も今よりずっと多いと江維子は知っているので、祖母ほどには絶望しなかった。

新聞を折りたたんでテーブルを離れようとしたとき、紙面のある一角に目をとめて江維子はもう一度紙面に顔を突きつけた。

〝尋ね人〟という欄だ。〝次郎よ　至急連絡せよ　母危篤　タカシ〟――そんな二、三行の広告が並んでいる。

「ねえ、これで人が捜せんの？」

「うーん、どうかなあ。運良くその人がその日の新聞を見ていればいいけど」

新聞を見せられた看護婦が首をかしげた。

いや、どのみちこれでは駄目だ。今の宮内圭眞が幸運にもそれを見たとして、宮内圭眞にとって江維子は顔を見たこともなければ名前を聞いたこともない赤の他人だ。江維子の住所だって知らないから「連絡せよ」と載せたところで連絡の来ようがない。宮内圭眞は江維子よりひとつ年下だから中学一年生。それ以前に新聞を読んでいる歳でもなさそうだし。

「捜してる人がいるの？　名前がわかってるならハローページはどう？　ああ、そこにも置いてあるわよ」

と看護婦が公衆電話があるほうを示した。電話が設置されている棚の上に分厚い冊子が一緒に置いてある。江維子はそちらに飛びついた。じいさん患者の脇から手を突っ込んで冊子を引ったくると受話器を耳にあてたままじいさんがぎょっとした。

ずっしりと分厚い冊子が二冊。タウンページ、ハローページとそれぞれ書いてある。そういえば江維子の家にある電話機の棚の中にも同じ冊子が入っていた。タウンページが店舗や会社が載っている電話帳で、ハローページが個人の家が載っている電話帳だったはず。

ハローページをめくってみると胡麻みたいな小さな字で氏名が掲載されている。五十音順だったので江維子はさっそく〝ま〟行を探して開いた。

「ま、み………あった、宮内！　ってこんなにいるのかよ」

ずらずらと並ぶ〝宮内〟から目を皿にして〝圭眞〟を探していると、

「学校の友だちかなんか捜してんのか？　嬢ちゃん」

じいさん患者が横から口を挟んできた。

「子どもの名前じゃ載ってないと思うがな。普通は電話を契約してる親の名前で載ってるだろ」

じいさんの補足に江維子は「えぇー」と、がっかりして冊子を閉じた。

表紙に〝千葉県＊＊市版〟と書いてあるのに閉じてから気づいた。千葉県内の、それも一部の地域しか載っていないものだった。宮内は大学進学で地方から上京してきたと言っていた。今現在おそらく千葉県には住んでいない。

……どのみちこれでも駄目だったのだ。

三十年後には日本中どころか地球中の個人と個人が、こんな分厚い冊子の十分の一もない薄くて小さな、線すらついていないスマホの中でいとも簡単に繋《つな》がっている。「今なにしてる？」なんて取るに足りないことを気軽にメールやメッセージでやりとりしたり、あるいはＳＮＳを見れば簡単に近況を知れる。

けれど今はまだ電話機には必ず線が繋がっている。ポケットに入れて持ち歩ける電話機もない。メールもメッセージアプリもない。インターネットもない。ＳＮＳもない。電話だって一人一人が持ってるんじゃなくて家に一台しかないから取り次いでもらわなきゃいけない。

連絡を取る、というそれだけのことのハードルがなんて高いんだろう。

「はぁ。三十年後だったら簡単なのにさあ」

「三十年なんかたったらもう空飛ぶ車でびゅーんっと会いに行けるさ。嬢ちゃんなら三十年後もまだ若いだろ。おじさんはあの世に行ってるかもしれねえけど」

肩を落として愚痴をこぼした江維子をじいさん患者が親父臭いジョークで慰めた。

「三十年たっても車は空飛んでねえよ」

「わはは。見てきたわけじゃあるまいし」

見てきたのである、実際に。

車は空を飛んでいなかったが、個人個人のたくさんの言葉が——誰かに発したメッセージや、受け取り手のいない独白が——空いっぱいを埋め尽くして二十四時間眠ることなく飛び交う世界だ。

病室に戻ると祖母がベッドまわりの荷物をバッグにまとめていた。

「どこ行ってたんだい。ほら、はやくそれに着替えな」

ベッドの上にだした服に顎をしゃくってから、江維子が手に持っている新聞に祖母が目をとめた。

「おまえが新聞を読むなんて……頭も打ってないかもう一回検査してもらったほうがいいのかね」

「ふん、新聞なんて読めなくても、三十年たったらスマホに世界中のニュースが入ってくるんだ」

祖母の憎まれ口に江維子はぶりぶりと口を尖《とが》らせつつ入院着から私服に着替える。一ヶ月の入院のあいだにすっかり肌寒い季節になった。祖母が家から持ってきてくれた上着をはおったとき、ポケットに触れたものがあった。

「ん？」

ポケットからなにか短冊状のものがはみだしていた。

ＣＤだった。オカモトレコードで江維子が万引きし、車に轢かれかけたときに割ってしまった、あれと同じ八センチシングルＣＤ。ジャケット写真も同じものだ。

「退院祝いだよ。欲しかったのはそれでいいんだろ？　オカモトレコードの店長に訊いて、ちゃんと買ってきたやつだからね」

「ありがと……ばあちゃん」

「やけに素直だね？　やっぱり頭を打ったんじゃないかい」

祖母が意外そうな顔をし、照れ隠しだろうか、つんとして言い捨てた。

「欲しいものがあれば言いな。盗むんじゃないよ。小遣いくらいあげられるんだから」

祖母は週六日、スーパーで惣菜を作るパートをしている。時給はたぶん六百円くらいだ。千円のＣＤを買う金が欲しいなんてそうそう気軽には言えなかった。

三十年後の仏壇に飾ってあった写真の祖母を思い浮かべた。あの写真よりまだ歳を食っていない今の祖母の顔をちらと窺《うかが》い、頭の中で比べてみる。今年五十九歳の祖母はまだ「おばさん」と言ってもいいほどで、姿勢もしゃんとしているが、写真の祖母は今よりずいぶん小さくなっていた。写真の中でウエディングドレス姿の江維子に寄り添う祖母は、嬉しそうだった。江維子が見たことがない祖母の顔だった。ろくでもない男とのあいだに子どもを作り、別のろくでもない男と姿をくらましたバカ娘に押しつけられた孫を女手ひとつで育てあげ、宮内圭眞っていうまっとうな男のもとへ嫁にやれることになって、花嫁姿を見ることができて。いつも厳《いか》めしく目を吊りあげてがみがみ言っている祖母が、目尻を下げて柔らかい表情をしていた。肩の荷が下りて安心したような、やり遂げたような顔。

ずっと孫娘を食わせて育てるために働いて、やっと嫁にやって、やっと自分のための人生を取り戻したときには歳を取っていて。

それなのに、あの強盗殺人事件が起こってしまう。

宮内がビジネスホテルに泊まりに行った晩、宮内に借りたスマホで江維子は事件のことを調べてみた。やめておくと宮内には言ったがやっぱり気になって、言わなければバレないだろうと調べてしまった。

〝大蔵江維子〟と検索したら簡単に事件に関する記事を発見できた。〝大蔵〟と〝江維子〟がそれぞれキーワードになったようだ。

殺害されたのはこの家に住む大蔵いよ子さん（79）、介護のため訪れていた孫の宮内江維子さ

ん（34）の二人の女性と見られ――

二日後に犯人グループが捕まったこともあり、数日間はそのニュースが世間をかなり騒がせたようだ。関連記事はたくさんあった。夫が祖母との同居に同意していたら悲劇を生まなかったと宮内がバッシングされているのも目に入った。

守れなくてごめんと、謝罪して泣き崩れた宮内の姿が思い浮かび、宮内がどんな悲しみと後悔を抱えて生きてきたのかを知った。宮内が渋ろうがなんだろうが遠慮なんかしないで同居を強引に進めればよかったんだと江維子は自分自身に腹が立った。

今の江維子は未来に起こることを知っている。自分と祖母の死を避けられるはずだ。

三十歳くらいまで生きれば十分だと思っていたのは本気だった。十四歳の感覚だと三十歳なんてすっかりおばさんだし、やりたいことをそれまでにやって生きていれば別に未練もないだろうと。

でも、今は考えが変わった。

あたしは絶対、生き延びる。絶対に早死にしたりしない。

山道の転落事故で自分だけが車から消えて無事だったが、宮内がどうなったのかはわからない。無事だろうか。大怪我をしなかっただろうか。まさか死んだんじゃ……と考えたら身体の芯がひゅうっと冷たくなる。

未来の自分がどうして宮内の好意を受け入れ、結婚したのか？

今の江維子にはわかる。時也と正反対の男だからだ。善良で優しい人。江維子を絶対に傷つけない人。十四歳の貧相なガキでしかない江維子をまるで貴重品のように扱ってくれた人――親に捨てられた自分なんかでも、誰かに愛されて、大切にされて然《しか》るべき存在なんだって感じさせてくれた。時也とはこんなにも違う男がいることを知って、江維子はきっと驚きとともに彼に惹かれたのだ。宮内に会いたい。けれど今は捜す手段もない。はやく十九歳になりたいと切実に思った。十九歳になって宮内と出会って、三十四歳の強盗殺人事件も祖母とともに生き延びて、あの転落事故も避けてみせる。

あたしが未来を変えてみせる。

自分の人生も、宮内の人生も、あたしが救ってみせる。

＊

学校へ行くのも一ヶ月ぶりだった。といってももともと時也の部屋に入り浸ったりしていたから入院があってもなくてもサボりがちだった学校だ。時也との関係が切れ、学校以外に昼間行く場所もなくなったので真面目に行くことにした。

昇降口ですのこの上にぺったんと上履きをだす。つま先を突っ込み、踵《かかと》を踏んだまま校舎にあがる。

脱色の繰り返しで赤茶けてぶわりと広がるソバージュヘアー。くるぶしまで隠れる丈の長いスカート。逆におなかが見えるほど丈の短いセーラー。その中に着た原色のタンクトップを見せて、ぺたんこに潰した学生鞄《かばん》を小脇に挟み、重いスカートの裾を一歩一歩蹴散らすように闊歩《かっぽ》する江維子に話しかけてくる生徒はいない。

肩を怒らせて周囲に睨みを利かせると、こちらを盗み見ていた生徒たちが怯《おび》えて目を背ける。しかし江維子が通り過ぎるとまた背中に視線が向けられる。

県内の事件として報道もされたので時也が起こした事件は学校でも話題に上ったに違いない。江維子の名前は公には報道されていないが、何故《なぜ》か学校中が江維子だと知っている。日本中、世界中の人々と簡単に会話するすべはまだないのに、近所づきあいの範囲内ではあっという間に噂が広がるものだ。

もともと素行はよくなかったが、年上の不良の男とモーテルに行くような交際をし、身体の関係も初めてではなかったことも。父親のいない私生児で、母親も新しい男とでていき祖母に育てられたことまで芋蔓式《いもづるしき》に噂になった。

教室の後ろの戸口に江維子が姿を見せると、朝のホームルーム前に教室のそこここでグループを作っていた生徒たちがざわりとした。大蔵江維子来たんだ、という囁き声が聞こえたがどう考えても歓迎とは正反対のトーンだった。最初に言うべきことがもっとほかにあるだろ。怪我はもう大丈夫？とかよ。

「あたしの席ってどこ？」

江維子があげたがなり声に教室中が静まり返った。

「なあ。あたし朝っぱらからむしゃくしゃしてんだ」

「〝かれいしゅう〟の隣だよ」

誰かが小さな声で答えると忍び笑いが起こり、廊下側の最前列の席にクラスの視線が集まった。背が低くてずんぐりした体型の男子が余計に猫背になって俯いた。男子の隣、最前列の廊下側から二列目の机の脇に巾着袋が引っかかっている。祖母が縫ってくれたキルティングの巾着袋だ。いつも体育着を入れっぱなしにして引っかけていたのであれが江維子の席である。

クラスメイトが注目する中、江維子は戸口からずかずかと踏み入り、その席の椅子を引いてどっかと尻を落ち着けた。

なにかの匂いを嗅ぎつけた。鼻の頭に皺を寄せて空気を嗅ぎ、

「なんかカレー臭《くせ》えな」

思ったことを口にすると、隣の男子が申し訳なさそうに縮こまって壁ぎりぎりまで自分の机を寄せた。

〝かれいしゅう〟ってそれか、と理解した。あだ名なんてちょっとした理由でついたものが呼ばれ続けるものだ。おおかたこいつの隣をみんなが嫌がって、欠席しているのをいいことに江維子の席が割り振られたといったところだろう。

学校に来てみたものの、面白くもないことばかりだ。舌打ちするとまた隣の男子が身を縮こめた。ひさしぶりに授業に出席したところで当然ついていけるはずもなく、今教科書のどこをやっているのかも、先生の話もさっぱり理解できない。授業中も両手で頬杖をつき、鼻の下に挟んだシャーペンをぷらぷらと揺らして退屈をまぎらせるしかすることがない。

おっさんもこの時代のどこかにいるんだよな。今ごろなにしてんだろ。いい大学に入ることになるんだし、ちゃんと学校行って勉強してるんだろうな……。

気づくと宮内圭眞のことを頭に浮かべている。

すこしくらいは勉強しとくか。将来結婚したとき宮内一人に家計を負担させせたくないから勉強は

しておくに越したことはない。祖母がいつまでも働かなくていいように、祖母の生活費くらいは江維子が稼げるようになりたいし。祖母には長生きしてもらうわけだから老後に困らないように準備しておかないと。

姿勢をあらためてシャーペンを右手に持ちなおした。真面目な顔で黒板の板書と教科書を交互に見る。

「……」

なにが書いてあるのかからきしわからない。

「なあ、なあ」

シャーペンの消しゴム側で隣の男子をつついた。授業前に男子が机を離したぶんだけ江維子は自分の机をがたがたとくっつけ、

「今どこやってんの？」

「え？　あ、九十三ページです」

男子が教科書をこちらにずらして開いているページを示した。「さんきゅ」と江維子は教えられたページを自分の教科書で開いて目を落としたものの、

「……ちんぷんかんぷんなんだけど」

そのページより前だって勉強していないので当たり前である。

なあ、とまた隣の男子をつついた。

「名前なんだっけ？」

「ぼ、ぼくですか？　小鴨《こがも》です……小鴨秀輝《ひでき》」

「あのさ、頼みがあんだけど、勉強教えてくんない？」

「え!?　ぼくが!?」

「な。お願い。頼むよ。授業に追いつくまででいいから」

「ぼくでいいんですか？　さっきカレー臭いって……」

「あたしカレー好きだから気になんねえよ。ていうかカレー嫌いな奴なんて世界にほとんどいねえだろ」


放課後小鴨の家で勉強を教わる算段を取りつけた。店をやっているので二人で勉強ができる椅子とテーブルがあるし、どうせ客も少ないという。同じ中学の学区内なので江維子の家からでも歩いて行ける距離だ。

「カレー屋じゃねえのかよ」

店の前に立った江維子は拍子抜けして突っ込みを入れた。

うらぶれた雰囲気の小さな食堂だった。赤いペンキで塗られた庇《ひさし》はすっかり褪《あ》せて〝中華のこがも〟という店名も掠れている。表のショーケースのガラスも曇り、食品サンプルのラーメンはまったく食欲をそそられない。どす黒いスープは埃《ほこり》のせいでくすんだようでもあるし、実際にでてくるラーメンがこの色だったらそれはそれで飲めたものではなさそうだ。

案の定客もいなかったので遠慮なく店のテーブルのひとつで勉強を教わることになった。

「カレーはぼくが好きなだけ。食べるのも好きだし、自分で作ったりもします。店の厨房《ちゅうぼう》でオリジナルカレーの試作もいろいろしてるんです」

「へー。あたしイカ好きなんだ。イカが入ってるカレー開発してくれよ」

江維子が言うと小鴨が嬉しそうに顔を輝かせて「研究します。できたら試食してください」と請け負った。学校でのびくびくした態度から一転、カレーの話になると小鴨は人が変わったようにまくしたてるような早口で生き生きと喋る奴だった。

「日曜日は毎週自転車で行けるとこまで行ってカレー屋めぐりしてるんです。パソコン通信のカレー掲示板に感想記を書き込んでて、これでもけっこう読者がついてて」

「待って、なんつった!?」

思いも寄らないところでその単語を聞いた。未来の機械だと思ったからこの時代にもうあるとは思わなかったのだ。

「パソコン？　パソコンってもうあんのか？　世界と繋がってる、あのパソコン？」

「そ、そりゃあパソコンはとっくにありますよ。パソコン通信はまだ知ってる人は多くないと思うけど」

江維子の食いつきっぷりに小鴨が引きつつ教えてくれた。

二階の小鴨の部屋で見せてもらった〝パソコン〟は、三十年後の宮内の仕事場にあった〝パソコン〟とはぜんぜん形が違うものだった。これはパソコンじゃないんじゃないかと思って江維子は最初落胆した。ブラウン管のテレビにしても無骨な四角形で、色は象牙色というのだろうか、黄みがかった白。宮内のパソコンはもっと薄くてシックなブラックのテレビと、シルバーの薄い二枚の板がヒンジで開閉できるようになっているノート型のものだった。

「こっちはモニター。パソコンはこっちの筐体《きょうたい》です」

と小鴨が言ったのは、象牙色のテレビの下に置かれていた同じ象牙色の箱形の機械だった。ただのテレビ台かと思ったがそれがパソコンの本体だという。キーボードも別に置いてあった。

小鴨が学習椅子に座って本体のスイッチを押した。しばらくガコガコという音が箱の中で聞こえたあと、画面に英語の文字が流れだした。文字ばかりで綺麗な絵があったりはしないが、たしかに未来で見たパソコンの原型ではありそうだ。

「これがモデムっていってパソコン通信するために必要な機械です。このモジュラーケーブルでモジュラージャックに繋げてます。モジュラージャックは大蔵さんの家にも普通にある、電話の回線を繋ぐプラグです。モデムから電話をかけて市内のアクセスポイントに繋げるのをダイヤルアップ接続っていって、そこからセンターのサーバーに……」

小鴨が説明した機械は何本ものケーブルで全部繋がっていた。ケーブルすらなくなっていた三十年後のスマートさは江維子の想像を跳び越えていたので、こっちのほうが江維子が想像できる範囲の〝未来っぽさ〟があるといえばある。

パソコンの本体よりも小振りな箱形の黒い機械がモデムというやつだ。

ピーーー、ガーーー、ガガガ……

高低の激しい耳障りなノイズがその箱から鳴り、赤や緑のランプがせわしなく明滅する。やがてモニターの黒い画面にタイプライターみたいに一文字ずつ白い文字が刻まれた。「これはオートパイロットで自動的に入力するようにしてます」と小鴨が説明する。

Enter Connection-ID　--->SVC
Enter User-ID　--->GAGO**73
Enter Password --->

ようこそNIFTY-Serveへ
――メールが1通届いています（未読分1通）――

「メール！　知ってる！」

知っている言葉に江維子のテンションは跳ねあがった。

「これで世界中と繋がったのか？」

「世界中とはさすがに交流してないですけど、料理フォーラムで知りあったカレー仲間は日本中にいますよ。住んでるところも歳もぜんぜん違う人たちとカレー好きっていうだけで親しくなれて情報交換してるんです。ぼくみたいな中学生はまだ少なくてほとんどがおとなの人たちですけど」

小鴨が小鼻を膨らませて語るあいだ、江維子はモニター画面を穴があくほど見つめていた。画面に綴《つづ》られた文字がなにか頭に引っかかる。

〝ようこそNIFTY-Serveへ〟

NIFTY……そうだ。宮内のメールアドレスにその綴りがあった。ビジネスホテルから宮内が教えてきたメールアドレスだ。〝nifty.com〟というのがくっついていたはず。

「なあ！　このパソコンでメール送ったら返事くんの!?」

小鴨の語りを遮って勢い込んで訊いた。

「相手もニフティやってる人ですか？」

「え？　あ、えーと、今やってるかはわかんないんだけどさ」

「退会してるかもしれないってことですか？」

「いやその……まあそんな感じ」

よく考えれば逆にまだ入会していないかもしれない。しかしもしも今もう持っているメールアドレスだったら、連絡がつくかもしれない。懸けてみて損はない。宮内の仕事はパソコン関係のようだったから、はやくから興味を持っていた可能性はある。

小鴨が首をかしげつつ、

「まあ相手のＩＤがわかればメール送れますよ」

「あいでぃー？」

「さっきのぼくのログインに使ってた、アルファベット三文字と数字五文字の。それがぼくのニフティＩＤです」

「英語と数字？　そんなのわかんねえよー」

「相手に訊くことはできないんですか？」

「えーと、今はまだあたしが一方的に知ってるだけで、あっちはあたしのこと知らないんだ。なんとか消息を知りたいんだけど、住所も電話もわかんねえからにっちもさっちもいかなくて、諦めてたとこでさ。元気かどうか知れるだけでもいい。メールが届くかたしかめられないかな」しどろもどろな江維子の説明に小鴨が胡乱《うろん》げな目つきになってくる。「絶対やましい理由じゃないってことは約束する！　なんか悪いことに使うわけじゃない。命賭けて誓う！　頼むよ、協力して」

小鴨の椅子の前に膝をつき、両手で拝んで懇願した。ひととき小鴨がそんな江維子の顔をじっと見つめる。

「……まあ、パソ通の中の知りあいはぼくもハンドルネームしか知らないし、どこに住んでてなにやってるかも知らない人ばっかりだけど、そんな人とも趣味の話で盛りあがって親しくなれるのがパソ通のいいところですから」

と、ぼそぼそ呟いてパソコンに目を戻し、キーボードに手を置きなおした。

「契約者の名前はわかりますか？　会員検索で見つかるかもしれない」

「契約者？」またでた。契約者。「って、親ってことだよなあ、たぶん」

「ああ、そうですね。クレジットカードがいるからぼくら中学生だと自分の名前では契約できませんね。ぼくのＩＤも父さんの名義です」

会員のＩＤや氏名や居住地域を検索できる機能があるそうだ。未来のインターネットは個人情報の保護とかいうのにうるさかったが今現在はそのへんがゆるいようである。本名や住んでいるところを簡単に他人が知ることができたら犯罪に繋がりかねないことは、宮内がネット上で受けていたバッシングからも想像できた。

ダメもとで〝宮内圭眞〟で検索してもらったがやはり一人もいなかった。〝宮内〟で検索すると今度は表示が止まらないくらい大量にでてきた。宮内姓は比較的ありふれている。〝大蔵〟だったらもっと少なかったかもしれないのに。

結局これも駄目か……。

期待の種がどうしても自然と胸いっぱいに膨らんでいただけに、落胆も大きかった。

と、小鴨が無言でかちゃかちゃとキーボードを叩きだした。

〝みやさん、おひさしぶりです。がもがもです。手術は無事に終わりましたか？　入院したって聞いたあと連絡が来なくなったので、とても心配しています。このメールを読んだらどうか返信をください〟

「誰も入院なんてしてねえだろ？」

小鴨が書いた文面の意味がわからず江維子が首をかしげると、小鴨がしれっとして曰《いわ》く、

「はい。でっちあげです。これを送ってみて反応があるか待ってみましょう」

学校での縮こまった態度と裏腹に案外大胆な奴である。

会員検索された〝宮内〟全員にこのメールをばらまいてみるという。同じ文章のメールを大量に送信することは手紙や電話に比べて現実的に可能だそうだ。一通一通手紙を書いて切手を貼って送ったり、一本一本電話をかけなくていいわけだ。

「本当は詐欺の手口なんですけどね。パソ通やってる女の人は珍しいから、男が女のふりをして男のユーザーを騙《だま》して、相手の好意を利用するようなこともあります。オンラインでは男か女かもわからないから」

「おまえすごいな、予言者か？　未来ではほんとにこういう詐欺のメールが横行してるんだぜ」

「未来では……って、なんの話？」

「知りたい？　秘密だけど、おまえには教えてやる。すごい秘密」

江維子がもったいぶって声を潜《ひそ》めると小鴨が興味深そうに顔を寄せてきた。

「あたし、未来に行ってきた。タイムスリップってやつ、原田知世もやってただろ。今から三十年くらい未来を見てきた。宮内圭眞を捜してるのは、将来あたしの旦那になる人だからなんだ」

未来では電話とパソコンの機能が一緒になって、小さくて軽い板になっていること。ケーブルがなくても通信ができるからポケットに入れて持ち歩いていつでもメールを送れること。一部の〝オタク〟の趣味であるパソコン通信上の交流のようなことを、世界中でみんなが日常的にやっていること。

未来から帰ってきて以降初めて誰かに打ちあけた。話してもいいと思える相手が今までいなかっただけで、誰かに話したら魔法が消えてしまうと戒《いまし》められたわけではないからかまわないだろう。

江維子の顔を見つめて話を聞いていた小鴨が半眼になり、

「信じられるわけないじゃないですか」

冷ややかに切って捨てた。

「だよなー」

江維子はあっさり諦めて天を仰いだ。信じてもらえると期待したわけでもなかった。プロ野球の優勝チームとか宝くじの当選番号でも調べてくればよかった。スマホを使えば調べられたのに、なにも証拠を持って戻ってこなかったことを後悔した。

小鴨がパソコン通信の接続を終了してパソコンの前から立ちあがった。

「返事待たねえのかよ？」

「ずっと繋げてると電話代がかかるんですよ。夜ログインする人が多いから、夜また接続して返信が来てないか確認します」

この場で返事を待つ気になっていたので江維子は拍子抜けした。スマホのメールは届いた瞬間スマホのほうから通知音を鳴らして教えてくれたのに、不便だ。

「大蔵さん、今日うちに来れますか?」

登校して席についた江維子に小鴨がすぐに話しかけてきたのは次の週のことだった。

「見つけたかもしれません」

「宮内圭眞を!?」

一日の授業が終わるのを待ち焦がれて過ごし、放課後また小鴨の家に行ってパソコンを見せてもらった。

小鴨が送ったメールのほとんどは無視されてなにも返ってこなかったが、間違いメールじゃないかと親切に返信してくれた人が少数いたという。その中の一人と小鴨は何往復かのやりとりを続けていた。

〝間違いメールだと思います。ぼくも「みや」ですけど入院してません。送りたい人に届いてないって気づかないままだと困るかもしれないので返信しました。入院した人、よくなってるといいですね〟

〝すみません、ＩＤ確認したら間違えてました！　わざわざありがとうございます。正しいＩＤ宛てに送りなおしたら返事をもらえました。本当に助かりました。入院したのはパソコン通で知りあった人なんですけど、まだ会ったことないんです。ぼくは中学生で、まだオフ会にでるのを親に許してもらえなくて〟

〝連絡が取れてよかったです。ぼくも中学生で、同じような感じなのでわかります〟

〝あなたも中学生ですか？　中学生でパソ通やってる人、自分以外にいなかったからちょっと嬉しいです。よかったら友だちになりませんか？　ぼくは中二です。千葉に住んでます。パソコンとゲームとカレーの食べ歩きが趣味です〟

〝ぼくは中一です。長野県に住んでます。趣味はぼくもパソコンとゲームです。カレーも好きです〟

嘘の間違いメールを疑った様子もないうえ純粋に病人への気遣いまで。人がよすぎて大丈夫かと江維子は心配になってしまった。この先もっと危険ばっかりの世の中になってくんだぞ。まあ三十年後の宮内はだいぶ警戒心が強いおとなになっていたから、三十年のあいだに実際に詐欺に遭いかけた経験などがあったのかもしれない。

メールの上で小鴨と宮内の交流がはじまった。きっかけは嘘のメールだが、同じ中学生男子でパソコン通信をやっているという、趣味のあう友だち関係になったようだ。「みやくんはぼく以外の他人がメールを見てるなんて知らないので、信用を裏切りたくありません」と小鴨は次第にメールの内容を江維子にあけすけに見せてくれなくなった。

週に何日か放課後小鴨に勉強を教わることは続き、そのときに宮内とどんなことを話しているかかいつまんで教えてくれた。

宮内圭眞が同じ時代の、地続きの日本にいて、元気に暮らしている。それさえ知れればひとまず安心するしかなかった。結局初対面は五年後、十九歳までおあずけになる運命は変えられないのだろうか。

江維子にとって五年はあまりに長い。ひと目会うこともできないまま五年も待てるかなと、日が経つにつれ自信が薄れてきた。一度はやる気になった勉強もだんだん面倒になってきた。

もう一度タイムスリップできないかとも考えた。転落事故の続きに戻って宮内を助けるなり、転落事故の前のどこかの時間に行って警告するなり。行きと帰りで二度起こったのだから、三度目があったって別にいいじゃないか。それとも一往復しか使えない能力だったんだろうか。


悶々とした思いを抱きながら日々が過ぎ、年があけて三学期になったある日。やる気が減退するにつれ小鴨に勉強を教わる頻度も減っていたが、その日は小鴨に誘われて〝中華のこがも〟に行った。相変わらず店は閑古鳥《かんこどり》が鳴いていた。

「試食してもらえませんか？」

制服のワイシャツの上にエプロンをかけた小鴨が厨房からひと皿の料理を持ってきた。

「わお、イカのカレー！」

江維子は歓声をあげた。試食サイズの小皿にカレーが盛られ、リング状の白いイカの姿が見え隠れしている。

「シーフードカレー、まずは試作品ができたので。感想教えてください。好みにあえばいいですけど。実はぼく、将来店をやりたいんです。おとなになってこの店を継いだらカレーの専門店にしたくて」「いっただっきまーす」小鴨の語りを聞き終わらないうちに江維子はスプーンでルーをすくった。

辛さの抑えられたまろやかなカレーに、茹でたイカのほどよい食感。江維子のためにあつらえたかのように好みにぴったりだ。というか、ぴったりすぎて怖くなるほどの強い既視感が引き起こされた。

シーフードカレーなんて洒落《しやれ》たものを祖母は作らないし、外に食べに行ったこともないのに。

「あ……！」

宮内と食べた、宅配のカレーだ。

宅配用の容器にかかっていた紙の帯に書かれていた店の名前はたしか、〝カレー専門店コダック〟。ちょうど最近小鴨に教わった英語の文章にでてきて覚えた――duckはアヒルや鴨の意味だ。コダックって、つまり……。

「もしかして、まずい……？」

スプーンを口に突っ込んだまま江維子が固まっているので小鴨が不安げな顔になる。江維子はぶんぶんと首を振り、口の中をカレーでいっぱいにしたまま満面の笑みを返した。

「ううん、すっげぇうまい！」

「よかった。あのさ、ぼくは学校に友だちいないけど、大蔵さんのおかげでみやくんと友だちになれたから……大蔵さんがよろこんでくれるものをぼくの店のメニューの第一弾にしたいな、って思って」

江維子が行ってきた未来では小鴨と宮内に個人的な接点は特段ないようだった。

また、歴史がすこし変わったんだ――。

「カレーの店、おまえならできるよ。絶対成功する。あたしが保証する。だから自信持ってこれからも研究続けろよ。あとさ、未来は出前ももっと進化してすごいことになるぜ」

「ありがとう。大蔵さんがそう言ってくれるなら本当なんだと思う。自信持って頑張るよ」

小鴨がふくよかな頰をほころばせた。

「ところで大蔵さん、春休みに二千円くらい使えるお金ある？」

「えっこのカレー金取るのかよ？　二千円も!?」

「違う違う。新宿までの往復の電車賃。千葉からだと一時間ちょっとくらいかな」

「新宿？」

「うん。春休み、よかったら一緒に新宿に行かない？　みやくんとオフで会うことになったんです」

小鴨の話ではパソコン通信上で、つまりオンラインで交流していた人たちが実際に会うことをオフ会とかオフで会うとかいうのだそうだ。

メールでの交流を経て二人とも直接会いたいと思っていたが、中学生ゆえなかなか遠方に住む相手のところへ遊びに行く許しがでなかった。けれど今度出張で東京に来る宮内の父親に宮内が一緒についてきて、仕事が終わるまでの自由時間に小鴨と会えることになった。特急列車が着く新宿駅で会う約束をしたそうだ。宮内の父親は精密機械の会社に勤めているそうで、なるほど宮内がはやいうちからパソコンに接していたのもその影響があるのかもしれない。

「会えるの？　あたしも宮内圭眞と会える？」

「でも、本当に会いますか？」

勢い込んだ江維子に小鴨が念を押すように言った。

「なに言ってんだよ。会いたくて捜してたんだ」

「大蔵さんとみやくんは五年後に初めて会うはずなんでしょう。歴史が変わることになります。出会いが変わったことで、万が一お互いに好きにならなかったら、二人は結婚しない、っていうことにもなるかもしれません」

小鴨に言われて初めて江維子はその可能性を考えた。たしかに今の時点でもいくつかの歴史が変わっている。宮内と結婚すると疑っていなかったから突っ走ってきたけれど、十三歳の宮内を実際に見たら幻滅する可能性とか、その逆で江維子が幻滅される可能性もあり得なくはないわけだ。四十五歳の宮内は十四歳の江維子を恋愛対象としては絶対に見なかったから、十四歳の江維子は好みのタイプではなさそうだったし……。

「なんか自信なくなってきた。あたしってがちゃがちゃしてて落ち着きない？　今のあたしって顔丸いし、太って見えるかなあ？」

「ええと、ぼくには答えられないけど……」

「答えねえってことはそう思ってるってことじゃんか！」

「め、めちゃくちゃ言わないでよ。みやくんは大蔵さんの顔を好きになったの？　たぶんだけど、違うんじゃないかな」

「わかんねえけど。どこが好きになったか聞いたわけじゃねえし……って、あれ？」

遅ればせながら違和感に気づいた。

「がも、おまえ信じてなかったんじゃねえのかよ？　あたしが未来に行ってきたなんて信じられるわけないって言ったじゃん」

「みやくんにそれとなく確認したんですけど……最初の嘘メールを送ったときIDを取って半月しか経ってなくて、まだ誰にも教えてなかったそうです。千葉に親戚や知りあいもいないっていうし。みやくんがニフティをやってるって大蔵さんが知ってた理由がどうしてもわからない。大蔵さんがパソ通を知らなかったふりしてただけで、実はすごいハッカーで、みやくんのパソコンをハッキングした、なんていう真相があったって信じるのと同じくらいには、大蔵さんが未来にタイムスリップして、実際に見てきたっていう話も信じられます」

＊

春休み、三月某日。

新宿駅の東口広場が待ちあわせ場所になった。〝笑っていいとも！〟を収録しているので江維子たちの世代にも有名なスタジオアルタの目の前だ。道を挟んで大型ビジョンを備えたビルが見える。新宿駅の地下コンコースへ降りる階段からはたくさんの人々がひっきりなしに吐きだされ、ひっきりなしに吸い込まれていく。

小鴨と相談し、江維子は姿を現さずに陰から見守ることにした。会って幻滅されるかもと考えたらやっぱり一抹の不安がある。目立たないようにソバージュヘアーをポニーテールにくくって野球帽を目深にかぶった。待ちあわせ場所に立つ小鴨の姿をすこし離れた外灯の柱に隠れて視界に捉えていた。

初対面なので目印のために小鴨は背中のリュックに鴨川シーワールド土産のペナントを挿していた。三角形の旗にシャチと思《おぼ》しき生き物がプリントされている。そのおかげで雑踏の中でも小鴨の位置を見失わずに済んだ。小鴨は緊張した面持ちでリュックのストラップを左右の手で握りしめている。あいつがあたしより緊張してどうするんだよ……。

外国人観光客の集団が江維子の前を通り過ぎたので視界が数秒遮られた。集団が通り過ぎて地下への階段に消えると、ペナントを見失っていた。「えっ？」と江維子は焦って雑踏の向こうに目を凝らした。

ぴょこん、と雑踏の草原からペナントが生えた。

お辞儀をした小鴨が頭をあげたところだった。

小鴨の前に立つ人物を認めた瞬間、驚きのあまり心臓がとまりそうになった。

宮内だ——痩せ気味の背広姿に春物のコートをはおり、ずっしりした黒いビジネスバッグを提げたその男の立ち姿は、三十年後の世界で会った、あの宮内だった。

「おっさん……！」

混乱しながら思わず呼びかけたとき、もう一人、男の陰に隠れるように立っている人物がいるのに気づいた。男がその人物の肩に手をまわして小鴨の前へ軽く押した。

男よりも背はだいぶ低いが、面差しも全体的にまとう雰囲気もよく似ている、線の細い少年だった。男が少年と小鴨に短い言葉を残してその場を離れた。向かいあった少年二人が残され、緊張気味にはにかみつつ会釈を交わす。

——彼だ。あの少年が宮内圭眞だ。

未来を生きる宮内ではなく、江維子と同じ時間に生きる宮内を初めてこの目で見た。ちょっと気が弱そうだけれど、聡明な目をした少年が、三十年後のすこし頬が削《そ》げてやつれた姿に違和感なく繋がった。

走り寄りたい衝動に駆られたが、胸に溢れた気持ちとともに江維子はその場に足をとどめ、少年の姿を目に焼きつけた。

あの少年がどんなふうに成長するか、江維子は知っている。きみは優秀で、善良で、人の道を外さないおとなになる。失敗もして、心から後悔をして、傷を負って生きるような繊細な人間だ。

江維子は自分の将来も知っている。心配することはなかった。あたしは彼を好きになるって、自信がある。彼が江維子を大切にしてくれたのと同じように、江維子も彼を慈しみ大切にするだろう。

後悔の中で残りの人生を一人で暮らすような、不幸で寂しい人には絶対にさせない。

三十年後で江維子が見てきた未来とは、これからもまだいろいろ変わっていくのかもしれない。どう転がるかはわからない。望んだとおりに変わる保証もない。

でも、どう変わっても負ける気なんかしない。

あたしたち、なにがあっても絶対幸せになろう。

目に溜まった涙で宮内と小鴨の姿が滲《にじ》む。鼻をすすって目をぬぐった江維子の前に、ふいに誰かの手が差しだされた。

細い女性の手がポケットティッシュを五、六個も無雑作に摑んでいた。

「使いなよ」

聞き覚えがある気がする気さくな声でひと言残し、江維子の手にティッシュを押しつけてすぐにすれ違っていった。取り落としそうになったティッシュを江維子が両手で抱えて振り向いたときには、もうティッシュ配りの女の後ろ姿しか見えなかった。

毛先が傷んだ長い髪が背中で揺れ、ショートパンツを穿いた脚が颯爽《さっそう》と去っていった。

〝二度起こったのだから、三度目があったたって別にいいじゃないか〟

立ち尽くす江維子の頭に自分のモノローグがよぎった。

*

春休み期間真っ最中の大都会新宿は想像以上の人の多さで、長野県内からほとんどでたことがなかった宮内を辟易《へきえき》させた。ファストフード店にすら席が取れず、行列に並んだ末にテイクアウトでジュースとポテトを買った。待ちあわせ場所の広場に戻り、植え込みを囲うコンクリートブロックにがもがもさんと並んで座った。

すぐに場所なんかどうでもよくなるほど話に夢中になった。がもがもさんのほうが一学年上だが同じ中学生のパソ通仲間と初めて知りあえた。宮内も相手もどちらかというと人見知りだったが、だからこそ空気があって、気の置けない会話ができる関係になるのに時間はかからなかった。父親と夕方同じ場所で落ちあう約束だったが、帰るのが惜しくなるような楽しいひとときがあっという間に過ぎていった。

がもがもさんと話している最中、もちろん初めて会うのに既視感がふっと飛来するような、奇妙な感覚が頭の隅をたゆたっていた。既視感というか、こんなふうに長く続く友だちになれたらいいな、という予感のような……おとなになってカレー屋さんをやっているがもがもさんが出前を持ってきて、自分が応対して、ついでに親しげに話す。がもがもさんと自分と、それにもう一人、一緒にいる誰かの存在感がちらちらと脳裏を掠める。誰だろう……わからないけれど、それが自分にとって幸福な情景であることだけはたしかなのだった。

ただ幸福感に身を委ねるにはどうにも邪魔なものがひとつあった。

屋外にいる時間が経つにつれくしゃみ、鼻水、目の痒みという症状に悩まされだしたのだ。

「大丈夫？　風邪？」

がもがもさんにも心配され、初対面の友だちの前で恥ずかしさが募る。

「違うと思うんだけど……。ごめん、こんなときに」

男子中学生は普通ティッシュなんか持ち歩いていない。何度も鼻水をぬぐった袖口がすっかり濡れてそれ以上水分を吸わなくなっている。

「さっきのハンバーガー屋に紙ナプキンとかあったよね。ぼく、もらってこようか？」

がもがもさんの思いつきに宮内が「あ、大丈夫。自分で行くよ」と腰をあげたとき、目の前に唐突にポケットティッシュが差しだされた。

「使いなよ」

野球帽をかぶった女の子がポケットティッシュの束を無雑作にわしづかみにした手をこっちに突きつけていた。同学年か、せいぜいひとつふたつ上だろうか。野球帽のつばに隠れた可愛らしい丸顔と、女の子にしてはトーンが低いハスキーな声とのギャップが第一印象に残った。

女の子が宮内の肩越しに鋭く目配せして口パクでなにか囁いた。不思議に思って宮内が振り向くと、がもがもさんが「いいの？」というようなことを囁いて女の子に焦ったような合図を送っている。女の子が野球帽のつばを引き下ろし、

「じゃ、じゃあ」

とそそくさと身をひるがえしたとき、ちょうどそこへ走ってきた誰かが女の子の肩を突き飛ばした。「いてえな！」と荒々しい口調で怒鳴った女の子には目もくれず中肉中背の男が走り去っていく。

男が摑んでいるリュックに見覚えがあった。

「えっ……？」

コンクリートブロックの上に置いていた自分のリュックがない。とっさになにが起こったのか呑み込めず頭が真っ白になったが、

「みやくんのリュック！　お、置き引き……!?」

がもがもさんがあげた声で理解した。

「てめえ待ちやがれ！　ドロボー！」

真っ先に女の子が泥棒を追って駆けだした。宮内もはっとしてそのあとを追う。あの子、足が速い！　リュックを抱えた泥棒は駅前に溢れかえる人々を突き飛ばして〝笑っていいとも！〟を収録しているビルの前の大通りを突っ切り、脇道に逃げ込んだ。だが脇道も人通りが多い。通行人にぶつかって転びかけながら逃げる泥棒と女の子との距離がみるみる詰まる。

女の子が地面をダッと蹴り、跳んだ！　泥棒の背中に見事な跳び蹴りが決まり、つんのめった泥棒と女の子がもろともに道にもんどりうった。向こう見ずな大立ちまわりに宮内はただただ驚いて

目を丸くした。

「返せっつってんだよ！」

「は、放せ！　なんだこのガキ！」

すぐに起きあがるなり女の子がリュックを奪い返そうとする。抵抗する泥棒とのあいだで引っ張りあいになる。女の子がぐんっと頭を反らせ、思い切りよく前に振りおろして泥棒の鼻っ柱めがけてヘッドバットを食らわせた。

ごすんっ
鈍い音が道に響いて泥棒が仰向けにひっくり返った。

泥棒は鼻血を噴いてのびてしまった。

「あ、ありがとうっ……」

「ほら。取り返したぜ」

追いついた宮内がそばにしゃがんで礼を言うと女の子がリュックを渡してきた。野球帽が脱げてくるくるしたパーマがかかった茶髪が露《あら》わになっていた。

「だ、大丈夫？　怪我してないですか？」

「あたし？　平気平気。石頭なんだ」

女の子が誇らしげに赤くなった額と鼻の頭をさすったが、つう、とその鼻の下に血がつたった。

「あ、鼻血……！」

宮内は手に持ってきていたポケットティッシュを慌てて差しだした。「それあたしがあげたやつじゃん。いいよ」「よくないよ」受け取ってもらえないので一パックぶんのティッシュをむしり取り、女の子の顔を覗き込んであてがう。

「いいって、やめろよ、なんか違うっ。初対面の印象ぜんぜん変わっちまってねえ？　こんなはずじゃなかったのにー！」

女の子がティッシュの下でもごもごと意味不明に嘆いた。

泥棒が呻き声を漏らして目を覚ましたようだが、野次馬の男たちが取り押さえにかかった。そのころようやくがもがもさんが汗だくでひぃひぃ喘《あえ》ぎながら追いついてきた。

「大蔵さん、大丈夫？」

「やっぱり知りあいだったの？」

宮内は女の子とがもがもさんを交互に振り向いた。さっきの目配せでのやりとりからして顔見知りなのだろうかと思っていたが。

「あの、もしかして……がもがもさんの彼女、とか？」

関東の中学生はやっぱり進んでるのかなと思いつつおずおずと訊くと、

「違う違う違う！」

間髪をいれず二人揃ってものすごい全力で否定した。

「ほんとに違うからね！　みやくんにそんな誤解されたらぼくが大蔵さんになにされるかわかったもんじゃないよ！」蒼ざめて言い募るがもがもさんを「あたしをなんだと思ってんだよおい、がも」と女の子がぎろりと睨む。

あ……まただ。既視感に似ているようで違う、予感のようなものが引き起こされる。おとなになってからも親しげに話す自分とがもがもさんと、それから、脳裏でちらつくもう一人の存在感は……幸福感の正体は……この子……？

「変わることあるっていっても、ゼロから変わんなくてもいいのにさあー。どうすればいいんだよー」

女の子が天を仰いでパーマがかかった髪を掻きまわした。とはいえあまり長く悩まない性格のようだ。吹っ切れたような顔になり、

「ま、いいか。変わっちまったもんはしょうがない」

破天荒で強烈すぎる印象をいきなり宮内に刻みつけた女の子が、ティッシュを片方の鼻に突っ込んだ顔で、どきりとするほど魅力的に笑った。

「よろしく。あたし江維子。江川卓の江に、明治維新の維に、子どもの子。大蔵江維子」

初　出

「零れたブルースプリング」…「Ｗｅｂマガジン幻冬舎」２０１２年９月
「ヒツギとイオリ」…『ＮＯＶＡ７　書き下ろし日本ＳＦコレクション』
２０１２年３月／河出文庫刊
「flick out」…「小説新潮」２０１１年６月号
「ハスキーボイスでまた呼んで」…書き下ろし

装画　スカイエマ
装丁　アルビレオ

壁井ユカコ
かべい ゆかこ

沖縄出身の父と北海道出身の母をもつ信州育ち、東京在住。学習院大学経済学部経営学科卒業。第9回電撃小説大賞〈大賞〉を受賞し、2003年『キーリ 死者たちは荒野に眠る』でデビュー。青春スポーツ小説「2.43 清陰高校男子バレー部」シリーズ、「2.43」スピンオフ短編集『空への助走 福蜂工業高校運動部』、「五龍世界」シリーズ、『K -Lost Small World-』『NO CALL NO LIFE』『サマーサイダー』等著書多数。

本書のご感想をお寄せください。
いただいたお便りは編集部から著者にお渡しします。
【宛先】〒101-8050
東京都千代田区一ツ橋2-5-10
集英社文芸書編集部『不機嫌な青春』係

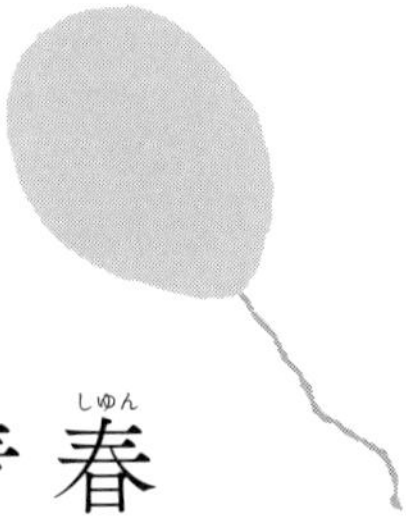

不《ふ》機《き》嫌《げん》な青《せい》春《しゅん》

2024年10月10日　第1刷発行

著者　壁井《かべい》ユカコ

発行者　樋口尚也

発行所　株式会社集英社

東京都千代田区一ツ橋2-5-10　〒101-8050

電話【編集部】03-3230-6100

【読者係】03-3230-6080

【販売部】03-3230-6393（書店専用）

印刷所　TOPPAN株式会社

製本所　加藤製本株式会社

ISBN978-4-08-771882-9　C0093

集英社文庫　壁井ユカコの本

2.43　清陰高校男子バレー部①②

東京の強豪校からやってきた才能あふれる問題児・灰島、身体能力は抜群なのに性格がヘタレの黒羽、身長163cmの熱血主将・小田、クールで謎多き副将・青木……。目指すは全国。地方弱小チームの闘いが始まる！

（解説／吉田大助）

2.43　清陰高校男子バレー部　代表決定戦編①②

天才セッター灰島、発展途上のエース黒羽の一年生二人を擁し、いよいよ本格始動した清陰高校男子バレー部。春高バレー福井県代表の座を懸け、県内最強エースアタッカー三村が率いる福蜂工業と正面対決！

（解説／須賀しのぶ）

2.43 清陰高校男子バレー部 春高編①②

春の高校バレー開幕！ 初出場の福井県代表・清陰高校の前に立ちふさがるのは、インターハイ優勝の福岡代表・箕宿高校や有望選手が集う東京代表・景星学園……。メンバー8人の元弱小チームは築き上げてきたチームの力で頂点を目指す！

（解説／田中夕子）

空への助走 福蜂工業高校運動部

バレー部、テニス部、陸上部、柔道部、釣り部……。それぞれの悩みを抱えながら部活に打ち込み、時にチームメイトとぶつかり、時に恋に揺れ動く高校生たちのまぶしい青春の日々を描く連作短編集。